Um episódio distante

Paul Bowles

Um episódio distante
Doze contos e uma novela

Tradução
José Rubens Siqueira

ALFAGUARA

© Paul Bowles, 1946, 1947, 1948, 1949, 1950, 1960, 1977, 1983, 1993
Todos os direitos reservados

Todos os direitos desta edição reservados à
Editora Objetiva Ltda.
Rua Cosme Velho, 103
Rio de Janeiro — RJ — Cep: 22241-090
Tel.: (21) 2199-7824 — Fax: (21) 2199-7825
www.objetiva.com.br

Seleção feita a partir de *The Stories of Paul Bowles*

Capa
Victor Burton

Imagem de capa
David Vintiner / Zefa / Corbis

Revisão
Tamara Sender
Joana Milli
Diogo Henriques

Editoração eletrônica
Abreu's System Ltda.

CIP-BRASIL. CATALOGAÇÃO-NA-FONTE
SINDICATO NACIONAL DOS EDITORES DE LIVROS, RJ
B783e

    Bowles, Paul
        Um episódio distante : doze contos e uma novela / Paul Bowles ; tradução José Rubens Siqueira. - Rio de Janeiro : Objetiva, 2010.

        230p.   ISBN 978-85-7962-007-2
        Tradução de: *The Stories of Paul Bowles*

        1. Conto americano. 2. Novela americana. I. Siqueira, José Rubens, 1945-.
        II. Título.

09-6061.   CDD: 813
                                                   CDU: 821.111(73)-3

Sumário

Um episódio distante   7
Parada em Corazón   21
Páginas de Cold Point   35
A presa delicada   61
Em Paso Rojo   71
Chá na montanha   91
O pastor Dowe em Tacaté   105
Ele da Assembleia   131
Allal   149
O escorpião   161
À beira da água   167
No quarto vermelho   177
Muito longe de casa   189

Um episódio distante

O pôr do sol de setembro estava mais vermelho que nunca na semana em que o Professor resolveu visitar Aïn Tadouirt, que é uma terra quente. Ele veio da região alta, plana, à noite, de ônibus, com duas maletas para viagens curtas cheias de mapas, protetor solar e remédios. Dez anos antes, tinha estado na aldeia durante três dias; tempo suficiente, porém, para estabelecer uma amizade bastante sólida com um dono de café que tinha lhe escrito várias vezes durante o primeiro ano depois dessa visita, embora nunca mais depois. — Hassan Ramani — o Professor repetia e repetia, sacudindo no ônibus através de camadas de ar cada vez mais quentes. Então, diante do céu flamejante do deserto no ocidente, e diante das montanhas nítidas, o carro seguiu a trilha empoeirada pelos caníones no ar que começava a ter outros cheiros além do ozônio infinito das alturas: flor de laranjeira, pimenta, excremento seco ao sol, óleo de oliva queimando, fruta apodrecida. Ele fechou os olhos contente e viveu por um instante num mundo puramente olfativo. O passado distante voltou... qual parte dele, ele não conseguiu decidir.

O motorista, cujo banco o Professor repartia, falava com ele sem tirar os olhos da estrada: — *Vous êtes géologue?*

— Geólogo? Ah, não! Eu sou linguista.

— Aqui não tem língua nenhuma. Só dialetos.

— Exatamente. Estou fazendo um levantamento das variações do moghrebi.

O motorista desdenhou. — Continue para o sul — disse. — Vai encontrar umas línguas que nunca ouviu antes.

Quando atravessaram o portão da cidade, a costumeira multidão de moleques surgiu da poeira e correu gritando ao lado do ônibus. O Professor dobrou os óculos escuros, pôs no bolso e, assim que o veículo parou, saltou para fora, abrindo caminho em meio aos meninos irritadiços que agarravam em vão sua bagagem, e entrou depressa no Grand Hotel Saharien. De seus oito quartos havia dois disponíveis: um que dava para o mercado e o outro, menor e mais barato, dando para um pequeno pátio cheio de restos e barris, onde duas gazelas passeavam. Ele ficou com o quarto menor, despejou uma jarra de água inteira na bacia de lata e começou a lavar a sujeira do rosto e das orelhas. O brilho posterior ao entardecer tinha quase sumido do céu, e o rosado dos objetos estava desaparecendo quase diante de seus olhos. Ele acendeu um lampião de carbureto e franziu o rosto com o cheiro.

Depois do jantar, o Professor caminhou devagar pelas ruas até o café de Hassan Ramani, cuja sala dos fundos pendia perigosamente sobre o rio. A entrada era muito baixa e ele teve de se curvar ligeiramente para entrar. Um homem cuidava do fogo. Havia um cliente tomando chá. O *qaouaji* tentou fazê-lo ocupar um lugar na outra mesa na sala da frente, mas o Professor caminhou animado diretamente para a sala dos fundos e sentou-se. A Lua estava brilhando através da treliça de junco e não havia nenhum som lá fora, a não ser o latido ocasional e distante de um cachorro. Ele mudou de mesa para poder ver o rio. Estava seco, mas havia uma poça aqui e ali refletindo o céu brilhante da noite. O *qaouaji* veio e limpou a mesa.

— Este café ainda pertence a Hassan Ramani? — perguntou na língua moghrebi que tinha levado quatro anos para aprender.

O homem respondeu em mau francês: — Ele faleceu.

— Faleceu? — repetiu o Professor, sem notar o absurdo da palavra. — É mesmo? Quando?

— Não sei — disse o *qaouaji*. — Chá?

— Chá. Mas não entendo...

O homem já estava fora da sala, abanando o fogo. O Professor ficou sentado imóvel, sentindo-se sozinho e argumentando consigo mesmo que isso era ridículo. O *qaouaji* logo voltou com o chá. Ele pagou e deu uma enorme gorjeta, pela qual recebeu uma reverência solene.

— Me diga — falou, quando o outro virou para se afastar. — Ainda dá para comprar aquelas caixinhas feitas com úberes de camela?

O homem pareceu zangado. — Às vezes os reguibat trazem essas coisas. A gente não compra isso aqui. — Depois, insolente, em árabe: — E para que uma caixa de úbere de camela?

— Porque eu gosto — retrucou o Professor. E depois, como estava se sentindo um pouco exaltado, acrescentou: — Gosto tanto delas que quero fazer uma coleção e pago dez francos por caixa que você me conseguir.

— *Khamstache* — disse o *qaouaji*, abrindo rapidamente a mão esquerda três vezes em seguida.

— Nunca. Dez.

— Impossível. Mas espere até mais tarde e venha comigo. Pode me pagar o quanto quiser. E vai achar caixa de úbere de camela se tiver.

Ele foi para a sala da frente, deixando o Professor a tomar seu chá e a ouvir o crescente coro de cachorros que latiam e uivavam enquanto a Lua subia no céu. Um grupo de clientes entrou na sala da frente e ficou sentado conversando durante quase uma hora. Quando saíram, o *qaouaji* apagou o fogo e parou na porta vestindo seu albornoz. — Venha — disse.

Na rua, havia muito pouco movimento. As barracas estavam todas fechadas e a única luz vinha da Lua. Um pedestre ocasional passou e resmungou uma breve saudação ao *qaouaji*.

— Todo mundo conhece o senhor — disse o Professor para quebrar o silêncio entre eles.

— É.

— Queria que todo mundo me conhecesse — disse o Professor, antes de se dar conta de como essa observação devia soar infantil.

— *Ninguém* conhece o senhor — disse seu acompanhante, rude.

Tinham chegado ao outro lado da cidade, no promontório sobre o deserto, e através de uma grande fenda na muralha o Professor viu o branco infinito, quebrado em primeiro plano pelas manchas escuras de um oásis. Passaram pela fenda e seguiram uma estrada cheia de curvas entre as rochas, descendo para a pequena floresta de palmeiras mais próxima. O Professor pensou: "Ele pode cortar minha garganta. Mas o café dele... com toda certeza ele seria descoberto."

— É longe? — perguntou, despreocupado.

— Está cansado? — replicou o *qaouaji*.

— Estão me esperando no hotel Saharien — mentiu.

— Não dá para estar lá e aqui — disse o *qaouaji*.

O Professor riu. Imaginou se teria soado inquieto para o outro.

— Faz tempo que o senhor tem o café Ramani?

— Trabalho lá para um amigo. — A resposta deixou o Professor mais infeliz do que imaginou que fosse ficar.

— Ah. Vai trabalhar amanhã?

— Impossível saber.

O Professor tropeçou numa pedra e caiu, arranhando a mão. O *qaouaji* disse: — Tome cuidado.

De repente, havia no ar o cheiro adocicado e negro de carne apodrecida.

— Argh — disse o Professor, sufocado. — O que é isso?

O *qaouaji* cobriu o rosto com o albornoz e não respondeu. Logo o fedor tinha ficado para trás. Estavam em terreno plano. Adiante, o caminho era cercado de ambos os lados por um alto muro de barro. Não havia brisa e as palmeiras estavam bastante imóveis, mas por trás dos muros havia o som de água corrente. Além disso, o cheiro de excremento humano era quase constante enquanto caminhavam entre os muros.

O Professor esperou até achar que era lógico para ele perguntar com certo grau de aborrecimento: — Mas aonde nós estamos indo?

— Já, já — disse o guia, parando para recolher umas pedras na vala.

— Pegue umas pedras — aconselhou —, tem cachorro ruim aqui.

— Onde? — perguntou o Professor, mas abaixou-se e pegou três pedras grandes com bordas afiadas.

Continuaram muito quietos. Os muros terminavam e à frente estava o deserto brilhante. Perto havia um marabu em ruínas, com sua minúscula cúpula só meio em pé, e a parede da frente inteiramente destruída. Atrás havia grupos de palmeiras atrofiadas, inúteis. Um cachorro de três pernas veio correndo loucamente na direção deles. Só quando ele estava bem perto foi que o Professor ouviu seu rosnar baixo e firme. O *qaouaji* atirou uma pedra grande, que o atingiu direto no focinho. Houve um estranho bater de mandíbulas e o cachorro saiu correndo de lado em outra direção, caindo cegamente contra umas pedras, esperneando loucamente, como um inseto ferido.

Eles viraram para fora do caminho e atravessaram um trecho juncado de pedras afiadas, passando diante da pequena ruína, através das palmeiras, até que chegaram a um lugar em que o chão descia abruptamente diante deles.

— Parece uma pedreira — disse o Professor, recorrendo à palavra francesa para "pedreira", cujo equivalente árabe não conseguiu lembrar no momento. O *qaouaji* não respondeu. Em vez disso parou e virou a cabeça, como se escutasse. E, de fato, de algum lugar lá embaixo, mas muito lá embaixo, vinha o tênue som de uma flauta grave. O *qaouaji* balançou a cabeça devagar diversas vezes. Depois disse: — O caminho começa aqui. Dá para enxergar bem até o fim. A pedra é branca e o luar está forte. Então dá para ver bem. Eu vou voltar agora e dormir. É tarde. Pode me dar o que quiser.

Parado ali à beira do abismo, que parecia mais fundo a cada momento, com o rosto escuro do *qaouaji* emoldurado pelo albornoz fechado em torno dele, iluminado pelo luar, o Professor se perguntou exatamente o que sentia. Indignação, curiosidade, medo, talvez, mas acima de tudo alívio e a esperança de que aquilo não fosse um truque, a esperança de que o *qaouaji* fosse realmente deixá-lo sozinho e voltar sem ele.

Recuou uns passos da borda e remexeu nos bolsos em busca de uma nota solta, porque não queria mostrar sua carteira. Felizmente havia ali uma nota de cinquenta francos, que ele tirou e entregou para o homem. Sabia que o *qaouaji* estava satisfeito, então não deu atenção quando o ouviu dizer: — É pouco. Tenho de andar muito para voltar para casa, e tem os cachorros...

— Obrigado e boa noite — disse o Professor, sentando-se com as pernas dobradas debaixo do corpo para acender um cigarro. Estava quase feliz.

— Me dê ao menos um cigarro — o homem pediu.

— Claro — disse ele, um pouco seco, e estendeu o maço.

O *qaouaji* acocorou-se ao lado dele. Seu rosto não era desagradável de olhar. "O que foi?", pensou o Professor, apavorado outra vez ao estender o cigarro para ele.

Os olhos do homem estavam quase fechados. Era a demonstração mais óbvia de concentrada maquinação que o Professor tinha visto. Quando o segundo cigarro estava aceso, ele se aventurou a dizer ao árabe ainda acocorado: — No que está pensando?

O outro deu uma boa tragada no cigarro e parecia a ponto de falar. Então sua expressão mudou para uma de satisfação, mas ele não falou. Um vento fresco tinha subido no ar e o Professor estremeceu. O som da flauta subia do fundo a intervalos, às vezes misturado ao roçar das frondes das palmeiras próximas umas contra as outras. "Essa gente não é primitiva", o Professor se viu dizendo mentalmente.

— Bom — disse o *qaouaji*, levantando devagar. — Guarde seu dinheiro. Cinquenta francos bastam. É uma honra. — Então voltou ao francês: — *Ti n'as qu'à discendre, to' droit.* — Cuspiu, riu (ou o Professor é que estava histérico?) e afastou-se depressa.

O Professor estava em estado de nervos. Acendeu outro cigarro e sentiu seus lábios se mexendo automaticamente. Diziam: — Isto é uma situação ou um aperto? Isto é ridículo. — Ficou sentado muito quieto durante vários minutos, esperando que lhe viesse um senso de realidade. Estendeu-se no solo duro, frio, e olhou para a Lua. Era quase como se estivesse olhando diretamente para o Sol. Se mudava o olhar um pouquinho de cada vez, conseguia formar um cordão de Luas mais fracas atravessando o céu. — Incrível — sussurrou. Então sentou-se depressa e olhou em torno. Não havia garantia de que o *qaouaji* tivesse realmente ido para a cidade. Pôs-se de pé e olhou pela beira do precipício. Ao luar, o fundo parecia estar a quilômetros de distância. E não havia nada para lhe dar uma escala; nem uma árvore, nem uma casa, nem uma pessoa... Ele procurou ouvir a flauta, e escutou apenas o vento soprando em seus ouvidos. Um repentino e violento desejo de voltar correndo para a estrada tomou conta dele. Virou-se e olhou na direção que o *qaouaji* tinha seguido. Ao mesmo tempo, apalpou de leve a carteira no bolso do peito. Depois cuspiu pela beira do precipício. Depois urinou nele, ouvindo intensamente, como uma criança. Isso lhe deu ímpeto para seguir a trilha abismo abaixo. Curiosamente, não estava tonto. Mas prudentemente ia olhando à direita, por cima da borda. Era uma descida íngreme acentuada. A monotonia da coisa o colocou num estado de espírito não diferente do que a viagem de ônibus havia induzido. Estava murmurando "Hassan Raman" outra vez, repetidamente, com ritmo. Parou, furioso consigo mesmo pelas insinuações sinistras que o nome agora lhe sugeria. Resolveu que estava exausto da viagem. — E da caminhada — acrescentou.

    Estava agora bem embaixo no gigantesco despenhadeiro, mas a Lua, diretamente acima, dava muita luz. Só o vento ficara para trás, lá em cima, vagando entre as árvores, soprando nas ruas poeirentas de Aïn Tadouirt, saguão adentro do Grand Hotel Saharien e debaixo da porta de seu quartinho.

    Ocorreu-lhe que devia se perguntar por que estava fazendo aquela coisa irracional, mas era inteligente o bastante para saber que, uma vez que estava fazendo aquilo, naquele momento não era tão importante buscar explicações.

    De repente, a terra ficou plana sob seus pés. Tinha atingido o fundo antes do que esperava. Deu um passo à frente, ainda desconfiado, como se esperasse outra descida traiçoeira. Era muito difícil saber naquela luminosidade atenuada, uniforme. Antes que se desse conta, o cachorro estava em cima dele, uma massa pesada de pelos tentando empurrá-lo para trás, uma unha afiada raspando seu peito, um retesar de músculos contra ele para enfiar os dentes em seu pescoço. O Professor pensou: "Eu me recuso a morrer assim." O cachorro caiu para trás; parecia um cachorro esquimó. Levantou-se de novo e ele gritou, muito alto: — Ai! — O cachorro caiu em cima dele, houve uma confusão de sensações e uma dor em algum lugar. Havia também o som de vozes muito perto, e ele não conseguia entender o que estavam dizendo. Alguma coisa fria e metálica foi empurrada brutalmente contra sua coluna enquanto o cachorro permanecia um segundo pendurado pelos dentes a uma massa de roupa e talvez de carne. O Professor sabia que era uma arma e levantou as mãos, gritando em moghrebi: — Tirem esse cachorro daqui! — Mas a arma simplesmente o empurrou para a frente e como o cachorro, agora de volta ao chão, não saltara de novo, ele deu um passo à frente. A arma continuou empurrando, ele continuou dando passos. Ouviu vozes de novo, mas a pessoa diretamente atrás dele não disse nada. As pessoas pareciam estar correndo de um lado para outro; soava assim, pelo menos. Porque seus olhos, descobriu, ainda estavam fechados com força por causa do ataque do cachorro. Abriu os olhos. Um grupo de homens avançava para ele. Usavam as roupas pretas dos reguibat. "O reguiba é uma nuvem atravessada na face do céu." "Quando um reguiba aparece o homem direito foge." Em quantas lojas e mercados ele tinha ouvido essas máximas pronunciadas como provocação entre amigos. Nunca para um reguiba, com certeza, porque esse homens não frequentavam cidades. Mandavam um representante disfarçado, para arranjar com elementos sombrios de lá a distribuição de bens roubados. "Uma oportunidade", pensou, "de testar a veracidade dessas afirmações". Não tinha a menor dúvida de que a aventura acabaria se mostrando uma espécie de alerta contra tamanha tolice de sua parte: um alerta que, em retrospecto, seria metade sinistro, metade farsesco.

Dois cachorros ferozes vieram correndo de trás dos homens que avançavam e se atiraram em suas pernas. Ele ficou escandalizado de ninguém dar atenção a essa falha de etiqueta. A arma o empurrou com mais força quando ele tentou desviar do ruidoso ataque dos animais. Mais uma vez ele gritou:
— Os cachorros! Tirem daqui! — A arma o empurrou com muita força e ele caiu, quase aos pés da multidão de homens à sua frente. Os cachorros puxavam suas mãos e braços. Uma bota os chutou para longe, ganindo, e, com redobrado vigor, chutou o quadril do Professor. Então veio um coro de chutes de lados diferentes, e ele rolou violentamente pela terra durante alguns intantes. O tempo todo ele estava consciente de que havia mãos procurando em seus bolsos e tirando tudo de dentro deles. Tentou dizer: "Podem ficar com o dinheiro; parem de me chutar!" Mas os músculos do rosto, machucados, não funcionavam; sentiu que fazia um bico, mas isso era tudo. Alguém lhe deu um terrível golpe na cabeça e ele pensou: "Agora pelo menos eu vou perder a consciência, graças a Deus." Mas continuou consciente das vozes guturais que não conseguia entender e de ser amarrado com firmeza nos tornozelos e no peito. Então fez-se um negro silêncio que se abria como uma ferida de quando em quando, para deixar passar notas macias, profundas, de uma flauta tocando a mesma sequência de notas repetidamente. "Então eu perdi a consciência, afinal", pensou. Apesar disso, o presente parecia apenas uma continuação direta do que tinha acontecido antes.

Estava começando a ficar vagamente claro. Havia camelos perto de onde estava deitado; dava para ouvir seus gorgolejos e a respiração pesada. Ele não conseguia fazer o esforço de tentar abrir os olhos, no caso de isso ser impossível. Porém, quando ouviu alguém se aproximando, descobriu que não tinha dificuldade para enxergar.

O homem olhou para ele, impassível, na luz cinzenta da manhã. Com uma mão ele apertou as narinas do Professor. Quando o Professor abriu a boca para respirar, o homem pegou rapidamente sua língua e puxou com toda a força. O Professor estava sufocando, puxando o ar; não viu o que estava acontecendo. Não conseguiu distinguir a dor do puxão violento da dor da faca afiada. Então veio um engasgar e cuspir sem fim, automático, como se ele nem fizesse parte daquilo. A palavra "operação" ficava aparecendo em sua cabeça; acalmava um pouco seu terror enquanto ele mergulhava na escuridão.

 A caravana partiu em algum momento no meio da manhã. O Professor, não inconsciente, mas num estado de absoluto estupor, ainda engasgando e babando sangue, foi enfiado, dobrado em dois, dentro de um saco e amarrado a um lado do camelo. A parte mais baixa do enorme anfiteatro continha um portão natural nas rochas. Os camelos, rápidos *mehara*, estavam com carga leve nessa viagem. Passaram em fila indiana, e lentamente subiram a encosta suave que levava ao começo do deserto. Nessa noite, numa parada além de uns morros baixos, os homens o tiraram, ainda num estado que não permitia pensar, e por cima dos trapos empoeirados que restavam de sua roupa, amarraram uma série de curiosos cintos feitos com fundos de latas amarrados uns nos outros. Uma depois da outra essas cintas brilhantes foram amarradas a seu torso, braço e pernas, inclusive em torno de seu rosto, até ele estar inteiramente contido dentro de uma armadura que o cobria com suas escamas circulares de metal. Havia uma boa dose de alegria durante essa arrumação do Professor. Um homem tirou uma flauta e um mais novo fez uma caricatura não desprovida de graça de uma bailarina *uled naïl* executando uma dança do bastão. O Professor não estava mais consciente; para ser exato, ele existia no meio do movimento feito por esses outros homens. Quando terminaram de vesti-lo do jeito que queriam, enfiaram comida debaixo das placas de metal penduradas diante de seu rosto. Mesmo ele mastigando mecanicamente, a maior parte acabava caindo no chão. Puseram-no de volta dentro do saco e o deixaram ali.

 Dois dias depois, chegaram a um de seus próprios acampamentos. Havia mulheres e crianças ali nas tendas, e os homens tinham de afastar os cachorros ferozes que eles haviam deixado para protegê-los. Quando tiraram o Professor de seu saco, houve gritos de susto e levou várias horas para convencer a última mulher de que ele era inofensivo, embora não houvesse dúvida desde o início de que era uma mercadoria valiosa. Depois de alguns dias, começaram a se deslocar outra vez, levando tudo com eles, e viajando apenas à noite à medida que o terreno ia ficando mais quente.

Mesmo quando os ferimentos sararam e ele não sentia mais dor, o Professor não conseguia começar a pensar de novo, comia e defecava, e dançava quando mandavam, uma série de saltos sem sentido para cima e para baixo, que deliciava as crianças, principalmente por causa do maravilhoso ruído que produzia. E ele geralmente dormia durante o calor do dia, entre os camelos.

Dirigindo-se para o sudoeste, a caravana evitava toda a civilização estabelecida. Em poucas semanas, chegaram a um novo platô, inteiramente selvagem e com esparsa vegetação. Ali acamparam e permaneceram, enquanto os *mehara* eram soltos para pastar. Todo mundo estava feliz ali; o tempo era mais fresco e havia um poço a apenas poucas horas de distância numa trilha raramente frequentada. Foi ali que conceberam a ideia de levar o Professor para Fogara e vendê-lo para os tuaregues.

Passou-se um ano inteiro antes de realizarem esse projeto. Nessa época, o Professor já estava muito mais bem treinado. Ele conseguia dar uma estrela, fazia uma série de rosnados assustadores que tinham, mesmo assim, certo elemento de humor, e quando os reguibat tiraram as latas de seu rosto, descobriram que conseguia fazer caretas admiráveis enquanto dançava. Eles também lhe ensinaram alguns gestos obscenos básicos que nunca deixavam de arrancar deliciados gritos das mulheres. Agora era mostrado apenas quando havia refeições especialmente abundantes, quando havia música e festa. Ele logo se adaptou a essa sensação de ritual e desenvolveu uma espécie elementar de "programa" para apresentar quando era convocado: dançar, rolar no chão, imitar certos animais e por fim correr na direção do grupo fingindo raiva, para ver a resultante confusão e hilaridade.

18

  Quando três homens partiram para Fogara com ele, levaram quatro *mehara* e ele foi montado bem naturalmente no seu. Não tomaram nenhuma precaução para guardá-lo, salvo mantê-lo no meio deles, um homem sempre na retaguarda do grupo. Avistaram as muralhas ao amanhecer e esperaram o dia entre as pedras. Ao alvorecer, o mais jovem partiu e três horas depois voltou com um amigo que portava um bastão forte. Tentaram fazer o Professor mostrar seu repertório ali mesmo, mas o homem de Fogara tinha pressa de voltar à cidade, então eles todos partiram nos *mehara*.
  Na cidade, foram diretamente para a casa do cidadão, onde tomaram café no pátio sentados entre os camelos. Aí o Professor fez seu espetáculo de novo e dessa vez houve alegria prolongada e muito esfregar de mãos. Chegou-se a um acordo, foi paga uma soma em dinheiro e os reguibat se retiraram, deixando o Professor na casa do homem do bastão, que não tardou em trancá-lo numa pequena cela no pátio.
  O dia seguinte foi importante na vida do Professor, porque foi quando a dor começou a pulsar de novo em seu ser. Um grupo de homens veio à casa, entre eles um cavalheiro venerável, mais bem-vestido que os outros que passavam o tempo todo a elogiá-lo, depositando ardentes beijos em suas mãos e na barra de sua roupa. Essa pessoa fazia questão de usar o árabe clássico de quando em quando, para impressionar os outros, que não tinham aprendido nem uma palavra do Alcorão. Então sua conversa foi mais ou menos assim:
  — Talvez em In Salah. Os franceses lá são idiotas. A vingança celestial está chegando. Não vamos apressá-la. Louvado seja o altíssimo e que lance seu anátema contra os ídolos. Com tinta em seu rosto. No caso de a polícia querer olhar de perto.
  Os outros ouviram e concordaram, balançando as cabeças devagar, solenemente. E o Professor em sua barraca ao lado deles ouviu também. Isto é, ele tinha *consciência* do som do árabe do velho. As palavras penetraram nele pela primeira vez em muitos meses. Ruídos, então: "Vingança celestial está chegando." Depois: "É uma honra. Cinquenta francos bastam. Guarde seu dinheiro. Bom." E o *qaouaji* agachado ao lado dele

na beira do precipício. Então "anátema contra ídolos" e mais bobagens. Ele se virou ofegante na areia e esqueceu tudo. Mas a dor começara. E operava numa espécie de delírio, porque ele começou a entrar em sua consciência de novo. Quando o homem abriu a porta e cutucou-o com o bastão, ele gritou de raiva, e todo mundo riu.

Puseram-no de pé, mas ele não dançava. Ficou parado diante deles, olhando o chão, recusando teimosamente mover-se. O proprietário ficou furioso e tão aborrecido com a risada dos outros que se sentiu obrigado a mandá-los embora, dizendo que ia esperar um momento mais adequado para mostrar sua propriedade, porque ele não ousava demonstrar sua raiva diante do velho. Porém, quando saíram ele deu um violento golpe de bastão no ombro do Professor, chamou-o de várias coisas obscenas e saiu para a rua, batendo o portão ao passar. Foi direto à rua das *uled naïl* porque tinha certeza de que encontraria os reguibat no meio das moças, gastando o dinheiro. E ali na tenda encontrou um deles ainda deitado, enquanto uma *uled naïl* lavava os copos de chá. Entrou e quase decapitou o homem antes que este tentasse se sentar. Então jogou a lâmina na cama e saiu correndo.

A *uled naïl* viu sangue, gritou, correu de sua tenda para a vizinha, e logo apareceu com quatro moças que correram juntas para o café e disseram que o *qaouaji* tinha matado o reguiba. Foi questão de uma hora para a polícia militar francesa pegá-lo na casa de um amigo e arrastá-lo para o quartel. Nessa noite o Professor não comeu nada, e na tarde seguinte, no lento despertar de sua consciência provocado pela fome que crescia, saiu andando sem rumo pelo pátio e pelas salas que davam para ele. Não havia ninguém. Em uma sala, havia um calendário pendurado na parede. O Professor observou, nervoso, como um cachorro que observa uma mosca diante do focinho. No papel branco havia objetos negros que faziam sons em sua cabeça. Ele ouviu: *Grande Epicerie du Sabel. Juin. Lundi, Mardi, Mercredi...*

As minúsculas marcas de tinta que compõem uma sinfonia podem ter sido feitas há muito tempo, mas quando elas são executadas em som tornam-se imediatas e poderosas.

Então uma espécie de música do sentimento começou a tocar dentro da cabeça do Professor, aumentando de volume enquanto olhava a parede de barro, e ele teve a sensação de que estava representando o que tinha sido escrito para ele havia muito tempo. Sentiu vontade de chorar; sentiu vontade de rugir pela casinha, derrubando e espatifando os poucos objetos quebráveis. Sua emoção não foi além desse desejo sufocante. Então, uivando o mais alto que podia, atacou a casa e seus pertences. Depois atacou a porta da rua, que resistiu um tempo e finalmente quebrou. Ele passou pela abertura feita nas tábuas que tinham se rompido e, ainda uivando e sacudindo os braços no ar para fazer o máximo de ruído possível, começou a galopar pelas ruas sossegadas na direção do portão da cidade. Algumas pessoas olharam para ele com grande curiosidade. Quando passou pela garagem, último edifício antes do grande arco de barro que emoldurava o deserto adiante, um soldado francês o viu. "*Tiens*", ele disse a si mesmo, "um santo maníaco".

Mais uma vez era hora do crepúsculo. O Professor correu por baixo do portão em arco, virou o rosto para o céu vermelho e começou a trotar pela Piste d'In Salah, diretamente para o sol poente. Atrás dele, da garagem, o soldado deu um tiro nele para boa sorte. A bala assobiou perigosamente junto à cabeça do Professor e seu grito virou um indignado lamento quando ele balançou os braços mais amplamente, dando um pulo alto no ar a cada poucos passos, em um acesso de terror.

O soldado olhou um pouco, sorrindo, enquanto a figura cabriolante ficava menor no escuro da noite que chegava, e o matraquear das latas passou a fazer parte do grande silêncio que havia lá além do portão. A parede da garagem, quando ele se encostou nela, emanava calor, ali deixado pelo sol, mas ao mesmo tempo o frescor lunar crescia no ar.

(1947)

Parada em Corazón

— Mas por que você iria querer levar conosco um horrorzinho desses? Não faz sentido. Você sabe como eles são.

— Eu sei como eles são — disse o marido. — É tranquilizante olhar para eles. Aconteça o que acontecer, se eu tiver um desses para olhar, vou sempre me lembrar da bobagem que é a gente se aborrecer.

Ele se inclinou mais no parapeito e olhou intensamente para a doca lá embaixo. Havia cestos para vender, rústicos brinquedos pintados de borracha natural dura, carteiras e cintos de pele de réptil e algumas peles de cobra inteiras, desenroladas. E, separado dessas mercadorias, no sol forte, à sombra de um caixote, um macaquinho peludo. Suas mãos estavam fechadas e a testa franzida em triste apreensão.

— Ele não é fantástico?

— Acho que você é impossível, e um pouco ofensivo — ela replicou.

Ele virou para olhar para ela. — Está falando sério? — Ele viu que estava.

Ela continuou, estudando os pés calçados com sandálias e as tábuas estreitas do convés abaixo deles. — Você sabe que eu não me importo de fato com essa bobagem toda, ou com a sua loucura. Me deixe ao menos terminar. — Ele balançou a cabeça concordando, olhando de novo a doca quente e a pobre aldeia de telhados de zinco adiante. — Nem é preciso dizer que eu não me importo com isso tudo, senão nós nem estaríamos juntos aqui. Você podia estar aqui sozinho...

— Não se faz lua de mel sozinho — ele interrompeu.

— *Você* faria. — Ela deu uma risada breve.

Ele deslizou a mão pelo parapeito para pegar a mão dela, mas ela a afastou, dizendo: — Ainda estou falando com você. Eu esperava que fosse louco e esperava concordar com você em tudo. Eu também sou louca, eu sei. Mas eu queria que houvesse algum jeito de, pelo menos uma vez, poder sentir que quando eu cedo isso significa alguma coisa para você. Queria que você soubesse mostrar reconhecimento.

— Você acha que me faz tantos agrados assim? Eu não notei. — A voz dele estava aborrecida.

— Eu não faço *agrado* nenhum para você. Só estou tentando conviver numa longa viagem em uma porção de cabininhas apertadas em uma série sem fim de barcos fedidos.

— Como assim? — ele gritou exaltado. — Você sempre disse que adorava barcos. Mudou de ideia ou pirou de vez?

Ela virou e foi andando para a proa. — Não fale comigo — disse ela. — Vá lá e compre seu macaco.

Com uma expressão de solicitude no rosto, ele foi atrás dela.

— Você sabe que eu não vou comprar se isso deixar você infeliz.

— Vou ficar mais infeliz se você não comprar, então por favor vá lá e compre. — Ela parou e virou. — Eu adoraria ter o bicho. Adoraria mesmo. Acho que é uma graça.

— Não entendo mesmo você.

Ela sorriu. — Eu sei. Isso te incomoda muito?

Depois que comprou o macaco e o amarrou no poste de metal da cama da cabine, saiu para explorar o porto. Era uma cidade feita de metal corrugado e arame farpado. O calor do sol era doloroso, mesmo com a camada baixa de névoa no céu. Estavam no meio do dia e pouca gente andava na rua. Ele chegou ao limite da cidade quase imediatamente. Ali entre ele e a floresta havia um riacho estreito, de correnteza lenta, água cor de café. Umas poucas mulheres lavando roupa, crianças pequenas espadanando na água. Gigantescos caranguejos cinzentos se deslocavam entre os buracos que tinham feito na lama ao longo da margem. Ele sentou numas raízes retorcidas ao pé de uma árvore e tirou o caderno que sempre levava. No dia anterior, num bar em Pedernales, tinha escrito: "Receita para dissolver a impressão de horror causada por algo: fixar a atenção em um determinado objeto ou situação de forma que os vários elementos, todos conhecidos, se reagrupem. Medo nunca é mais do que um padrão desconhecido."

Acendeu um cigarro e observou as inúteis tentativas da mulher de lavar a roupa esfarrapada. Então atirou a guimba acesa no caranguejo mais próximo e escreveu cuidadosamente: "Mais que qualquer outra coisa, a mulher exige estrita observância ritualista das tradições de comportamento sexual. Essa é a definição dela para amor." Pensou no riso de caçoada que isso despertaria se fizesse essa afirmação para a garota no barco. Olhou o relógio e escreveu depressa: "A educação moderna, isto é, intelectual, concebida por homens e para homens, a inibe e confunde. Ela se vinga..."

Duas crianças nuas, subindo da brincadeira no rio, passaram por ele correndo e gritando, respingando água no papel. Ele gritou com elas, mas continuaram a correr sem lhe dar atenção. Ele guardou o lápis e o caderno no bolso, sorrindo, e olhou as crianças a correr uma atrás da outra na poeira.

Quando voltou ao barco, o trovão estava rolando dos montes em torno do porto. O temporal atingiu o pico de sua histeria quando eles partiram.

Ela estava sentada na cama, olhando pela escotilha aberta. Os estampidos do trovão ecoavam de um lado para outro da baía enquanto eles navegavam para alto-mar. Ele estava deitado encolhido na cama ao lado, lendo.

— Não encoste a cabeça na parede de metal — ele aconselhou. — É um condutor perfeito.

Ela saltou para o chão e foi até a pia.

— Onde está aquela garrafa de White Horse que nós compramos ontem?

Ele apontou. — No rack do seu lado. Você vai beber?

— Vou tomar *um* drinque, sim.

— Neste calor? Por que não espera até passar a chuva e toma no convés?

— Eu quero agora. Quando passar não vou mais precisar.

Ela serviu o uísque e acrescentou água da garrafa presa na parede acima da pia.

— Você percebe o que está fazendo, claro.

Ela o fuzilou com um olhar. — O que eu estou fazendo?

Ele deu de ombros. — Nada, só está se abandonando a um estado emocional passageiro. Podia ler, ou deitar e dar uma cochilada.

Com o copo numa mão, ela abriu a porta do corredor com a outra e saiu. O barulho da porta batendo assustou o macaco, empoleirado numa mala. O bicho hesitou um segundo, depois correu para baixo da cama do dono. Ele fez uns barulhos de beijo para atraí-lo para fora, e voltou ao livro. Logo começou a imaginá-la sozinha e infeliz no convés, e essa ideia cortou o prazer da leitura. Fez um esforço para ficar deitado quieto alguns minutos, o livro aberto virado para baixo no peito. O barco estava indo a toda velocidade agora e o som dos motores era mais forte do que a tempestade no céu.

Ele logo levantou e foi para o convés. A terra lá atrás já estava escondida pela chuva que caía e o ar tinha cheiro de água profunda. Ela estava parada sozinha no parapeito, olhando as ondas, com o copo vazio na mão. Ele foi tomado de pena ao olhar, mas não podia ir até ela e pôr em palavras consoladoras a emoção que sentia.

De volta à cabine, encontrou o macaco em seu catre, rasgando devagar as páginas do livro que ele estava lendo.

O dia seguinte foi passado em tranquilos preparativos para o desembarque e a troca de barcos: em Villalta deviam pegar um barco menor para o lado oposto do delta.

Quando ela entrou para fazer as malas depois do jantar, parou um momento estudando a cabine. — Ele fez uma bela bagunça — disse o marido —, mas encontrei seu colar atrás da minha mala grande, e já tínhamos mesmo lido todas as revistas.

— Acho que isso representa a necessidade de destruição inata do Homem — disse ela, chutando uma bola de papel no piso. — E, da próxima vez que ele tentar morder você, será a insegurança básica do Homem.

Ela se inclinou para tocar o animal, mas ele recuou para baixo da cama. Ela endireitou o corpo. — Ele não me importa. Me importa é você. *Ele* não tem como deixar de ser esse pequeno horror, mas ele fica me lembrando que você poderia, se quisesse.

O rosto do marido assumiu a impassibilidade que era característica dele quando estava decidido a não perder a paciência. Ela sabia que ele ia esperar para ficar zangado até ela estar despreparada para o ataque. Ele não disse nada, batucando com as unhas um ritmo insistente na tampa da mala.

— Naturalmente, eu não quero dizer que você seja mesmo um horror — ela continuou.

— Por que não? — ele perguntou, sorrindo, agradável. — Qual é o problema com a crítica? Eu talvez seja, para você. Gosto deles porque vejo os macacos como pequenos homens-modelo. Você acha que o homem é alguma outra coisa, algo espiritual ou Deus sabe o quê. De qualquer forma, o que eu vejo é você sempre se desiludindo e perguntando como a humanidade pode ser tão bestial. Eu acho a humanidade ótima.

— Por favor, não continue — ela disse. — Conheço as suas teorias. Não vai nunca convencer a si mesmo.

Quando terminaram de fazer as malas, foram para a cama. Ao apagar a luz atrás do travesseiro, ele disse: — Me diga sinceramente. Quer que eu dê o macaco para o camareiro?

No escuro, ela chutou os lençóis. Pela escotilha, podia ver as estrelas perto do horizonte, e o mar calmo deslizava bem debaixo dela. Sem pensar, disse: — Por que não joga o macaco na água?

No silêncio que se seguiu, ela se deu conta de que tinha falado sem pensar, mas a brisa tépida soprando com langor sobre seu corpo tornava cada vez mais difícil pensar ou falar. Quando estava adormecendo, pareceu-lhe ouvir seu marido dizer devagar: — Acredito que você faria isso. Acredito que você faria isso.

Na manhã seguinte, ela dormiu até tarde, e quando subiu para o café da manhã, seu marido já tinha terminado o dele e estava recostado, fumando.

— Como vai? — ele perguntou, animado. — O camareiro da cabine adorou o macaco.

Ela sentiu um rubor de prazer. — Ah — disse, endireitando o corpo —, você deu para ele? Não precisava fazer isso. — Deu uma olhada no menu; era o mesmo de todos os outros dias. — Mas acho realmente que vai ser melhor. Um macaco não combina com lua de mel.

— Acho que tem razão — ele concordou.

Villalta estava sufocante e empoeirada. No outro barco, eles tinham se acostumado a ter muito poucos passageiros e foi uma surpresa desagradável descobrir que o novo estava cheio de gente. O novo barco era um ferry de dois conveses, pintado de branco, com uma enorme roda de propulsão na popa. No convés inferior, que ficava a não mais que sessenta centímetros da superfície do rio, passageiros e carga estavam prontos para viajar, embarcados indiscriminadamente. O convés superior tinha um salão e mais ou menos uma dúzia de camarotes estreitos. No salão, os passageiros de primeira classe desfaziam suas trouxas de travesseiros e abriam seus sacos de papel de comida. A luz alaranjada do pôr do sol inundava o salão.

Eles olharam diversos camarotes.

— Parecem estar todos vazios — ela disse.

— Dá para entender por quê. Mesmo assim, a privacidade ajudaria.

— Este aqui é duplo. E tem tela na janela. Este é o melhor.

— Vou procurar o camareiro ou alguém. Entre e assuma o controle. — Ele empurrou as malas para fora da passagem onde o *cargador* as havia deixado e saiu em busca de um funcionário. Em cada canto do barco as pessoas pareciam se multiplicar. Havia o dobro de pessoas de poucos minutos antes. O salão estava completamente lotado, o espaço todo ocupado por grupos de viajantes com crianças pequenas e mulheres mais velhas, que já estavam estendidas em cobertores ou jornais.

— Parece o quartel do Exército da Salvação na noite depois de um grande desastre — ele disse ao entrar no camarote. — Não encontrei ninguém. De qualquer forma, é melhor ficarmos aqui. Os outros cubículos estão começando a ficar cheios.

— Não tenho certeza se não preferia ficar no convés — ela anunciou. — Tem centenas de baratas.

— E provavelmente coisas piores — ele acrescentou, olhando as camas.

— O melhor a fazer é tirar esses lençóis imundos e deitar direto nos colchões. — Ela espiou o corredor. Havia suor descendo por seu pescoço. — Acha que é seguro?

— Como assim?

— Essa gente toda. Esta banheira velha.

Ele encolheu os ombros.

— É só uma noite. Amanhã estaremos em Cienaga. E já está quase de noite.

Ela fechou a porta e encostou-se nela, sorrindo ligeiramente.

— Acho que vai ser divertido — disse.

— O barco está se movendo! — ele gritou. — Vamos para o convés. Se conseguirmos chegar lá.

Lentamente o velho barco avançou pela baía na direção da escura costa oriental. As pessoas cantavam e tocavam violões. No convés inferior uma vaca mugia continuamente. E mais alto que todos os sons era o farfalhar da água produzido pelas imensas pás da roda.

Sentaram-se no convés no meio da multidão vociferante, encostados às barras do parapeito, e viram a Lua nascer sobre o mangue em frente. Ao se aproximarem do lado oposto da baía, parecia que o barco ia avançar diretamente para a costa, mas então apareceu uma estreita passagem, e o barco deslizou cautelosamente por ela. As pessoas imediatamente se afastaram do parapeito, agrupando-se junto à parede oposta. Galhos das árvores da margem começaram a roçar contra a embarcação, raspando as paredes laterais das cabines e depois chicoteando violentamente o convés.

Eles abriram caminho pela multidão e foram até o salão do convés do outro lado do barco; a mesma coisa estava acontecendo ali.

— Que loucura — ela declarou. — É como um pesadelo. Quem já ouviu falar de um canal mais estreito do que um barco! Me deixa nervosa. Vou entrar e ler.

O marido a deixou sair de seus braços. — Você nunca entra no espírito da coisa, não é?

— Você me diz qual é o espírito e eu vou ver se entro nele — ela disse, virando para ir embora.

Ele a seguiu. — Não quer descer para o convés inferior? Parece que estão mandando ver lá embaixo. Escute. — Ele levantou a mão. Repetidas risadas altas vinham lá de baixo.

— Não quero mesmo! — ela disse, sem olhar de volta.

Ele desceu. Grupos de homens estavam sentados sobre volumosos sacos de estopa e caixotes de madeira, jogando moedas. As mulheres de pé atrás deles, fumando cigarros negros e guinchando de excitação. Ele os olhou com atenção, refletindo que se lhes faltassem menos dentes seriam um povo bonito. "Deficiência mineral do solo", comentou consigo mesmo.

Parado do outro lado do círculo de jogadores, na frente dele, estava um jovem nativo musculoso cujo boné com visor e um leve ar de altivez sugeriam uma posição de algum tipo no barco. Com dificuldade o viajante abriu caminho até ele e falou em espanhol.

— Você trabalha aqui?

— Sim, senhor.

— Eu estou na cabine oito. Posso pagar o suplemento de tarifa para você?

— Sim, senhor.

Ótimo.

Procurou a carteira no bolso, mas ao mesmo tempo lembrou, aborrecido, que a tinha deixado em cima, trancada dentro de uma mala. O homem parecia na expectativa. A mão estendida.

— Meu dinheiro está no camarote. — E acrescentou: — Com minha mulher. Mas se puder subir dentro de meia hora posso pagar a minha tarifa.

— Sim, senhor. — O homem abaixou a mão e apenas olhou para ele. Muito embora desse uma impressão de força puramente animal, o rosto largo, um tanto simiesco, era bonito, refletiu o marido. Foi uma surpresa quando, um momento depois, aquele rosto traiu uma timidez infantil quando o homem disse: — Vou fumigar a cabine para sua señora.

— Obrigado. Tem muito mosquito?

O homem grunhiu e sacudiu os dedos de uma mão como se estivessem queimados.

— Logo vai ver quantos. — E afastou-se.

Nesse momento, o barco sacudiu violentamente, e houve uma grande alegria entre os passageiros. Ele abriu caminho até a proa e viu que o piloto tinha batido na margem. O emaranhado de galhos e raízes estava a poucos centímetros de seu rosto, as formas complexas vagamente iluminadas pelas lanternas do barco. A embarcação recuou laboriosamente e a água agitada do canal subiu até o nível do convés e lambeu a borda externa. Lentamente eles avançaram com cautela para a baía até a proa estar de novo apontada para o meio da passagem, e continuaram. Então, quase imediatamente, a passagem tinha uma curva tão aguda que a mesma coisa tornou a acontecer, jogando-o de lado contra um saco de alguma coisa desagradavelmente mole e molhada. Um sino tocou no convés inferior, no interior do barco; o riso dos passageiros ficou mais alto.

Acabaram seguindo em frente, mas agora o movimento ficara dolorosamente lento, uma vez que as curvas da passagem eram mais fechadas. Debaixo da água os tocos gemiam quando o barco forçava seus lados contra eles. Ramos estalavam e quebravam, caíam no convés da frente e no superior. A lanterna da proa foi arremessada na água.

— Este não é o canal normal — resmungou um dos jogadores, levantando os olhos.

Vários viajantes exclamaram "O quê?" quase em uníssono.

— Tem uma porção de passagens por aqui. Nós vamos pegar carga em Corazón.

Os jogadores retiraram-se para uma área interna quadrada que outros tinham formado deslocando alguns caixotes. O marido foi com eles. Ali estava comparativamente a salvo de pensamentos intrusivos. O convés era melhor iluminado ali, e isso lhe deu a ideia de anotar no caderno. Curvado sobre uma caixa de papelão que dizia *Vermifugo Santa Rosalia* ele escreveu: "18 de novembro. Estamos nos deslocando pela corrente sanguínea de um gigante. Uma noite muito escura." Aí, uma nova colisão com a terra o derrubou, derrubou todo mundo que não estava apoiado em objetos sólidos.

Alguns bebês choravam, mas a maior parte deles estava dormindo. Ele deslizou para o convés. Achando sua posição bem confortável, caiu num estado de sonolência que era quebrado irregularmente pelo grito das pessoas e pelo sacudir do barco.

Quando acordou depois, o barco estava bem estacionário, os jogos tinham cessado, as pessoas estavam dormindo, alguns homens continuavam a conversa em pequenos grupos. Ele ficou quieto, ouvindo. A conversa era sobre lugares; estavam comparando o que achavam desagradável em várias partes da república: insetos, tempo, répteis, doenças, falta de comida, preços altos.

Ele olhou o relógio. Uma e meia. Com dificuldade se pôs de pé e procurou a escada. Em cima, no salão, os lampiões de querosene iluminavam uma vasta desordem de figuras prostradas. Foi para o corredor e bateu na porta marcada com um oito. Sem esperar que ela respondesse, abriu a porta. Estava escuro dentro. Ouviu uma tosse abafada perto e concluiu que ela estava acordada.

— Como estão os mosquitos? O meu homem-macaco veio e ajeitou para você? — ele perguntou.

Ela não respondeu, então ele acendeu um fósforo. Ela não estava na cama da esquerda. O fósforo queimou seu polegar. Com o segundo, ele olhou a cama da direita. Havia um vaporizador de inseticida de lata ali em cima do colchão, o vazamento formava um grande círculo de óleo no forro nu. Repetiu-se a tosse. Era alguém na cabine vizinha.

— E agora? — ele disse em voz alta, incomodado de se ver aborrecido a esse ponto. Uma suspeita tomou conta dele. Sem acender o lampião pendurado, ele correu para abrir as malas e no escuro tateou depressa entre as peças finas de roupa e artigos de toalete. As garrafas de uísque não estavam ali.

Não era a primeira vez que ela embarcava num surto de beber sozinha e seria fácil encontrá-la entre os passageiros. Porém, como estava zangado, ele resolveu que não ia procurá-la. Tirou a camisa e a calça e deitou na cama da esquerda. Sua mão tocou uma garrafa no chão ao lado da cabeceira da cama. Ele se levantou o suficiente para sentir o cheiro; era cerveja e a garrafa estava pela metade. Fazia calor na cabine e ele bebeu com satisfação o que restava do líquido morno e amargo, e rolou a garrafa no quarto.

O barco não estava em movimento, mas vozes gritavam aqui e ali. Dava para sentir um baque ocasional quando um saco de alguma coisa pesada era jogado a bordo. Ele olhou pela janelinha quadrada com a tela na frente. Em primeiro plano, vagamente iluminados pelos lampiões do barco, alguns homens morenos, nus a não ser pela roupa de baixo esfarrapada, estavam de pé numa plataforma feita na lama e olhavam para o barco. Em meio ao emaranhado de raízes e troncos atrás deles dava para ver uma fogueira acesa, mas estava lá longe no pântano. O ar tinha cheiro de água estagnada e fumaça.

Ele resolveu aproveitar o relativo silêncio, deitou-se e tentou dormir; não se surpreendeu, porém, com a dificuldade que encontrou para relaxar. Era sempre difícil dormir quando ela não estava no quarto. O conforto da presença dela ficava faltando e havia também o medo de ser acordado pela sua volta. Quando se permitiu relaxar, começou depressa a formular ideias e traduzi-las em frases cujo registro parecia ainda mais urgente porque estava deitado confortavelmente no escuro.

Pensou nela algumas vezes, mas só como uma figura difusa cujo caráter emprestava sabor a uma sucessão de panos de fundo. Muitas vezes revisou o dia que acabara de terminar, procurando se convencer de que o tinha levado um pouco mais distante de sua infância. Muitas vezes, durante meses a fio, a estranheza de seus sonhos o convencia de que afinal tinha virado uma esquina, que os lugares escuros haviam finalmente ficado para trás, que ele estava além do alcance. Então, uma noite, ao adormecer, antes que tivesse tempo de recusar, estava olhando de perto um objeto havia muito esquecido: um prato, uma cadeira, uma almofada de alfinetes, e a costumeira sensação de infinita futilidade e tristeza voltava.

O motor começou a funcionar e o grande ruído da água na roda de tração recomeçou. Afastaram-se de Corazón. Ele ficou contente. "Agora não vou ouvir quando ela entrar e bater as coisas", pensou, e caiu num sono leve.

Estava coçando os braços e as pernas. O vago e prolongado mal-estar acabou se transformando em plena consciência e ele se sentou, com raiva. Acima dos sons feitos pelo barco, podia ouvir outro som, que vinha pela janela: um som incrivelmente agudo e miúdo, miúdo mas constante em tom e intensidade. Ele pulou da cama e foi até a janela. O canal era mais largo ali e a vegetação suspensa não tocava mais as laterais do barco. No ar, perto, longe, por toda parte, o gemido fino de asas de mosquitos. Ele sentiu-se incomodado e absolutamente deliciado com a novidade do fenômeno. Durante um momento, ficou olhando a trama negra da mata passando. Então, com a coceira, ele se lembrou dos mosquitos dentro da cabine. A tela não chegava até o alto da abertura; havia espaço mais que suficiente para eles entrarem. Mesmo ali no escuro, ao passar os dedos pela moldura para encontrar o fecho, dava para senti-los, tantos que eram.

Agora que estava totalmente acordado, acendeu um fósforo e foi à cama dela. Claro que ela não estava. Ele pegou a bomba de Flit e a sacudiu. Estava vazia, e quando o fósforo se apagou, ele viu que a mancha no colchão tinha se espalhado ainda mais.

— Filho da puta! — sussurrou, e voltando à janela puxou vigorosamente a tela para fechar a abertura. Quando a soltou, ela caiu na água e quase imediatamente ele tomou consciência da suave carícia de minúsculas asas em cima de toda sua cabeça. De calça e camiseta de baixo ele saiu correndo para o corredor. Nada tinha mudado no salão. Quase todo mundo estava dormindo. Havia portas de tela que davam para o convés. Ele as inspecionou: pareciam instaladas com mais firmeza. Alguns poucos mosquitos roçaram seu rosto, mas não eram uma horda. Ele se enfiou entre duas mulheres que dormiam sentadas com as costas apoiadas na parede e ficou ali em agudo desconforto até cochilar de novo. Não muito depois, abriu os olhos e encontrou a tênue luz do amanhecer no ar. O pescoço doía. Ele se levantou e saiu para o convés, onde a maior parte das pessoas do salão já estava aglomerada.

  O barco deslizava por um largo estuário pontilhado por moitas de plantas e árvores que se erguiam da água rasa. Nas bordas das pequenas ilhas havia garças, tão brancas na luz cinzenta da manhã que sua clareza parecia vir de dentro.

  Eram cinco e meia. Nesse momento, o barco devia chegar a Cienaga, onde encontraria o trem em sua viagem semanal para o interior. Uma fina faixa de terra à frente já era identificada pelos ansiosos espectadores. O dia estava chegando depressa; céu e água eram da mesma cor. O convés recendia ao aroma gorduroso de mangas com as pessoas começando a tomar seu desjejum.

  E agora finalmente ele começou a ficar ansioso para saber onde ela poderia estar. Tinha decidido fazer uma busca imediata e completa do barco. Ela seria instantaneamente identificável em qualquer grupo. Primeiro, procurou metodicamente no salão, depois esgotou as possibilidades do convés superior. Desceu, então, onde o jogo já havia começado outra vez. Na popa, amarrada a dois finos postes de ferro, estava a vaca, que não mugia mais. Perto, havia um alpendre improvisado, provavelmente acomodações da tripulação. Ao passar diante da portinha, espiou pela bandeira baixa acima dela, e a viu deitada ao lado de um homem no chão; então virou-se e voltou. Os dois estavam dormindo, e semivestidos. No ar quente que vinha pela bandeira com tela havia cheiro do uísque que tinham bebido e do uísque que havia sido derramado.

Ele subiu, o coração batendo violentamente. Na cabine, fechou as duas malas dela, aprontou a sua, colocou-as juntas na porta e estendeu as capas de chuva em cima delas. Vestiu a camisa, penteou o cabelo com cuidado e foi para o convés. Cienaga estava logo à frente, à sombra matinal dos montes: uma doca, uma fileira de cabanas contra a selva atrás e a estação ferroviária à direita, além da aldeia.

Quando atracaram, ele sinalizou para dois moleques que estavam acenando para chamar sua atenção, gritando "*Equipajes*!". Os dois brigaram um pouco até ele fazer com que vissem seus dois dedos levantados. Para que entendessem direito, ele apontou para cada um separadamente, e eles sorriram. Ainda sorrindo, pararam ao lado dele com as malas e as capas e ele estava entre os primeiros passageiros do convés superior a descer para terra. Seguiram a rua até a estação, com papagaios gritando para eles de cada telhado de sapé no caminho.

No trem lotado, à espera, com a bagagem finalmente no bagageiro, o coração dele batia mais depressa que nunca e ele mantinha os olhos dolorosamente na longa rua empoeirada que levava à doca. No extremo dela, quando soou o apito, ele pensou ver uma figura de branco correndo entre os cachorros e as crianças na direção da estação, mas o trem partiu enquanto ele olhava e a estrada sumiu de vista. Ele pegou o caderno e sentou com ele no colo, sorrindo para a paisagem verde brilhante que passava cada vez mais depressa pela janela.

(1947)

Páginas de Cold Point

Nossa civilização está condenada a uma vida curta: suas partes componentes são heterogêneas demais. Pessoalmente, me contento em ver tudo no processo de decadência. Quanto maiores as bombas, mais depressa será feito. A vida é notadamente hedionda demais para se tentar preservá-la. Que se acabe. Talvez algum dia outra forma de vida apareça. De qualquer forma, não tem nenhuma importância. Ao mesmo tempo, eu ainda sou parte da vida e sou obrigado por isso a proteger a mim mesmo o máximo que puder. E então estou aqui. Aqui nas Ilhas a vegetação ainda é dominante e o homem tem de lutar até mesmo para fazer sua presença ser sequer notada. É bonito aqui, os ventos alísios sopram o ano inteiro e desconfio que é muito pouco provável que desperdicem bombas neste lado pouco frequentado da ilha, ou mesmo em qualquer parte dela.

Relutei em entregar minha casa depois da morte de Hope. Mas era a atitude óbvia a tomar. Minha carreira universitária sempre foi uma farsa absoluta (uma vez que não acredito ser válida nenhuma razão que induza um homem a "ensinar"), fiquei animado com a ideia de me demitir e, assim que os negócios dela estavam arranjados e o dinheiro devidamente investido, não perdi tempo em fazê-lo.

Acho que naquela semana, pela primeira vez desde a infância, consegui recapturar a sensação de que existe um conteúdo na existência. Fui de uma casa agradável para outra, fazendo minhas despedidas dos charlatães ingleses, dos faquires da filosofia, e assim por diante, até mesmo daqueles colegas que eu apenas cumprimentava. Vi a inveja na cara deles quando anunciei minha partida pela Pan American no sábado de manhã, e o maior prazer que senti em tudo isso foi poder responder "nada" quando me perguntavam, como invariavelmente perguntavam, o que eu pretendia fazer.

Quando eu era menino as pessoas costumavam se referir a Charles como o "Grande Irmão C", embora ele seja apenas um ano mais velho que eu. Para mim, agora, ele é apenas o "Gordo Irmão C", um advogado bem-sucedido. Sua cara e mãos gordas e vermelhas, sua jovialidade de tapas nas costas e seu puritanismo hipócrita e sem fim, essas são as qualidades que o tornam verdadeiramente repulsivo para mim. Há também o fato de ele um dia ter tido a aparência não diferente da que Racky tem hoje. E afinal, ele ainda é meu irmão mais velho, e desaprova abertamente tudo o que faço. A ojeriza que tenho por ele é tão forte que durante anos não fui capaz de engolir nem um bocado de comida ou uma gota de líquido em sua presença sem ter de fazer um esforço prodigioso. Ninguém sabe disso além de mim, certamente Charles não sabe, e é a última pessoa para quem eu contaria isso. Ele veio no trem noturno duas noites antes de eu ir embora. Foi direto ao ponto, assim que se serviu de um uísque com soda.

— Então você vai para a selva — disse, inclinado para a frente na cadeira como um vendedor.

— Se se pode chamar aquilo de selva — respondi.

— Certamente não é tão selvagem como Mitichi. — (Ele tem uma cabana ao norte de Quebec.) — Considero até bem civilizado.

Ele bebeu e estalou os lábios bem apertados, pousou o copo com força no joelho.

— E Racky. Vai levar ele com você?

— Claro.

— Sem escola. Longe. Ele então não vai ver ninguém além de você. Você acha isso bom.

Olhei para ele. — Acho — respondi.

— Meu Deus, eu podia impedir você legalmente, e devia! — ele gritou, dando um pulo e colocando o copo no aparador. Eu tremia por dentro de excitação, mas simplesmente fiquei sentado e assisti. Ele continuou: — Você não tem condições de exercer a custódia do menino! — gritou. Lançou-me um olhar severo por cima dos óculos.

— Você acha que não? — perguntei, delicadamente.

Mais uma vez ele me olhou duro. — Acha que eu esqueci?

Compreensivelmente, eu estava ansioso para pô-lo fora de casa o mais cedo possível. Enquanto empilhava e separava cartas e revistas em cima da mesa, eu disse: — Você veio até aqui só para me dizer isso? Tenho muita coisa para fazer amanhã e preciso dormir. Provavelmente não vamos nos ver no café da manhã. Agnes providencia comida para você a tempo de pegar o primeiro trem.

Tudo o que ele disse foi: — Meu Deus! Acorde! Bote a cabeça no lugar! Não vai enganar ninguém, sabe.

Esse tipo de conversa é típico de Charles. A cabeça dele é lenta e obtusa; ele imagina constantemente que todo mundo que encontra está fazendo algum jogo de dissimulação com ele. É tão incapaz de acompanhar o funcionamento de um intelecto até moderadamente desenvolvido que vê desejo de segredo e duplicidade em toda parte.

— Não tenho tempo para ouvir esse tipo de bobagem — eu disse, me preparando para sair da sala.

Mas ele gritou: — Você não quer ouvir! Não! Claro que não! Você só quer fazer o que quer fazer. Você só quer é ir para lá e viver como bem entender, e para o inferno com as consequências! — Nesse ponto, ouvi Racky subindo a escada. C evidentemente não ouviu nada e continuou: — Mas não esqueça uma coisa, eu tenho o seu número, e se houver algum problema com o menino, eu vou saber de quem é a culpa.

Atravessei depressa a sala e abri a porta para ele ver que Racky estava ali no corredor. Ele interrompeu o sermão. Era difícil saber se Racky tinha ouvido alguma coisa ou não. Embora não seja uma pessoa do tipo quieto, ele é a essência da discrição e quase nunca é possível saber o que acontece dentro de sua cabeça além do que ele quer que se saiba.

Eu estava aborrecido por C estar gritando comigo em minha própria casa. Com toda certeza, ele é a única pessoa de quem eu aceito tal comportamento, mas, por outro lado, nenhum pai gosta que seu filho o veja recebendo críticas passivamente. Racky simplesmente ficou parado ali com seu roupão de banho, o rosto angelical sem expressão nenhuma, dizendo: — Diga boa-noite ao tio Charley para mim, tudo bem? Eu esqueci.

Eu disse que diria e depressa fechei a porta. Quando achei que Racky já estava de volta a seu quarto no andar de cima, dei boa-noite a Charles. Nunca consegui sair da presença dele depressa o bastante. O efeito que ele tem sobre mim data de um período antigo de nossas vidas, de uma época que não gosto de lembrar.

Racky é um menino maravilhoso. Depois que chegamos, quando descobrimos que não conseguiríamos uma casa perto de nenhuma cidade onde ele pudesse ter a companhia de meninos e meninas ingleses da idade dele, ele não mostrou nenhum sinal de pesar, embora deva ter ficado decepcionado. Em vez disso, quando saímos da imobiliária para o sol da rua, ele sorriu e disse: — Bom, acho que vamos ter de arrumar bicicletas, afinal.

As poucas casas disponíveis perto daquilo que Charles chamaria de "civilização" eram tão feias e tão impossivelmente sufocantes que nos decidimos logo por Cold Point, mesmo ficando do outro lado da ilha e bem isolado no rochedo sobre o mar. Era sem dúvida uma das propriedades mais desejáveis da ilha, e Racky ficou tão entusiasmado com seus esplendores quanto eu.

— Você vai se cansar de ficar sozinho lá, só comigo — eu disse quando voltávamos a pé para o hotel.

— Ah, eu me ajeito. Quando vamos procurar as bicicletas?

Por insistência dele, comprei duas bicicletas na manhã seguinte. Eu tinha certeza de que não ia fazer muito uso da minha, mas pensei que podia ser conveniente ter uma bicicleta extra em casa. Afinal, todos os criados tinham suas próprias bicicletas, sem as quais não poderiam ir e voltar da aldeia de

Orange Walk, a pouco mais de doze quilômetros no litoral. Podíamos rodar no fresco ar matinal debaixo das altas paineiras perto da casa ou lá na grande curva do litoral onde as palmeiras ondulantes curvavam-se na direção da terra à brisa firme que soprava sempre. Então dávamos uma grande volta e corríamos para casa, discutindo em altos brados os graus de nossos desejos por vários itens do café da manhã que sabíamos que estariam à nossa espera no terraço. Em casa, podíamos comer ao vento, olhando o mar do Caribe, e conversar sobre as notícias do jornal de ontem que nos era trazido de Orange Walk por Isiah toda manhã. Então Racky desaparecia durante a manhã inteira com sua bicicleta, rodando furiosamente pela estrada numa direção ou noutra até descobrir uma faixa de areia desconhecida ao longo da costa que podia considerar uma praia nova. No almoço, ele a descrevia em detalhe para mim, junto com um relato de todas as dificuldades físicas envolvidas em esconder a bicicleta entre as árvores, para que os nativos que passavam na estrada a pé não a vissem, ou para subir encostas impossíveis de escalar que acabavam se revelando muito mais altas do que parecera à primeira vista, ou em calcular a profundidade da água antes de mergulhar das pedras, ou em avaliar a eficácia dos corais em barrar tubarões e barracudas. Não existe nunca nenhum elemento de exibicionismo em Racky ao relatar suas experiências, apenas a alegre excitação que sente em contar como satisfaz sua inesgotável curiosidade. E sua cabeça mostra como é alerta em todas as direções ao mesmo tempo. Não quero dizer que espero que seja um "intelectual". Isso não é da minha conta, nem tenho qualquer interesse particular em saber se ele vai ser um homem pensador ou não. Sei que ele sempre terá certa ousadia de maneiras e uma grande pureza de espírito em julgar valores. O primeiro impedirá que ele se transforme no que chamo de "vítima": ele nunca será brutalizado pelas realidades. E seu infalível senso de equilíbrio em considerações éticas o protegerá dos efeitos paralisantes do materialismo dos dias de hoje.

Para um menino de dezesseis anos ele tem uma extraordinária inocência de visão. Não digo isso como um pai coruja, mas Deus sabe que não consigo nunca nem pensar no menino sem aquela sensação arrebatadora de prazer e gratidão por ter merecido o privilégio de repartir minha vida com ele. O que ele toma tão completamente como o básico e normal, nossa vida diária juntos aqui, é uma fonte de infindável preocupação para mim; e reflito sobre isso boa parte de todos os dias, sentado aqui apenas consciente de minha grande sorte em tê-lo só para mim, fora do alcance de olhos maldosos e línguas maliciosas. (Acho que estou realmente pensando em C quando escrevo isso.) E acredito que uma parte do encanto de participar da vida de Racky consiste exatamente em ele ter tanta certeza disso. Nunca perguntei para ele se gosta de estar aqui, tão patente é que ele gosta, muito. Acho que se um dia ele virar para mim e disser o quanto está feliz aqui, isso de alguma forma talvez quebre o encanto. Porém, se ele não pensar em mim, se for desconsiderado ou mesmo rude comigo, sinto que eu seria capaz apenas de amá-lo mais por isso.

 Reli a última frase. O que quer dizer isso? E por que eu deveria sequer imaginar que possa querer dizer qualquer coisa além do que diz?

 Mesmo assim, por mais que eu tente, não consigo acreditar no fato gratuito, isolado. O que devo querer dizer é que sinto que Racky já foi de alguma forma desconsiderado. Mas de que jeito? Sem dúvida não tenho ciúme dos passeios de bicicleta; não posso esperar que ele queira ficar sentado conversando comigo o dia inteiro. E nunca me preocupo que ele corra perigo; sei que é mais capaz de cuidar de si mesmo do que a maioria dos adultos e que não está mais propenso que qualquer nativo a se machucar escalando os rochedos ou nadando nas baías. Ao mesmo tempo, não há em minha mente nenhuma dúvida de que alguma coisa na nossa existência me incomoda. Devo me ressentir de algum detalhe do padrão, seja qual for o padrão. Talvez seja apenas a juventude dele e eu tenha inveja de seu corpo flexível, da pele lisa, da energia e graça animais.

* * *

Durante um longo tempo esta manhã, fiquei sentado olhando o mar, tentando resolver esse pequeno enigma. Duas garças brancas vieram e pousaram num toco morto no lado leste do jardim. Ficaram lá um longo tempo sem se mexer. Eu virava a cabeça e acostumava os olhos com o brilho do horizonte do mar, depois olhava de repente para elas para ver se tinham mudado de posição, mas estavam sempre na mesma atitude. Tentei imaginar o toco preto sem elas, uma paisagem puramente vegetal, mas era impossível. O tempo todo eu estava lentamente me forçando a aceitar minha ridícula explicação para meu aborrecimento com Racky. Ela se tinha manifestado para mim apenas ontem, quando em vez de aparecer para almoçar ele mandou um rapaz negro de Orange Walk avisar que ia almoçar na aldeia. Não pude deixar de notar que o rapaz estava com a bicicleta de Racky. Eu estava esperando por ele para almoçar havia uma boa meia hora e fiz Gloria servir imediatamente assim que o rapaz foi embora, de volta para a aldeia. Fiquei curioso para saber em que tipo de lugar e com quem Racky estaria almoçando, uma vez que Orange Walk, pelo que eu soubesse, era habitada exclusivamente por negros, e eu tinha certeza de que Gloria podia lançar alguma luz no assunto, mas dificilmente poderia perguntar a ela. Porém, quando ela trouxe a sobremesa, perguntei: — Quem era esse rapaz que trouxe o recado de mister Racky?

Ela deu de ombros. — Um rapaz de Orange Walk. O nome dele é Wilmot.

Quando Racky voltou ao entardecer, afogueado pelo esforço (porque ele nunca anda devagar com a bicicleta), olhei atentamente para ele. Aos meus olhos já desconfiados, seu comportamento pareceu de falsa animação e de um bom humor bastante forçado. Ele foi para seu quarto cedo e leu durante um bom tempo antes de apagar a luz. Dei um longo passeio no luar que era quase dia, ouvindo as canções dos insetos noturnos nas árvores. E sentei um pouco no escuro no parapeito de pedra da ponte sobre o rio Negro. (Na verdade é apenas um riacho que desce dos montes pelas pedras desde alguns quilômetros terra adentro até a praia perto da casa.) À noite, ele sempre soa mais alto e mais importante do que durante o dia. A música da água sobre as pedras relaxou meus nervos, embora o porquê de eu precisar de uma coisa dessas eu ache difícil de entender, a menos que estivesse realmente aborrecido por Racky não ter vindo almoçar em casa. Mas se isso fosse verdade seria absurdo, e além do mais perigoso, o tipo de coisa com que pais de adolescentes têm de tomar cuidado e lutar contra, a menos que sejam indiferentes à perspectiva de perder a confiança e o afeto do filho permanentemente. Racky tinha de ficar fora sempre que quisesse, com quem ele quisesse, e por quanto tempo quisesse, e eu não devia pensar duas vezes a respeito, muito menos mencionar isso a ele, ou de alguma forma dar a impressão de estar espionando. Falta de confiança por parte de um pai é um pecado imperdoável.

Embora a gente ainda dê o nosso mergulho juntos ao levantar, há três semanas que não saímos para dar uma volta cedinho. Uma manhã, descobri que Racky tinha montado sua bicicleta de sunga molhada enquanto eu ainda estava nadando e que tinha ido embora sozinho, e desde então tem havido um acordo tácito entre nós de que será esse o procedimento; ele vai sozinho. Talvez eu o retarde; ele gosta de pedalar muito depressa.

O jovem Peter, o sorridente jardineiro de Saint Ives Cove, é o amigo especial de Racky. É divertido ver os dois juntos entre os arbustos, agachados sobre um formigueiro ou correndo para tentar pegar um lagarto, os dois quase da mesma idade e no entanto tão diferentes: Racky com sua pele bronzeada parecendo quase branco por contraste com o negro brilhante do outro. Hoje sei que vou estar sozinho para almoçar, uma vez que é o dia de folga de Peter. Nesses dias, eles geralmente vão juntos de bicicleta até Saint Ives Cove, onde Peter tem um barquinho a remo. Pescam no litoral lá, mas até agora nunca voltaram com nada.

Enquanto isso, fico aqui sozinho, sentado nas pedras ao sol, de quando em quando desço para me refrescar na água, sempre consciente da casa atrás de mim debaixo das altas palmeiras, como um grande barco de vidro cheio de orquídeas e lírios. Os criados são limpos e quietos, e o trabalho parece ser realizado quase automaticamente. Os bons criados negros são outra bênção das ilhas; os britânicos nascidos aqui neste paraíso não fazem ideia da sorte que têm. Na verdade, eles não fazem nada além de reclamar. É preciso ter vivido nos Estados Unidos para avaliar a maravilha deste lugar. Porém, mesmo aqui as ideias estão mudando todo dia. Logo as pessoas vão resolver que querem que sua terra faça parte do monstruoso mundo de hoje e, quando isso acontecer, estará tudo acabado. Assim que você tem esse desejo, você está contaminado pelo vírus mortal, e começa a mostrar sintomas da doença. Passa a viver em termos de tempo e dinheiro, e a pensar em termos de sociedade e progresso. Então tudo o que lhe resta é matar as outras pessoas que pensam do mesmo jeito, junto com muitas que não pensam, uma vez que essa é a manifestação final da doença. Aqui, de momento, de qualquer modo, se tem uma sensação de estabilidade: a existência deixa de ser como aqueles últimos segundos da ampulheta quando o que resta de areia de repente começa a correr para o fundo de uma vez. De momento, isso parece em suspenso. E se parece, está. Cada onda aos meus pés, cada canto de pássaro na floresta às minhas costas, *não* me leva um passo mais perto do desastre final. O desastre é certo, mas acontecerá de repente, só isso. Até então, o tempo fica parado.

Estou aborrecido com uma carta do correio desta manhã: o Royal Bank of Canada solicita a minha presença em pessoa em seu escritório central para assinar o formulário de depósito e outros papéis de uma soma que foi mandada por telégrafo do banco em Boston. Como o escritório central fica do outro lado da ilha, a setenta e cinco quilômetros, vou ter de passar a noite lá e voltar no dia seguinte. Não há por que levar Racky junto. A visão da "civilização" pode despertar nele um desejo por ela; nunca se sabe. Tenho certeza de que despertaria em mim na idade dele. E se isso começar, Racky ficaria totalmente infeliz, uma vez que não há alternativa para ele senão ficar aqui comigo, pelo menos pelos próximos dois anos, quando eu espero renovar o contrato, ou, se as coisas em Nova York derem certo, comprar o lugar. Vou mandar um recado por Isiah quando ele voltar para a casa dele em Orange Walk esta noite, para o carro de McCoigh estar aqui para me pegar amanhã às sete e meia da manhã. É um enorme Packard conversível, velho, e Isiah pode economizar a vinda para o trabalho aqui colocando a bicicleta na parte de trás e pegando uma carona com McCoigh.

A viagem através da ilha foi linda, e teria sido altamente prazerosa se minha imaginação não tivesse me pregado uma peça logo na partida. Paramos em Orange Walk para pôr gasolina e nesse meio-tempo eu desci e fui até a loja da esquina comprar cigarros. Como ainda não eram oito horas, a loja estava fechada e corri a uma rua lateral até outra lojinha que achei que podia estar aberta. Estava, e eu comprei meus cigarros. No caminho de volta, notei uma grande negra com os braços apoiados no portão em frente de sua casinha, olhando a rua. Quando passei por ela, olhou diretamente no meu rosto e disse alguma coisa com o estranho sotaque da ilha. Foi dito num tom que parecia inamistoso, ostensivamente dirigido a mim, mas eu não fazia ideia do que era. Voltei para o carro e o motorista deu partida. O som das palavras, porém, ficou na minha cabeça como uma forma luminosa recortada no escuro tende a permanecer em nossa visão mental, de tal modo que quando se fecham os olhos ainda se vê o contorno exato da forma. O carro já estava roncando encosta acima na direção do interior quando de repente ouvi de novo as palavras exatas. E elas eram: "Segure seu menino em casa, moço." Fiquei absolutamente rígido um momento enquanto a paisagem aberta corria. Por que eu haveria de pensar que ela tinha dito isso? Imediatamente resolvi que estava atribuindo um sentido arbitrário à frase que não entendera mesmo prestando estrita atenção. E então me perguntei por que meu subconsciente teria escolhido aquele sentido, uma vez que agora, ao sussurrar as palavras para mim mesmo, elas não tinham conexão com nenhuma ansiedade que eu pudesse ter em mente. Na verdade, eu nunca tinha pensado sobre as andanças de Racky em Orange Walk. Não consigo localizar uma preocupação dessas por mais que eu coloque a questão para mim mesmo. Então ela poderia ter realmente dito essas palavras? Durante todo o caminho até os montes fui ponderando essa questão, muito embora fosse evidentemente um desperdício de energia. E logo eu não conseguia mais ouvir o som da voz dela em minha memória: tinha tocado o disco tantas vezes que ele gastou.

Aqui no hotel, um baile de gala está em andamento. A orquestra abominável, que tem dois saxofones e um violino azedo, está tocando no jardim debaixo de minha janela e os casais de ar sério deslizam pelo piso de concreto encerado do terraço, à luz de lanternas de papel enfileiradas. Suponho que pretendam parecer japonesas.

Neste momento, me pergunto o que Racky está fazendo na casa apenas com Peter e Ernest, o vigilante, para lhe fazer companhia. Imagino se estará dormindo. A casa, que estou acostumado a imaginar como sorridente e benévola em sua leveza, poderia também estar na mais sinistra e remota região do globo, agora que estou aqui. Sentado aqui, com essa absurda orquestra balindo lá embaixo, imagino a casa e ela me parece terrivelmente vulnerável em seu isolamento. Em minha visão mental, vejo o Point iluminado pelo luar com suas altas palmeiras oscilando incessantemente no vento, os escuros rochedos lambidos pelas ondas lá embaixo. De repente, embora eu lute contra a sensação, fico inexprimivelmente contente de estar longe da casa, desamparada lá, longe no Point em terra, no silêncio da noite. Então lembro que a noite raramente é silenciosa. Existe o ruidoso mar na base das rochas, o zumbido de milhares de insetos, os gritos ocasionais dos pássaros noturnos, todos os ruídos familiares que fazem o sono tão pesado. E Racky está lá cercado por eles como sempre, sem nem escutá-los. Mas me sinto profundamente culpado por tê-lo deixado, inexprimivelmente enternecido e triste ao pensar nele, deitado lá sozinho na casa com os dois negros, únicos seres humanos em quilômetros. Se continuar pensando em Cold Point vou ficar mais e mais nervoso.

Ainda não vou para a cama. Estão todos rindo alto lá embaixo, os idiotas; não conseguiria mesmo dormir. O bar ainda está aberto. Felizmente, fica do lado da rua do hotel. Pela primeira vez, eu preciso de uns drinques.

Muito mais tarde, mas não me sinto melhor; devo estar um pouco bêbado. O baile terminou e o jardim está silencioso, mas o quarto é quente demais.

Quando eu estava adormecendo, noite passada, todo vestido, e com a luz de cabeceira acesa sordidamente na minha cara, ouvi a voz da negra de novo, ainda mais claramente do que ouvira no carro ontem. Por alguma razão, nesta manhã não há dúvida em minha mente de que as palavras que ouvi são as palavras que ela disse. Aceito isso e prossigo daí. Suponhamos que ela tenha mesmo me dito para manter Racky em casa. Pode significar que ela, ou alguma outra pessoa em Orange Walk, teve uma altercação infantil com ele; embora eu deva dizer que é difícil imaginar Racky entrando em algum tipo de discussão ou desentendimento com aquela gente. Para tranquilizar minha cabeça (porque parece mesmo que estou pensando na coisa toda com muita seriedade), vou parar na aldeia esta tarde antes de voltar para casa e tentar ver a mulher. Estou extremamente curioso para saber o que ela possa ter dito.

Até esta noite, quando voltei a Cold Point, eu não tinha consciência de como são poderosos todos esses elementos físicos que se combinam para formar a atmosfera aqui: o mar e os sons do vento que isolam a casa da estrada, o brilho da água, do céu e do Sol, as cores intensas e os cheiros fortes das flores, a sensação de espaço tanto fora como dentro da casa. Essas coisas são aceitas com naturalidade quando se vive aqui. Esta tarde, quando voltei, eu tinha consciência de todas elas de novo, da existência e da força delas. Todas juntas são como uma droga poderosa; voltar me fez sentir como se eu tivesse me desintoxicado e estivesse voltando para a cena de meus antigos desregramentos. Agora, às onze horas, é como se eu nunca tivesse me ausentado nem uma hora. Está tudo como sempre, até mesmo o ramo de palmeira seco que arranha a veneziana ao lado do meu criado-mudo. E, de fato, faz apenas trinta e seis horas que estive aqui; mas eu sempre espero que minha ausência de um lugar provoque algumas mudanças irremediáveis.

Estranhamente, agora, pensando melhor, sinto que alguma coisa mudou *sim* desde que parti ontem de manhã e é a atitude geral dos criados: sua aura coletiva, por assim dizer. Notei essa diferença imediatamente quando voltei, mas não conseguia definir. Agora vejo claramente. A rede de entendimento comum que se espalha sozinha devagar numa casa bem conduzida se desmanchou. Cada pessoa está agora sozinha. Nenhuma animosidade, porém, que eu possa perceber. Eles todos se comportam com absoluta cortesia, exceto talvez Peter, que me parece excepcionalmente carrancudo quando o encontro na cozinha depois do jantar. Tencionava perguntar a Racky se ele tinha notado, mas esqueci e ele foi para a cama cedo.

Fiz uma breve parada em Orange Walk dando a McCoigh o pretexto de que queria falar com a costureira na rua principal. Passei para cá e para lá na frente da casa em que eu tinha visto a mulher, mas não havia sinal de ninguém.

Quanto à minha ausência, Racky parece ter ficado completamente contente, tendo passado a maior parte do dia nadando na rochas abaixo do terraço. O som dos insetos está no máximo agora, a brisa mais fresca que sempre, e vou aproveitar essas condições favoráveis para ter uma boa noite de sono.

Hoje foi um dos dias mais difíceis da minha vida. Levantei cedo, tomamos o café da manhã no horário normal, e Racky saiu na direção de Saint Ives Cove. Fiquei deitado ao sol no terraço um pouco, ouvindo os ruídos do funcionamento da casa. Peter estava por toda parte na propriedade, recolhendo folhas secas e flores caídas em um cesto imenso, que levou para a compostagem. Ele parecia estar ainda mais mal-humorado que na noite passada. Quando passou perto de mim a certo momento, a caminho de outra parte do jardim, eu o chamei. Ele pôs o cesto no chão e parou, olhando para mim; então atravessou o gramado devagar em minha direção; relutante, me pareceu.

— Peter, está tudo bem com você?
— Sim, senhor.
— Nenhum problema em casa?
— Ah, não, senhor.
— Bom.
— Sim, senhor.

Ele voltou ao trabalho. Mas seu rosto desmentia suas palavras. Ele não só parecia estar decididamente mal-humorado, como lá fora, ao sol, parecia estar decididamente doente. Porém, eu não podia fazer nada se ele se recusava a admitir isso.

Quando o pesado calor do sol atingiu um ponto insuportável para mim, saí da minha cadeira e desci pelo rochedo por uma série de degraus cortados na rocha. Há uma plataforma plana abaixo e um trampolim, porque a água é profunda. De ambos os lados, as rochas se espalham e as ondas quebram em cima delas, mas junto à plataforma a parede de pedra é vertical e a água simplesmente bate contra ela abaixo do trampolim. O lugar é um pequeno anfiteatro, bastante isolado do som e da visão da casa. Ali também eu gosto de deitar ao sol; quando saio da água costumo tirar o calção e deitar nu em pelo no trampolim. Geralmente brinco com Racky porque ele tem vergonha de fazer a mesma coisa. De vez em quando, ele o faz, mas nunca sem ser estimulado a isso. Eu estava estendido sem nada em cima do corpo, embalado pelo bater da água, quando uma voz desconhecida disse, muito perto de mim:
— Mister Norton?

Dei um pulo, nervoso, quase caí do trampolim, e me sentei, procurando ao mesmo tempo, em vão, pela sunga que estava caída na pedra praticamente aos pés do cavalheiro mulato de meia-idade. Ele estava com um terno branco de brim e usava colarinho alto com gravata preta, e pareceu-me que olhava para mim com certo grau de horror.

Minha reação seguinte foi de raiva por ter sido invadido dessa forma. Me levantei e peguei a sunga, porém vesti-a com calma sem dizer nada mais significativo que: — Não ouvi o senhor descer a escada.

— Podemos subir? — disse o visitante. Enquanto ele subia na frente, eu tive a nítida premonição de que ele estava ali numa missão desagradável. No terraço nos sentamos e ele me ofereceu um cigarro americano, que eu não aceitei.

— Que lugar delicioso — disse ele, olhando o mar e depois a ponta do cigarro, que estava só parcialmente aceso. Ele tragou.

Eu disse: — É. — E esperei que ele continuasse; ele continuou.

— Sou da milícia desta paróquia. A polícia, entende. — E ao ver minha cara: — Trata-se de uma visita amigável. Mas mesmo assim deve ser tomada como um alerta, mister Norton. É muito sério. Se alguma outra pessoa procurar o senhor a esse respeito será problema para o senhor, problema sério. Por isso é que eu quis ver o senhor em particular desta forma e alertar pessoalmente. Entende.

Eu não podia acreditar que estava ouvindo essas palavras. Por fim, eu disse com voz fraca: — Mas sobre o quê?

— Não se trata de uma visita oficial. O senhor não precisa se preocupar. Eu assumi a responsabilidade de falar com o senhor porque quero poupar o senhor de um problema grave.

— Mas eu *estou* preocupado! — protestei, encontrando minha voz, afinal. — Como posso não me preocupar se não sei do que o senhor está falando?

Ele puxou a cadeira para perto de mim e falou em voz muito baixa.

— Esperei até o rapaz sair de casa para podermos falar em particular. Entende, é sobre ele.

De alguma forma, isso não me surpreendeu. Assenti com a cabeça.

— Vou falar brevemente. As pessoas aqui são gente simples do campo. Criam problemas com facilidade. Exatamente agora estão falando do rapaz que mora aqui com o senhor. Ele é seu filho, pelo que sei. — A inflexão dele era cética.

— Claro que é meu filho.

A expressão dele não mudou, mas sua voz ficou indignada. — Seja quem for, é um mau rapaz.

— Como assim? — gritei, mas ele me interrompeu, acalorado:

— Ele pode ser seu filho; pode não ser. Não me importa quem ele seja. Não é da minha conta. Mas ele é mau, absolutamente mau. Não admitimos esse tipo de coisa por aqui, meu senhor. As pessoas em Orange Walk e Saint Ives Cove estão muito bravas agora. O senhor não sabe o que essa gente faz quando fica irritada.

Achei que era minha vez de interromper. — Por favor, me diga por que o senhor diz que meu filho é mau. O que ele fez? — Talvez a sinceridade de minha voz tenha chegado a ele, porque seu rosto assumiu um aspecto mais brando. Ele se inclinou ainda mais perto de mim e quase sussurrou.

— Ele não tem vergonha. Ele faz o que bem entende com todos os meninos e homens também, e dá um xelim para eles não contarem. Mas eles contam. Claro que contam. Todo homem nos trinta quilômetros para o interior e costa abaixo sabe disso. E as mulheres também, elas sabem. — Houve um silêncio.

Eu me senti me preparando para levantar durante os últimos segundos porque queria ir para o meu quarto e ficar sozinho, me afastar daquele sussurro teatral escandalizado. Acho que resmunguei "Bom dia" ou "Muito obrigado" ao me virar e começar a andar para a casa. Mas ele ainda estava ao meu lado, ainda sussurrando como um empenhado conspirador em meu ouvido: — Segure o menino em casa, mister Norton. Ou mande para a escola, se é seu filho. Mas faça ele ficar longe destas cidades. Para o bem dele mesmo.

Apertei sua mão e fui deitar na minha cama. De lá ouvi a porta do carro dele bater, ouvi quando foi embora. Estava tentando dolorosamente formular uma primeira frase para falar sobre isso com Racky, sentindo que a primeira frase ia definir minha posição. A tentativa era apenas uma espécie de ação terapêutica, para tentar pensar na coisa em si. Qualquer atitude parecia impossível. Não havia jeito de abordar o assunto. Eu me dei conta de que nunca seria capaz de falar diretamente com ele a esse respeito. Com o advento dessa notícia, ele se tornara outra pessoa: um adulto, misterioso e formidável. Claro que me ocorreu que a história do mulato pudesse não ser verdadeira, mas automaticamente rejeitei a dúvida. Era como se eu quisesse acreditar, quase como se eu já soubesse e ele tivesse apenas confirmado a história.

Racky voltou ao meio-dia, ofegante e risonho. O pente inevitável apareceu e foi usado nos cachos suados e revoltos. Sentando-se para almoçar, ele exclamou: — Nossa! Que praia bacana eu encontrei hoje de manhã! Mas que difícil chegar nela! — Tentei parecer despreocupado ao encontrar seu olhar; era como se nossas posições tivessem se invertido e eu estivesse tentando escapar de sua repreensão. Ele tagarelou sobre espinhos, trepadeiras, sobre sua faca. Durante toda a refeição eu ficava dizendo a mim mesmo: "Agora é o momento. Diga alguma coisa." Mas tudo o que eu disse foi: — Mais salada? Ou quer a sobremesa agora? — Então o almoço passou e nada aconteceu. Quando terminei o café fui para o meu quarto e me olhei no espelho grande. Vi meus olhos tentando dar alguma coragem a seus irmãos refletidos. Parado ali, ouvi uma comoção em outra ala da casa: vozes, batidas, som de passos. Acima do barulho, a voz de Gloria imperiosa, exaltada: — Não, Peter! Não bata nele! — E mais alto: — Não, Peter, não.

Fui depressa para a cozinha, onde parecia estar a confusão, mas no caminho Racky chocou-se comigo, cambaleando pelo corredor com as mãos no rosto.

— O que foi, Racky? — gritei.

Ele me empurrou e seguiu para a sala sem tirar as mãos do rosto; virei e fui atrás dele. Dali ele foi para seu quarto, deixando a porta aberta para mim. Ouvi-o no banheiro, a água correndo. Eu estava indeciso quanto ao que fazer. De repente, Peter apareceu no corredor, o chapéu na mão. Quando ele levantou a cabeça, fiquei surpreso de ver seu rosto sangrando. Em seus olhos havia uma expressão estranha, confusa, de medo transitório e profunda hostilidade. Ele baixou os olhos de novo.

— Posso, por favor, falar com o senhor?
— Que confusão é essa? O que está acontecendo?
— Posso falar com o senhor lá fora? — ele disse, insistente, ainda sem levantar os olhos.

Em vista da circunstância, fiz o que ele pedia. Ele seguiu devagar pela estrada de cascalho até a estrada principal, atravessou a ponte e entrou na floresta enquanto me contava sua história. Eu não disse nada.

No fim, ele disse: — Eu não queria, meu senhor, nem da primeira vez, mas depois da primeira vez eu fiquei com medo, e mister Racky ficava atrás de mim todo dia.

Fiquei parado e finalmente disse: — Se você tivesse me contado isso da primeira vez que aconteceu, teria sido muito melhor para todo mundo.

Ele virava o chapéu na mão, estudando-o intensamente. — Sim, senhor. Mas eu não sabia o que todo mundo estava falando dele em Orange Walk até hoje. O senhor sabe que eu sempre vou à praia em Saint Ives Cove com mister Racky nos meus dias livres. Se eu soubesse o que estavam dizendo eu não teria ficado com medo, meu senhor. E eu queria continuar trabalhando aqui. Precisava do dinheiro. — Ele então repetiu o que já tinha dito três vezes. — Mister Racky disse que o senhor ia tomar providência para me pôr na cadeia. Eu sou um ano mais velho que mister Racky, meu senhor.

— Eu sei, eu sei — eu disse, impaciente; e decidindo que o que Peter esperava de mim nesse momento era severidade, acrescentei: — Melhor você pegar as suas coisas e ir para casa. Não trabalha mais aqui, você sabe.

A hostilidade no rosto dele assumiu proporções aterrorizantes quando ele disse: — Nem que o senhor me matasse eu trabalhava mais em Cold Point.

Virei e voltei depressa para casa, deixando-o parado na estrada. Parece que ele voltou ao entardecer, há pouco, e pegou suas coisas.

Em seu quarto, Racky estava lendo. Tinha colado fita adesiva no queixo e na maçã do rosto.

— Despedi Peter — anunciei. — Ele bateu em você, não foi?

Ele levantou os olhos. O olho esquerdo estava inchado, mas não preto ainda.

— Bateu, sim. Mas eu dei uma nele também. E acho que ele mereceu mesmo.

Me apoiei na mesa. — Por quê? — perguntei relaxado.

— Ah, eu tinha um negócio com ele já faz tempo que ele tinha medo que eu contasse para você.

— E agora você ameaçou me contar?

— Ah, não! Ele disse que ia pedir demissão do emprego aqui e eu desafiei ele porque é um covarde.

— Por que ele queria se demitir? Pensei que ele gostasse do emprego.

— Bom, ele gostava, acho, mas não gostava de mim. — O olhar inocente de Racky traía uma provocação encoberta. Continuei encostado na mesa.

Insisti: — Mas eu achei que vocês dois se davam bem. Vocês pareciam se dar bem.

— Nada. Ele só tinha medo de perder o emprego. Eu tinha uma coisa com ele. Mas era um bom sujeito; eu até que gostava dele. — Fez uma pausa. — Ele já foi? — Um estranho tremor apareceu em sua voz quando disse as últimas palavras e eu entendi que pela primeira vez até agora o impecável histrionismo de Racky não estava mais à altura da ocasião. Ele estava muito perturbado por perder Peter.

— Já, ele já foi — eu disse apenas. — E não vai voltar. — E quando Racky, ouvindo a inflexão desusada em minha voz, olhou para mim com uma vaga perplexidade nos olhos jovens, eu me dei conta de que era o momento para continuar e dizer: "O que você tinha com ele?" Mas como se ele tivesse chegado ao mesmo ponto em minha cabeça uma fração de segundo antes, ele arrebatou minha vantagem dando um salto, começou a cantar muito alto e tirou toda a roupa. Parado na minha frente, nu, cantando a plenos pulmões, ele vestiu a sunga e eu entendi que mais uma vez seria incapaz de dizer a ele o que eu tinha de dizer.

A tarde inteira ele entrou e saiu da casa: parte do tempo ficou lendo no quarto e quase todo o tempo passou no trampolim. É um comportamento estranho para ele; se eu pudesse saber ao menos o que ele tem na cabeça. Com a noite chegando, meu problema assumiu um caráter puramente obsessivo. Eu entrava e saía do quarto, sempre parando num ponto para olhar o mar pela janela e em outro para olhar meu rosto no espelho. Como se isso pudesse me ajudar! Então tomei um drinque. E outro. Achei que ia ser capaz de falar no jantar, quando me sentisse fortificado pelo uísque. Mas não. Logo ele irá para a cama. Não que queira confrontá-lo com nenhuma acusação. Isso eu sei que não consigo fazer. Mas tenho de achar um jeito de impedi-lo de sair e devo dar uma razão para ele, de forma que ele nunca desconfie que eu sei.

Tememos pelo futuro de nossos filhos. É ridículo, mas apenas um pouco mais palpavelmente ridículo do que qualquer outra coisa na vida. Um período de tempo passou; dias que eu fico contente de ter vivido, mesmo que tenham agora terminado. Acho que esse período foi o que eu sempre esperei que a vida me oferecesse, a recompensa que eu tinha conspícua mas firmemente esperado em troca de ter vivido tão preso nas garras da existência todos esses anos.

Essa noite parece muito distante apenas porque eu relembrei seus detalhes tantas vezes que eles parecem ter assumido a cor da lenda. Na verdade, meu problema já tinha se resolvido sozinho então, mas eu não sabia. Como não conseguia perceber o padrão, eu tolamente imaginava que tinha de quebrar a cabeça para encontrar as palavras certas com que abordar Racky. Mas foi ele que veio a mim. Nessa mesma noite, quando eu estava para sair para o meu passeio solitário que achei que poderia me ajudar a encontrar uma fórmula, ele apareceu na minha porta.

— Vai sair? — perguntou, vendo a bengala em minha mão.

A perspectiva de sair imediatamente depois de falar com ele tornou as coisas ainda mais simples. — Vou — eu disse. — Mas gostaria de falar com você antes.

— Claro. O quê? — Não olhei para ele porque não queria ver a luz vigilante que com certeza estava brincando em seus olhos nesse momento. Ao falar, eu batia com a bengala nos desenhos dos ladrilhos do chão.

— Racky, você gostaria de voltar para a escola?

— Está brincando? Sabe que eu odeio a escola.

Olhei para ele. — Não, não estou brincando. Não fique tão horrorizado. Você provavelmente vai gostar de estar com um bando de rapazes da sua idade. — (Esse não era um dos argumentos que eu pretendia usar.)

— Eu gostaria de conviver com caras da minha idade, mas não quero ter de ir para a escola por isso. Já chega de escola.

Fui até a porta e disse, sem energia: — Pensei em ver como você reagia.

Ele riu. — Não, obrigado.

— Isso não quer dizer que você não vai — eu disse por cima do ombro ao sair.

No passeio, fui batendo com a bengala no asfalto, parei na ponte com dramáticas visões sobre eventualidades como voltar para os Estados Unidos, Racky levando um tombo de bicicleta e ficando paralisado vários meses, e até a possibilidade de deixar os acontecimentos seguirem seu rumo, o que sem dúvida poderia significar eu ir visitá-lo de quando em quando na cadeia com presentes de comida, se não algo mais trágico e violento. "Mas nenhuma dessas coisas vai acontecer", eu disse a mim mesmo e sabia que estava perdendo tempo precioso; ele não deve voltar a Orange Walk amanhã.

Voltei para o Point a passo de lesma. Não havia Lua e muito pouca brisa. Ao me aproximar da casa, tentando pisar de leve no cascalho para não acordar o vigilante Ernest e ter de explicar que era apenas eu, vi que não havia mais luz acesa no quarto de Racky. A casa estava escura, a não ser pela lâmpada fraquinha de minha mesa de cabeceira. Em vez de entrar, circundei o edifício inteiro, colidindo com arbustos, e, com o rosto pegajoso de teias de aranha, fui sentar um momento no terraço onde parecia haver um pouco de ar. O som do mar vinha de longe nos rochedos, onde as ondas suspiravam. Aqui embaixo, havia apenas ligeiros baques e gorgolejos aquosos de vez em quando. Fumei três cigarros mecanicamente, tinha parado de pensar, e então, com o gosto amargo da fumaça na boca, entrei.

Meu quarto estava sem ar. Joguei a roupa numa cadeira e procurei a garrafa de água no criado-mudo. Então, meu queixo caiu. A coberta superior de minha cama tinha sido removida para os pés. E, no outro lado da cama, escuro contra a brancura do lençol de baixo, Racky estava dormindo de lado, e nu.

Fiquei olhando para ele um longo tempo, provavelmente prendendo a respiração, porque me lembro de ter me sentido um pouco tonto a certo ponto. Eu sussurrava para mim mesmo, seguindo com os olhos a curva de seu braço, ombro, costas, coxa, perna. "Uma criança. Uma criança." O destino, quando a gente o percebe com clareza de muito perto, não tem nenhuma qualidade. A admissão disso e a consciência da clareza da visão não deixam espaço no horizonte mental. Finalmente, apaguei a luz e deitei suavemente. A noite estava completamente negra.

Ele ficou absolutamente imóvel até o amanhecer. Nunca saberei se estava realmente dormindo esse tempo todo. Claro que não podia estar, e no entanto ficou muito imóvel. Quente e firme, mas imóvel como a morte. O escuro e o silêncio eram pesados à nossa volta. Quando os pássaros começaram a cantar, caí em uma macia e envolvente sonolência; quando acordei no sol, mais tarde, ele tinha saído.

Encontrei-o na água, pulando sozinho no trampolim; pela primeira vez tinha tirado a sunga sem que eu sugerisse.

O dia inteiro ficamos juntos no terraço e nas pedras, conversando, nadando, lendo ou apenas deitados ao sol quente. Ele também não voltou a seu quarto quando a noite veio. Em vez disso, depois que os criados foram dormir, levamos três garrafas de champanhe e colocamos o balde no criado-mudo.

Foi assim que aconteceu de eu poder tocar no assunto delicado que ainda me preocupava e, aproveitando o novo entendimento entre nós, fazer meu pedido da maneira mais fácil e natural.

— Racky, você me faria um tremendo favor, se eu pedisse?

Ele ficou deitado de costas, as mãos atrás da cabeça. Pareceu-me que seu olhar era circunspecto, sem candura.

— Acho que sim — disse ele. — O que é?

— Poderia ficar em casa durante alguns dias, uma semana, digamos? Só para me agradar? Podemos dar uns passeios juntos, até onde você quiser. Você faria isso por mim?

— Claro — ele disse, sorrindo.

Eu estava contemporizando, mas estava desesperado.

Talvez uma semana depois (só quando não se está inteiramente feliz é que se é meticuloso a respeito do tempo, de forma que pode ter sido mais ou menos), estávamos tomando café da manhã. Isiah parado na sombra, esperando para servir mais café.

— Vi que você recebeu uma carta do tio Charley outro dia — disse Racky. — Não acha que a gente devia convidar ele para vir aqui?

Meu coração começou a bater muito forte.

— Aqui? Ele ia detestar isto aqui — eu disse, casualmente. — Além disso, não tem espaço. Onde ele iria dormir? — Ao me ouvir dizendo essas palavras eu já sabia que eram as palavras erradas, que eu não estava realmente participando da conversa. Mais uma vez senti o fascínio do completo desamparo que vem quando a pessoa se vê de repente como um observador consciente da determinação da própria sorte.

— No meu quarto — disse Racky. — Está vazio.

Nesse momento, enxerguei o padrão das coisas melhor do que jamais suspeitei. — Bobagem — eu disse. — Isto aqui não é lugar para tio Charley.

Racky parecia estar tendo uma excelente ideia. — Quem sabe se eu escrevesse e convidasse — ele sugeriu, acenando para Isiah servir mais café.

— Bobagem — repeti, vendo uma parte ainda maior do padrão se revelar, como uma cópia fotográfica que vai aparecendo na bandeja de revelação.

Isiah encheu a xícara de Racky e voltou para a sombra. Racky bebeu devagar, fingindo saborear o café.

— Bom, não tem problema tentar. Ele vai gostar do convite — ele disse, especulando.

Por alguma razão, nesse momento eu sabia o que dizer e, quando disse, sabia o que ia fazer.

— Pensei que podíamos ir de avião a Havana por alguns dias na semana que vem.

Ele pareceu cautelosamente interessado e então abriu um grande sorriso. — Bacana! — gritou. — Por que esperar até a semana que vem?

Na manhã seguinte os criados deram adeus para nós quando saímos pelo caminho de cascalho no carro de McCoigh. Partimos do aeroporto às seis dessa tarde. Racky estava muito animado; conversou com a aeromoça o caminho todo até Camagüey.

Ele se deliciou também com Havana. Sentado no bar do Nacional, continuamos discutindo a possibilidade de C nos fazer uma visita na ilha. Não foi sem dificuldade que eu acabei conseguindo convencer Racky de que escrever para ele não seria aconselhável.

Resolvemos procurar um apartamento para Racky bem ali no Vedado. Ele parecia não querer voltar aqui para Cold Point. Resolvemos também que vivendo em Havana ele poderia precisar de uma mesada maior do que a minha. Já estou transferindo a maior parte das propriedades de Hope para o nome dele na forma de um fundo que deverei administrar até ele ser maior de idade. Afinal de contas, o dinheiro era da mãe dele.

Compramos um conversível novo e ele foi dirigindo até Rancho Boyeros, onde tomei meu avião. Um cubano chamado Claudio, com dentes muito brancos, que Racky conhecera na piscina essa manhã, foi conosco.

Estávamos esperando no campo de pouso. Um funcionário finalmente soltou a corrente que permitia a circulação dos passageiros. — Se ficar cheio de lá, venha para Havana — disse Racky, beliscando meu braço.

Os dois ficaram parados juntos atrás da corda, acenando para mim, as camisas batendo ao vento quando o avião começou a rodar.

O vento sopra em minha cabeça; entre cada onda há milhares de pequenos sons de lambidas e baques à medida que a água penetra nas fendas e buracos; e uma sensação de estar parte flutuando, parte submerso na água toma conta de minha cabeça enquanto o sol forte queima meu rosto. Fico sentado aqui e leio, e espero a agradável sensação de plenitude que vem depois de uma boa refeição para me voltar devagar, à medida que passam as horas, à sensação ainda mais deliciosa, ligeiramente estimulante no fundo, que acompanha o surgimento do apetite.

Estou perfeitamente feliz aqui na realidade, porque ainda acredito não ser provável que nada muito drástico atinja esta parte da ilha no futuro próximo.

(1949)

A presa delicada

Havia três filala que vendiam couro em Tabelbala: dois irmãos e o jovem filho da irmã deles. Os dois comerciantes mais velhos eram homens sérios, de barba, que gostavam de se envolver em complicadas discussões teológicas durante a lenta passagem das horas quentes em seu *hanute* perto do mercado; o jovem naturalmente se ocupava quase exclusivamente com as moças de pele escura do pequeno *quartier réservé*. Havia uma que parecia mais desejável que as outras, de forma que ele ficou um pouco chateado quando os homens mais velhos anunciaram que logo iam todos partir para Tessalit. Mas quase toda cidade tinha seu *quartier*, e Driss tinha alguma certeza de que seria capaz de arrumar qualquer adorável residente de qualquer *quartier*, independente dos envolvimentos emocionais atuais dela; portanto, durou pouco sua tristeza ao saber da projetada partida.

Os três filala esperaram o tempo frio antes de rumarem para Tessalit. Como queriam chegar lá depressa, escolheram a trilha mais ocidental, que era também a que passava pelas regiões mais remotas, contígua às terras das tribos ladras de Reguibat. Fazia muito tempo que os homens toscos das montanhas não desciam da *hammada* sobre uma caravana; a maioria das pessoas era da opinião de que desde a guerra do Sarrho eles tinham perdido a maior parte de suas armas e munições e, mais importante ainda, o seu espírito. Um pequeno grupo de três homens com seus camelos dificilmente despertaria a inveja dos reguibat, tradicionalmente ricos com o saque de todo o rio de Oro e da Mauritânia.

Seus amigos em Tabelbala, a maior parte dos quais comerciantes de couro filali, seguiram ao lado deles tristemente até o limite da cidade; depois deram adeus e ficaram olhando eles montarem em seus camelos e partirem devagar para o horizonte brilhante.

— Se encontrarem algum reguibat, deixem que fique na frente de vocês! — gritaram.

O perigo estava principalmente no território a que eles iam chegar apenas depois de três ou quatro dias de viagem desde Tabelbala; após uma semana, o limite da terra assolada pelos reguibat seria deixado inteiramente para trás. O tempo estava fresco, exceto ao meio-dia. Eles se revezavam na guarda durante a noite; quando Driss ficava acordado, ele tirava uma pequena flauta cujas notas penetrantes faziam o tio mais velho fechar a cara incomodado, de forma que pediu para ele ir sentar a alguma distância das cobertas de dormir. A noite inteira ele ficou tocando todas as músicas tristes que conseguia lembrar; as alegres, em sua opinião, eram para o *quartier*, onde a pessoa nunca estava sozinha.

Quando os tios estavam de guarda, ficavam sentados quietos, olhando a noite à frente deles. Eram apenas os três.

E então um dia uma figura solitária apareceu, vindo da planície sem vida ao ocidente na direção deles. Um homem a camelo; não havia sinal de nenhum outro, embora eles espreitassem o deserto em todas as direções. Pararam um pouco; ele alterou o curso ligeiramente. Seguiram em frente; ele mudou de novo. Não havia dúvida de que queria falar com eles.

— Deixe que venha — resmungou o tio mais velho, espreitando o horizonte vazio uma vez mais. — Cada um de nós tem uma arma.

Driss riu. Para ele parecia absurdo sequer admitir a possibilidade de problema com um homem solitário.

Quando finalmente a figura solitária chegou ao alcance da voz, saudou-os com uma voz como de muezim: "*S'l'm aleikoum!*" Eles pararam, mas não desmontaram e ficaram esperando o homem chegar mais perto. Logo ele chamou de novo; dessa vez o tio mais velho respondeu, mas a distância ainda era grande demais para sua voz atravessar, e o homem não ouviu a saudação dele. Então ele estava perto o bastante para verem que não usava roupa reguiba. Murmuraram uns para os outros: — Ele vem do norte, não do oeste. — E todos se alegraram. Porém, mesmo quando ele chegou ao lado deles, permaneceram em cima dos camelos, curvando-se solenemente de onde estavam sentados e sempre examinando a cara nova e as roupas abaixo dela em busca de alguma nota falsa que pudesse revelar a possível verdade: que o homem era um batedor dos reguibat que estariam esperando na *hammada* apenas algumas horas adiante, ou agora mesmo se deslocando paralelos à trilha, se aproximando deles de tal maneira que só chegariam a um ponto visível depois do anoitecer.

Certamente o estranho em si não era reguiba; ele era rápido e alegre, com pele clara e muito pouca barba. Ocorreu a Driss que desgostava de seus olhos pequenos, ativos, que pareciam absorver tudo e não revelar nada, mas essa reação passageira tornou-se apenas uma parte da desconfiança geral inicial, que se dissipou inteiramente quando descobriram que o homem era um mungari. Mungar era um lugar sagrado nessa parte do mundo, e seus poucos residentes eram tratados com respeito pelos peregrinos que iam visitar o altar em ruínas que havia próximo.

O recém-chegado não se deu ao trabalho de esconder o medo que sentira por se ver sozinho na região, nem o prazer que sentia agora de estar com outros três homens. Eles todos desmontaram e fizeram chá para selar a amizade e o mungari forneceu o carvão.

Na terceira rodada de chá, ele sugeriu que, como estavam indo mais ou menos na mesma direção, ele os acompanharia até Taudeni. Seus olhos negros brilhantes passavam de um filali para outro quando explicou que era excelente atirador, que certamente seria capaz de fornecer a eles todos boa carne de gazela no trajeto, ou ao menos um *audad*. Os filala ponderaram; o mais velho disse, afinal: — Combinado.

— Mesmo que o mungari não se revelasse tão bom caçador quanto dizia ser, seriam quatro homens em vez de três.

Duas manhãs depois, no silêncio poderoso do sol nascente, o mungari apontou os morros baixos que havia ao lado deles, no leste: — *Timma*. Conheço essa terra. Esperem aqui. Se ouvirem um tiro meu, então venham, porque isso vai querer dizer gazelas.

O mungari saiu a pé, escalou entre duas rochas e desapareceu atrás da crista próxima. "Ele confia em nós", pensaram os filala. "Deixou seu *mehari*, seus cobertores, seus pacotes." Eles não disseram nada, mas cada um sabia que os outros estavam pensando a mesma coisa, e todos sentiram carinho pelo estranho. Ficaram esperando na fresca da manhã enquanto os camelos grunhiam.

Parecia improvável que houvesse gazelas na região, mas se aparecesse alguma, e o mungari fosse tão bom caçador quanto proclamava ser, então havia uma chance de eles comerem um *mechui* de gazela essa noite, e isso seria ótimo.

Lentamente o Sol foi subindo no duro céu azul. Um camelo se pôs de pé e afastou-se, esperando achar algum cardo morto ou arbusto no meio das rochas, algum resto de um ano em que a chuva podia ter caído. Quando ele desapareceu, Driss foi em busca dele e o trouxe de volta para perto dos outros, gritando: "*Hat!*"

Sentou-se. De repente, veio um tiro, um longo intervalo vazio, e depois outro tiro. Os sons eram bem distantes, mas perfeitamente claros no silêncio absoluto. O irmão mais velho disse: — Eu vou. Quem sabe? Pode haver muitas gazelas.

Ele escalou as pedras, a arma na mão, e desapareceu.

Novamente esperaram. Quando os tiros soaram dessa vez, vieram de duas armas.

— Talvez tenham matado uma! — Driss gritou.

— *Yemkin*. Com a ajuda de Alá — replicou seu tio, levantando e pegando sua arma. — Quero tentar a mão nisso.

Driss ficou decepcionado: esperava que ele próprio fosse. Se tivesse se levantado um momento antes, poderia ter sido possível, mas mesmo assim era provável que fosse deixado para trás para cuidar dos *mehara*. De qualquer forma, agora era tarde demais; seu tio havia falado.

— Bom.

O tio partiu cantando uma música de Tafilalet sobre tamareiras e sorrisos ocultos. Durante vários minutos, Driss ouviu retalhos da canção, quando a melodia atingia as notas altas. Depois o som se perdeu no silêncio envolvente.

Ele esperou. O sol começava a ficar muito quente. Cobriu a cabeça com o albornoz. Os camelos olharam um para o outro, idiotamente, esticando os pescoços, expondo os dentes marrons e amarelos. Ele pensou em tocar sua flauta, mas não parecia o momento certo: estava muito inquieto, muito ansioso para ir até lá com sua arma, agachar-se atrás das rochas, vigiando a presa delicada. Pensou em Tessalit e imaginou como seria. Cheia de negros e de tuaregues, certamente mais animada que Tabelbala, por causa da estrada que passava por ela. Houve um tiro. Ele esperou outros, mas não veio mais nenhum dessa vez. De novo imaginou-se entre as rochas, fazendo mira num animal em fuga. Ele puxava o gatilho, o animal caía. Outros apareciam, e ele pegava todos. No escuro, os viajantes sentavam-se em torno do fogo, devorando a rica carne assada, os rostos brilhando de gordura. Todo mundo ficava feliz, e até mesmo o mungari admitia que o jovem filali era o melhor caçador deles todos.

No calor que avançava ele cochilou, os pensamentos brincando em cima de paisagens feitas de coxas macias e pequenos seios duros que subiam como dunas de areia; retalhos de canção flutuavam como nuvens no céu e o ar estava denso com o gosto da gorda carne da gazela.

Ele endireitou o corpo e olhou em torno depressa. Os camelos estavam deitados com os pescoços estendidos na frente do corpo. Nada tinha mudado. Levantou-se, inquieto, espreitou a paisagem rochosa. Enquanto ele dormia, uma presença hostil tinha entrado em sua consciência. Traduzindo em pensamento o que ele já sentia, gritou. Desde que vira pela primeira vez aqueles olhos pequenos e ativos, sentira desconfiança por seu possuidor, mas o fato de seus tios o terem aceitado havia empurrado a suspeita para o escuro de sua mente. Agora, liberada por seu sono, a desconfiança voltava. Virou-se para o quente lado montanhoso e olhou intensamente entre as pedras, para as sombras negras. Na memória ouviu de novo os tiros entre as rochas, e entendeu o que significavam. Prendeu a respiração num soluço, correu para montar seu *mehari*, forçou-o a se levantar e já estava várias centenas de passos adiante quando se deu conta do que estava fazendo. Deteve o animal, fez com que se sentasse quieto um momento, olhando de volta o acampamento com medo e indecisão. Se seus tios estavam mortos, então não havia nada a fazer senão sair para o deserto aberto o mais depressa possível, para longe das pedras que podiam esconder o mungari enquanto fazia mira.

E então, sem saber o caminho para Tessalit, sem água ou comida suficiente, ele partiu, levantando a mão de quando em quando para enxugar as lágrimas.

Durante duas ou três horas continuou assim, mal notando para onde andava o *mehari*. De repente empinou o corpo, xingou a si mesmo e numa fúria virou o animal. Naquele mesmo instante seus tios podiam estar sentados no acampamento com o mungari, preparando um *mechui* e um fogo, perguntando tristemente a si mesmos por que o sobrinho os havia desertado. Ou talvez um deles já tivesse partido em busca dele. Não havia desculpa possível para sua conduta, que tinha sido resultado de um terror absurdo. Ao pensar nisso, a raiva por si mesmo aumentou: tinha se comportado de maneira imperdoável. Passava do meio-dia; o Sol estava a oeste. Seria tarde quando voltasse. Diante da inevitável censura e dos riscos de caçoada que o saudariam, sentiu o rosto esquentar de vergonha e chutou maldosamente os flancos do *mehari*.

Um bom tempo antes de chegar ao campo, ouviu um canto. Isso o surpreendeu. Parou e escutou: a voz estava distante demais para ser identificada, mas Driss tinha certeza de que era do mungari. Continuou circundando o lado do monte até um ponto com plena visão dos camelos. O canto parou, deixando o silêncio. Alguns pacotes tinham sido carregados de volta nos animais, preparados para partir. O Sol baixara e as sombras das rochas se estendiam pela terra. Não havia sinal de que tivessem pegado qualquer caça. Ele chamou, pronto para desmontar. Quase no mesmo instante, houve um tiro muito perto e ele ouviu o pequeno chiado de uma bala passando por sua cabeça. Pegou a arma. Houve outro tiro, uma dor aguda no braço, e sua arma escorregou para o chão.

Durante um momento, ficou ali parado, segurando o braço, tonto. Então depressa ele se abaixou e ficou agachado entre as rochas, estendendo o braço bom para a arma. Quando a tocou, houve um terceiro tiro e seu rifle deslocou-se no chão para alguns centímetros mais perto dele numa pequena nuvem de poeira. Ele retirou a mão e olhou: estava escura e o sangue pingava dela. Nesse momento, o mungari saltou no espaço aberto entre eles. Antes que Driss conseguisse se levantar, o homem estava em cima dele e o havia empurrado para o chão com a coronha do rifle. No alto, o céu imperturbável; o mungari olhou para ele, desafiador. Montou em cima do rapaz em supino, enfiando a arma no pescoço dele, abaixo do queixo, e falou baixinho: — Cachorro filali!

Driss olhou para ele com certa curiosidade. O mungari estava por cima; Driss só podia esperar. Olhou o rosto à luz do Sol e descobriu uma peculiar intensidade ali. Conhecia a expressão: vinha do haxixe. Levado por suas quentes fumaças, um homem pode escapar para muito longe do mundo de significados. Para evitar o rosto malevolente ele rolava os olhos de um lado para outro. Havia apenas o céu escurecendo. A arma o sufocava um pouco. Sussurrou: — Onde estão meus tios?

O mungari apertou mais o rifle em sua garganta, inclinou-se um pouco e com uma mão arrancou suas *serouelles*, de forma que ele ficou nu da cintura para baixo, retorcendo-se um pouco ao sentir as pedras frias por baixo do corpo.

Então o mungari pegou uma corda e amarrou seus pés. Deu dois passos na direção de sua cabeça, olhou abruptamente para o outro lado e enfiou a arma em seu umbigo. Ainda com uma só mão ele puxou o que restava da roupa do rapaz pela cabeça e amarrou seus pulsos. Com uma velha navalha de barbeiro cortou o que sobrou da corda. Durante esse tempo Driss chamou os tios pelo nome, alto, primeiro um, depois o outro.

O homem se deslocou e examinou o jovem corpo caído nas pedras. Passou o dedo pela lâmina da navalha; uma agradável excitação tomou conta dele. Deu um passo à frente, olhou para baixo e viu o sexo que brotava na base da barriga. Não inteiramente consciente do que estava fazendo, pegou-o com uma mão e trouxe o outro braço para baixo com o movimento de um ceifador com a foice. Foi rapidamente cortado. Sobrou um buraco redondo, escuro, vermelho com a pele; ele ficou olhando um momento, sem expressão. Driss estava gritando. Os músculos de todo o seu corpo retesados, mexendo-se.

Lentamente o mungari sorriu, mostrando os dentes. Pôs a mão na barriga dura e alisou a pele. Depois fez uma pequena incisão vertical ali e, usando ambas as mãos, caprichosamente enfiou o órgão cortado ali até desaparecer.

Quando estava limpando as mãos na areia, um dos camelos soltou um súbito gorgolejo. O mungari levantou-se de um salto e girou selvagemente, segurando a navalha no alto. Então, envergonhado por seu nervosismo, sentindo que Driss estava olhando e caçoando dele (embora os olhos do rapaz estivessem cegos de dor), deu-lhe um chute no estômago onde ele jazia fazendo pequenos movimentos espasmódicos. E enquanto o mungari acompanhava esses movimentos com os olhos, veio-lhe uma nova ideia. Seria agradável infligir uma indignidade absoluta ao jovem filali. Atirou-se para baixo; dessa vez vociferante e lento em seu prazer. Acabou adormecendo.

Ao amanhecer acordou e pegou a navalha, caída no chão ali perto. Driss gemia baixinho. O mungari virou-o e empurrou a lâmina para frente e para trás com um movimento de serra no pescoço dele até ter certeza de que tinha cortado a traqueia. Então levantou-se, afastou-se e terminou de carregar os camelos, coisa que tinha começado a fazer no dia anterior. Quando isso estava feito, passou um bom tempo arrastando o corpo para a base do monte, escondendo-o entre as pedras.

Para transportar a mercadoria dos filala até Tessalit (porque em Taudeni não haveria compradores) era preciso levar os *mehara* com ele. Só quase cinquenta dias depois foi que ele chegou. Tessalit era uma cidade pequena. Quando o mungari começou a mostrar os couros, um velho filali que morava ali, que as pessoas chamavam de Ech Chibani, soube de sua presença. Como possível comprador ele foi examinar as peles e o mungari foi imprudente a ponto de mostrá-las para ele. Couro filali é inconfundível e só os filala compram e vendem em quantidade. Ech Chibani sabia que o mungari tinha conseguido aquilo ilicitamente, mas não disse nada. Quando, alguns dias depois, outra caravana chegou de Tabelbala com amigos dos três filala que perguntaram por eles e mostraram grande aflição ao saber que não tinham chegado, o velho foi ao Tribunal. Depois de alguma dificuldade, encontrou um francês que estava disposto a ouvi-lo. No dia seguinte, o comandante e dois subordinados fizeram uma visita ao mungari. Perguntaram como ele tinha três *mehara* extras, que ainda levavam parte de sua carga filali; a resposta dele foi tortuosa. Os franceses ouviram, sérios, agradeceram e saíram. Ele não viu o comandante piscar para os outros quando foram para a rua. E então ficou sentado em seu pátio, sem saber que estava sendo julgado e foi considerado culpado.

Os três franceses voltaram ao Tribunal onde os recém-chegados comerciantes filali estava sentados com Ech Chibani. A história era velha; não havia dúvida sobre a culpa do mungari. — Ele é de vocês — disse o comandante. — Façam o que quiserem com ele.

Os filala agradeceram profusamente, realizaram uma breve conferência com o velho Chibani e saíram em grupo. Quando chegaram à morada do mungari, ele estava tomando chá. Levantou a cabeça e sentiu um frio percorrer-lhe a espinha. Começou a gritar sua inocência; eles não disseram nada, mas com a ponta do rifle o fizeram levantar e o empurraram para um canto, onde ele continuou resmungando e soluçando. Em silêncio, eles tomaram o chá que ele preparava, fizeram um pouco mais e saíram para o entardecer. Amarraram-no a um dos *mehara* e, montados nos seus, saíram numa silenciosa procissão (silenciosa a não ser pelo mungari) até o portão da cidade e na direção do deserto infinito além.

Continuaram metade da noite, até chegarem a uma região completamente não frequentada do deserto. Com ele mergulhado em fúria, amarrado ao camelo, cavaram uma vala como um poço e, quando terminaram, pegaram-no, ainda bem amarrado, e o colocaram de pé ali dentro. Depois preencheram o espaço em torno do corpo dele com areia e pedras, até apenas sua cabeça estar acima da superfície da terra. Na luz tênue da Lua nova, seu crânio raspado sem o turbante parecia mais uma pedra. E ele ainda implorava a eles, invocando Alá e sidi Ahmed Ben Mussa para atestar sua inocência. Mas podia estar também cantando alguma canção por toda a atenção que prestavam a suas palavras. Então, partiram para Tessalit; em muito pouco tempo estavam fora do alcance do som.

Quando foram embora, o mungari ficou em silêncio, para esperar durante as horas frias pelo sol que traria primeiro tepidez, depois calor, sede, fogo, visões. Em seguida, ele não sabia mais onde estava, não sentia o frio. O vento soprou areia do chão para dentro de sua boca quando ele cantou.

(1950)

Em Paso Rojo

Quando a velha señora Sanchez morreu, suas duas filhas, Lucha e Chalía, resolveram visitar o irmão em sua fazenda. Por devoção, tinham concordado em não casar enquanto sua mãe estivesse viva, e agora que ela se fora e estavam ambas ligeiramente acima dos quarenta anos, parecia muito pouco provável que fosse haver um casamento na família. Elas, porém, provavelmente não admitiriam tal coisa nem para si mesmas. Foi com total compreensão de suas duas irmãs que dom Federico sugeriu que saíssem da cidade e fossem passar umas semanas em Paso Rojo.

Lucha chegou de crepe preto. Para ela, a morte era uma das coisas que acontecem na vida com certa regularidade e portanto exigia observância externa. Sua vida não mudou em nenhum outro aspecto, a não ser que na fazenda ia ter de se acostumar com um grupo de criados inteiramente novo.

— Índios, coitados, animais com fala — ela disse a dom Federico na primeira noite enquanto tomavam café. Uma garota descalça tinha acabado de retirar os pratos de sobremesa.

Dom Federico sorriu. — Eles são boa gente — disse, decidido. Viver tanto tempo na fazenda havia baixado os padrões dele, diziam, porque mesmo que sempre passasse quase um mês por ano na capital, fora ficando cada vez mais indiferente à vida social de lá.

— A fazenda está devorando a alma dele pouco a pouco — Lucha costumava dizer para a señora Sanchez.

Só uma vez a velha senhora respondeu: — Se a alma dele tem de ser comida, que a fazenda coma.

Ela olhou em torno da sala de jantar primitiva com sua decoração seca de folhas e ramos de palmeira. "Ele adora isto aqui porque é tudo dele", ela pensou, "e algumas dessas coisas nunca seriam dele se ele não tivesse mudado de propósito para combinar com elas". Não era uma ideia inteiramente aceitável. Ela sabia que a fazenda o deixava feliz, tolerante e sábio; para ela parecia triste ele não ser capaz de ter sido essas coisas sem perder seu brilho civilizado. E isso ele realmente havia perdido. Tinha a pele de um camponês, marrom e cheia de rugas por toda parte. Tinha a lentidão de fala dos homens que viviam por longos períodos ao ar livre. E as inflexões de sua voz sugeriam que a paciência pode vir de falar com animais, e não com seres humanos. Lucha era uma mulher sensata; mesmo assim, não podia deixar de sentir certa pena pelo fato de seu irmão mais novo, que num ponto anterior de sua vida tinha sido o melhor dançarino entre os membros do clube de campo, ter se tornado o homem magro, calado e de cara triste que estava sentado à sua frente.

— Você mudou muito — ela disse de repente, sacudindo a cabeça de um lado para outro lentamente.

— É. Aqui a gente muda. Mas é um bom lugar.

— Bom, sim. Mas tão triste — disse ela.

Ele riu. — Triste nada. Você se acostuma com o sossego. E depois descobre que não é nada sossegado. Mas você nunca muda muito, não é? Chalía é que está diferente. Você notou?

— Ah, Chalía sempre foi louca. Ela não muda também.

— Muda. Ela está muito mudada. — Ele olhou além do lampião de óleo fumarento. — Onde ela está? Por que não toma café?

— Ela tem insônia. Nunca toma café.

— Talvez nossas noites a façam dormir — disse dom Federico.

Chalía sentou-se na varanda de cima na brisa macia da noite. A fazenda ficava em uma grande clareira que mantinha a mata a distância a toda a volta, mas os macacos chamavam de um lado para outro, como se nem a clareira nem a casa da fazenda existissem. Ela havia resolvido ir para a cama mais tarde: assim haveria menos escuridão a suportar caso ficasse acordada. Os versos de um poema que tinha lido no trem dois dias antes ainda estavam em sua cabeça: "*Aveces la noche*... Às vezes a noite te pega, enrola e embala e o deixa lavado em sono na beira da manhã." Esses versos eram reconfortantes. Mas havia um verso terrível em seguida: "E às vezes a noite prossegue sem ti." Ela tentou saltar da imagem da fresca manhã ensolarada para uma ideia completamente estranha: o garçom no clube de praia em Puntarenas, mas sabia que a outra ideia esperava por ela no escuro.

Na viagem da capital, estava usando culote de montaria e uma camisa cáqui aberta no pescoço, e anunciara a Lucha sua intenção de só vestir essa roupa o tempo todo que passassem em Paso Rojo. Ela e Lucha tinham brigado na estação.

— Todo mundo sabe que mamãe morreu — disse Lucha — e quem não fica escandalizado caçoa de você.

Com intenso desdém na voz, Chalía respondera: — Você perguntou para as pessoas, suponho.

No trem, enquanto ele serpenteava através das montanhas em direção à *tierra caliente*, ela dissera de repente, a propósito de nada: — Não fico bem de preto. — Realmente perturbador para Lucha foi o fato de que em Puntarenas ela saiu e comprou esmalte de unhas carmesim, que aplicou em si mesma minuciosamente no quarto de hotel.

— Não pode fazer isso, Chalía! — gritou a irmã, de olhos arregalados. — Nunca fez isso antes. Por que está fazendo agora?

Chalía riu imoderadamente. — Capricho apenas — dissera, abrindo as mãos decoradas na frente dela.

Passos fortes subiram a escada e percorreram a varanda, fazendo com que tremesse ligeiramente. A irmã chamou: — Chalía!

Ela hesitou um instante, depois disse: — Sim.

— Está sentada no escuro! Espere. Vou trazer um lampião do seu quarto. Que ideia!

— Vamos ficar cobertas de insetos — protestou Chalía, que, embora não estivesse de bom humor, não queria ser incomodada.

— Federico disse que não! — Lucha gritou de dentro.

— Ele disse que não tem inseto nenhum! Não que piquem, pelo menos!

Então ela apareceu com um lampião pequeno, que pôs na mesa junto da parede. Sentou-se numa rede próxima e se balançou devagar para a frente e para trás, cantarolando. Chalía franziu a testa, mas ela pareceu não notar.

— Que calor! — Lucha exclamou finalmente.

— Não faça tanto esforço — Chalía sugeriu.

Ficaram quietas. Logo a brisa se transformou num vento forte, vindo dos montes distantes, mas era quente demais, como o hálito de um animal grande. O lampião tremulou, ameaçou apagar. Lucha levantou-se e o apagou. Quando Chalía mexeu a cabeça para olhar para ela, alguma outra coisa chamou sua atenção e ela depressa deslocou o olhar para a parede. Alguma coisa enorme, preta e rápida estivera ali um instante antes; agora não havia nada. Ela olhou o ponto intensamente. A parede era revestida de pequenas pedras que tinham sido cimentadas e descuidadamente pintadas de branco, de forma que a superfície era muito áspera e cheia de buracos grandes. Ela se levantou de repente, chegou à parede e olhou de perto. Todos os buracos, grandes e pequenos, estavam debruados com funis esbranquiçados. Dava para ver as pernas longas, ágeis, das aranhas que viviam ali dentro, saindo por baixo de alguns dos funis.

— Lucha, esta parede está cheia de monstros! — ela gritou. Um besouro voou perto do lampião, mudou de ideia e aterrissou na parede. A aranha mais próxima lançou-se à frente, pegou-o e desapareceu com ele dentro da parede.

— Não olhe para elas — Lucha aconselhou, mas olhou o chão junto a seus pés, apreensiva.

* * *

Chalía puxou sua cama para o meio do quarto e empurrou uma mesinha para perto dela. Soprou o lampião e deitou-se no colchão duro. O som dos insetos noturnos era insuportavelmente alto: um grito infindável, selvagem, acima do barulho do vento. Toda a vegetação lá fora estava seca. Produzia um milhão de sons raspando no ar à medida que o vento passava por ela. De quando em quando, os macacos chamavam uns aos outros de lados diferentes. Um pássaro noturno gritava às vezes, mas sua voz era engolida pela insistente canção dos insetos e pelo farfalhar do vento no campo quente. E o escuro era absoluto.

Talvez dentro de uma hora ela acendesse o lampião ao lado da cama, se levantasse e fosse sentar na varanda de camisola. Pôs o lampião onde estava antes, junto da parede, e virou a cadeira para ficar de frente para ele. Sentou-se olhando a parede até muito tarde.

Ao amanhecer o ar estava fresco, cheio do som contínuo dos mugidos do gado, perto e longe. O café da manhã foi servido assim que o céu ficou todo claro. Na cozinha, havia uma balbúrdia de vozes femininas. A sala de jantar tinha cheiro de querosene e laranjas. No centro da mesa, um prato grande com uma pilha de fatias grossas de abacaxi pálido. Dom Federico sentou na cabeceira, de costas para a parede. Atrás dele, havia um pequeno nicho, com velas brilhando e a Virgem com vestido azul e prata.

— Dormiu bem? — dom Federico perguntou a Lucha.

— Ah, maravilhosamente bem!
— E você? — para Chalía.
— Eu nunca durmo bem — disse ela.

Uma galinha veio correndo perdida da varanda para dentro da sala e foi perseguida por uma criada. Fora da porta, um grupo de crianças índias montava guarda em torno de um quadrado de varais ao longo do qual estava pendurado um sortimento vermelho de carnes: tiras de músculos e aros de órgãos internos. Quando um urubu mergulhava, as crianças saltavam para cima e para baixo, gritando em coro, e o faziam subir no ar outra vez. Chalía franziu a testa ao barulho. Dom Federico sorriu.

— Isso é tudo em sua homenagem — disse ele. — Mataram uma vaca ontem. Amanhã isso tudo terá acabado.

— Não os urubus! — Lucha exclamou.

— Claro que não. Todos os caubóis e empregadas levam um pouco para suas famílias. E conseguem se livrar de uma boa parte eles mesmos.

— Você é generoso demais — disse Chalía. — É ruim para eles. Ficam insatisfeitos e infelizes. Mas acho que se você não desse, eles iam roubar de qualquer forma.

Dom Federico afastou a cadeira.

— Ninguém aqui nunca roubou nada de mim. — Ele se levantou e saiu.

Depois do café, enquanto ainda estava cedo, antes que o Sol subisse muito no céu, ele normalmente fazia um circuito de duas horas pela fazenda. Como ele preferia fazer visitas inesperadas aos *vaqueros* encarregados dos diversos setores, nem sempre cobria as mesmas regiões. Estava explicando isso para Lucha enquanto soltava o cavalo diante da cerca de arame farpado que circundava a casa. — Não porque eu espere encontrar nada errado. Mas é o melhor jeito de encontrar sempre tudo certo.

Assim como Chalía, Lucha era cética quanto à capacidade dos índios de fazer qualquer coisa direito. — Muito boa ideia — disse ela. — Tenho certeza de que você é tolerante demais com esses moços. Eles precisam de uma mão forte, não de pena.

Acima das árvores altas que cresciam atrás da casa, as araras vermelhas e azuis gritavam, repetindo sem cessar seu caminho elíptico pelo céu. Lucha olhou na direção delas e viu Chalía na varanda superior, enfiando uma camisa cáqui dentro das calças.

— Rico, espere! Quero ir com você — ela gritou e correu para dentro do quarto.

Lucha virou para o irmão: — Você não vai levar ela junto. Ela não pode! Com mamãe...

Dom Federico a interrompeu, para não ter de ouvir o que seria penoso para ele. — Vocês duas precisam de ar puro e exercício. Venham as duas.

Lucha ficou em silêncio um momento, olhando para a cara dele, incomodada. Finalmente, disse: — Não consigo. — E afastou-se para abrir o portão. Vários caubóis vinham devagar a cavalo dos padoques para a frente da casa. Chalía apareceu na varanda inferior e correu para o portão, onde Lucha ficou olhado para ela.

— Então você vai andar a cavalo — disse Lucha. Sua voz não tinha nenhuma expressão.

— Vou. Você vem? Acho que não. Voltamos logo; não é, Rico?

Dom Federico não respondeu e disse para Lucha: — Seria bom se você viesse.

Como ela não respondeu, mas passou pelo portão e fechou-o, ele mandou um dos caubóis desmontar e ajudar Chalía a subir em seu cavalo. Ela montou o animal sorrindo para o jovem.

— Agora, você não pode ir. Não tem cavalo! — ela gritou, puxando as rédeas violentamente, de forma que o cavalo ficou absolutamente imóvel.

— Sim, señora. Eu vou com os señores. — Sua fala era arcaica e respeitosa, a fala do índio rústico. Suas palavras mansas, polidas, sempre a incomodavam, porque ela acreditava, muito erroneamente, que podia detectar caçoada por trás delas. — Como papagaios que aprenderam dois versos de Góngora! — ela ria, quando se discutia o assunto. Agora ficou ainda mais exasperada por ouvir se dirigirem a ela como señora. "O idiota!", pensou. "Ele devia saber que não sou casada." Mas quando olhou para baixo outra vez e viu o caubói, notou seus dentes brancos e o rosto muito jovem. Ela sorriu e disse: — Já está tão quente — e abriu o botão de cima da camisa.

O rapaz correu ao padoque e voltou imediatamente, montado em um cavalo grande e mais nervoso. Isso foi uma piada para os outros caubóis que seguiam à frente, rindo. Dom Federico e Chalía cavalgavam lado a lado e o rapaz ia atrás deles, assobiando uma melodia que alternava com palavras tranquilizadoras a seu cavalo inquieto.

 O grupo seguiu pelos quase dois quilômetros de espaço aberto entre a casa e a mata. Depois, a relva alta roçava as pernas dos cavaleiros quando os cavalos desceram para o rio, que estava seco a não ser por um estreito fio de água no meio. Seguiram o leito rio abaixo, a vegetação aumentando de altura nas margens à medida que prosseguiam. Chalía havia pintado as unhas de novo antes de partir e estava de bom humor. Discutia a administração da fazenda com dom Federico. As despesas e a capacidade de lucros a interessavam particularmente, embora não fizesse nem ideia do preço de nada. Usava um enorme sombrero de palha mole cuja aba roçava em seus ombros enquanto cavalgava. A cada poucos minutos ela se virava e acenava para o caubói que continuava atrás, gritava para ele: — Muchacho! Ainda não se perdeu?

Então o rio se dividiu em dois leitos distintos, separados por uma grande ilha que se erguia diante deles, a sua parte mais alta uma sólida parede de galhos e trepadeiras. Ao pé das árvores gigantes em meio a umas rochas cinzentas, havia uma porção de vacas, que pareciam muito pequenas mesmo deitadas na lama ou vagando em busca da sombra mais densa. De repente, dom Federico saiu galopando à frente e conferenciou ruidosamente com os outros *vaqueros*. Quase simultaneamente, Chalía puxou as rédeas e deteve seu cavalo. O rapaz logo estava a seu lado. Quando ele chegou, ela disse: — Está calor, não está?

 Os homens seguiram em frente. Ele girava em torno dela. — Sim, señora. Mas é porque estamos no sol. Ali — ele indicou a ilha — tem sombra. Eles já quase chegaram.

 Ela não disse nada, mas tirou o chapéu e se abanou com ele. Ao mexer as mãos para a frente e para trás, observou as unhas vermelhas. — Que cor feia — murmurou.

— O quê, señora?

— Nada. — Ela fez uma pausa. — Ah, que calor!

— Venha, señora. Vamos continuar?

Irritada, ela amarrotou a copa do sombreiro na mão. — Não sou señora — disse claramente, olhando para os homens à frente que cavalgavam perto das vacas para tirá-las de sua letargia. O rapaz sorriu. Ela continuou. — Eu sou señorita. Não é a mesma coisa. Ou talvez você ache que é.

O rapaz ficou intrigado; tinha consciência da súbita emoção dela, mas não fazia ideia da causa. — Sim, señorita — disse, polidamente, sem convicção. E acrescentou, com mais segurança: — Eu sou Roberto Paz, às suas ordens.

O Sol brilhava em cima deles e refletia na mica das pedras a seus pés. Chalía abriu mais um botão da camisa.

— Está quente. Eles vão voltar logo?

— Não, señorita. Vão voltar pela estrada. Vamos? — Ele virou o cavalo na direção da ilha em frente.

— Não quero ir aonde estão as vacas — disse Chalía com petulância. — Elas têm *garrapatas*. Os *garrapatas* entram debaixo da pele.

Roberto riu, indulgente. — Os *garrapatas* não vão incomodar se a señorita ficar em seu cavalo.

— Mas quero descer e descansar. Estou tão cansada! — O desconforto do calor se transformou em pura fadiga quando ela disse essas palavras; isso permitiu que a irritação que sentia por ele se transformasse em um estado geral de autopiedade e depressão que a dominou como uma dor súbita. Pendendo a cabeça, ela soluçou: — *Ay, madre mía*! Minha pobre mamãe! — Ficou assim um momento e o cavalo começou a avançar devagar para as árvores à beira do leito do rio.

Roberto olhou perplexo na direção que os outros tinham seguido. Haviam avançado fora de vista, além da cabeça da ilha; as vacas estavam deitadas de novo. — A señorita não precisa chorar.

Ela não respondeu. Como as rédeas estavam frouxas, o cavalo prosseguia em passo mais rápido na direção da floresta. Quando chegou à sombra na beira do riacho, o rapaz foi depressa para o lado dela. — Señorita! — ele gritou.

Ela suspirou e olhou para ele, o chapéu ainda na mão. — Estou muito cansada — ela repetiu. — Quero descer e descansar.

Havia uma trilha que penetrava na floresta. Roberto seguiu na frente para mostrar o caminho, cortando trepadeiras e arbustos com o facão. Chalía seguia atrás, lânguida na sela, acalmada pela súbita entrada no mundo verde de silêncio e relativo frescor.

Seguiram devagar por dentro da floresta durante uns quinze minutos sem dizer nada um para o outro. Quando chegaram a uma porteira, Roberto abriu-a sem desmontar e esperou Chalía passar. Ao passar por ele, ela sorriu e disse: — Que gostoso está aqui.

Ele respondeu, bem secamente, ela achou: — Sim, señorita.

Adiante, a vegetação ficava mais rara, e além havia uma vasta extensão de terra aberta, ligeiramente ondulada, decorada aqui e ali, como se intencionalmente, por gigantescas paineiras de troncos brancos. O vento quente soprava por esse terreno elevado e o grito das cigarras enchia o ar. Chalía deteve o cavalo e desceu. As plantinhas semelhantes a cardos que cobriam o chão estalaram debaixo das botas. Ela sentou cuidadosamente à sombra, no limiar mesmo do terreno aberto.

Roberto amarrou os dois cavalos a uma árvore e ficou olhando para ela com os olhos alertas e hostis do índio que se vê diante do que não entende.

— Sente-se. Aqui — ela disse.

Ele obedeceu como uma pedra, sentando na terra com as pernas estendidas à frente do corpo, as costas muito eretas. Ela pousou a mão no ombro dele. — *Qué calor* — ela murmurou.

Não esperava que ele respondesse, mas ele respondeu e sua voz soou distante: — Não é culpa minha, señorita.

Ela deslizou a mão pelo pescoço dele e sentiu os músculos se tensionarem. Esfregou o rosto no peito dele; ele não se mexeu nem disse nada. De olhos fechados, com a cabeça apoiada com força contra ele, ela sentia que estava presa à consciência apenas pelo incessante canto agudo das cigarras. Ficou assim, pesando mais e mais sobre ele, de forma que o rapaz teve de se apoiar com as mãos na terra atrás de si. Seu rosto havia se transformado em uma máscara impenetrável; ele parecia não estar pensando em nada, não estar nem presente.

Respirando pesadamente, ela levantou a cabeça para fitá-lo, mas descobriu que não tinha coragem de chegar aos olhos dele com seu olhar. Em vez disso, olhou seu pescoço e por fim sussurrou: — Não me importa o que pense de mim. A mim basta abraçar você assim.

Ele desviou a cabeça rigidamente do rosto dela, olhando a paisagem até os montes. Asperamente, disse: — Meu irmão pode passar por aqui. Temos de voltar para o rio.

Ela tentou afundar o rosto no peito dele, perder-se outra vez na deliciosa sensação. Sem avisar, ele se movimentou depressa e levantou-se, de forma que ela caiu para a frente, com o rosto na terra.

A surpresa de sua pequena queda mudou seu humor imediatamente. Ela se levantou de um salto, correu cegamente para o cavalo mais próximo, estava montada nele em um instante e antes que ele pudesse gritar: "É o cavalo ruim!", ela havia cutucado os flancos do animal com os calcanhares. Ele levantou a cabeça furiosamente; com um arranque violento, começou a galopar pelo campo. No primeiro movimento, ela se deu conta confusamente de que tinha havido uma troca, que não era o mesmo cavalo, mas em sua excitação deixou que a observação terminasse aí. Achou uma delícia correr depressa pela planície contra o vento quente. Roberto tinha ficado para trás.

— *Idiota!* — ela gritou no ar. — *Idiota! Idiota!* — com toda sua força. À frente, um abutre tremendo, tomado de pânico com a aproximação do galope, bateu as asas desajeitadas subindo ao céu.

A sela, amarrada para ação menos vigorosa, começou a escorregar. Ela agarrou o punho com uma mão e com a outra deu um puxão convulsivo na camisa que se abriu inteira. Uma poderosa sensação de exultação tomou conta dela quando olhou para baixo e viu a própria pele branca ao sol.

A distância, de um lado, entreviu algumas palmeiras subindo acima de uma touceira de vegetação mais baixa. Ela fechou os olhos: as palmeiras pareciam aranhas verdes brilhantes. Estava sem fôlego por causa do movimento. O sol estava muito forte. A sela continuou escorregando; ela não conseguia endireitá-la. O cavalo não mostrava nenhum sinal de notar sua existência. Ela puxou as rédeas com toda a força possível sem cair para trás, mas isso não teve nenhum efeito sobre o cavalo, que continuou a correr a toda velocidade, sem seguir nenhum caminho e desviando de algumas das árvores por não mais que centímetros aparentemente.

— Onde estarei dentro de uma hora? — ela perguntou a si mesma. — Morta, talvez? — A ideia da morte não a assustava como assustava algumas pessoas. Tinha medo da noite porque não conseguia dormir; não tinha medo de vida e morte porque não se sentia envolvida em qualquer medida em nenhuma das duas. Só outras pessoas viviam e morriam, tinham suas vidas e mortes. Ela, estando dentro de si mesma, existia meramente como ela mesma e não como parte de nada mais. Pessoas, animais, flores e pedras eram objetos e pertenciam todos ao mundo exterior. Era sua justaposição que formava padrões hostis ou amigáveis. Às vezes, ela ficava olhando as próprias mãos e pés durante muitos minutos, tentando combater a sensação indefinida que lhe davam de também pertencerem ao mundo exterior. Mas isso nunca a perturbou profundamente. As impressões eram recebidas e aceitas sem questionar; no máximo, ela as combatia quando eram fortes demais para seu conforto.

Ali no sol quente da manhã, sendo empurrada à frente pelo ar, começou a sentir que quase toda ela havia deslizado para fora do mundo interior, que apenas uma partezinha dela ainda era ela. A parte que sobrara estava cheia de perplexidade e incredulidade; o único desconforto agora estava em ter de aceitar o fato dos grandes troncos brancos que continuavam a passar por ela.

Tentou várias vezes se forçar a estar em outro lugar: em seu jardim de rosas em casa, no salão de jantar do hotel em Puntarenas, até mesmo, como último recurso que pudesse ser realizável uma vez que também era desagradável, em sua cama na fazenda, com o escuro em torno.

Com um grande salto, o cavalo pulou uma vala. A sela escorregou completamente e ficou pendurada por baixo do animal. Sem ter o punho em que se apegar, ela se segurou o melhor possível, apertando os flancos do animal com as pernas e puxando sempre as rédeas. De repente, o animal diminuiu o passo e entrou, decidido, numa moita. Havia uma espécie de trilha; ela desconfiava ser a mesma que tinham usado para subir do rio. Ela ficou montada, lânguida, esperando para ver o que o cavalo ia fazer.

Por fim, chegaram ao leito do rio, como ela esperava, e trotaram de volta à fazenda. O Sol estava diretamente acima quando chegaram ao padoque. O cavalo parou fora, esperando que abrissem, mas aparentemente não havia ninguém por perto. Com grande esforço, ela escorregou para o chão e descobriu que tinha dificuldade para ficar em pé de tanto que suas pernas tremiam. Estava furiosa e envergonhada. Mancando até a casa, desejou intensamente que Lucha não a visse. Algumas meninas índias pareciam ser as únicas pessoas ali. Ela se arrastou para o andar de cima e fechou-se em seu quarto. A cama tinha sido empurrada para perto da parede, mas ela não tinha força para puxá-la de volta para o centro, onde queria que ficasse.

Quando dom Federico e os outros voltaram, Lucha, que estava lendo no andar de baixo, foi até o portão. — Onde está Chalía? — gritou.

— Ela estava cansada. Um dos rapazes trouxe ela de volta faz algum tempo — ele respondeu. — Foi melhor assim. Fomos quase até Cañas.

Chalía almoçou na cama e dormiu profundamente até o fim da tarde. Quando emergiu do quarto para a varanda, uma mulher estava tirando o pó das cadeiras de balanço e arrumando-as numa fileira junto à parede.

— Onde está minha irmã? — Chalía perguntou.

— Foi até a cidade de caminhão com o señor — a mulher respondeu, subindo até o alto da escada e tirando o pó degrau por degrau enquanto descia de costas.

Chalía sentou-se numa cadeira e levantou os pés até o parapeito da varanda, pensando, ao fazer isso, que se Lucha estivesse ali reprovaria sua postura. Havia uma curva do rio, a única parte dele visível da casa, logo abaixo dela, e de onde estava sentada dava para ver através da folhagem uma porção da margem. Uma grande árvore de fruta-pão expandia os galhos até quase o outro lado do rio. Havia um poço na curva, exatamente onde o tronco da árvore subia da lama da margem. Um índio saiu das moitas e calmamente tirou a calça, depois a camisa. Ficou ali parado um momento, nu em pelo, olhando a água, antes de entrar e começar a espadanar e nadar. Quando terminou de se banhar, parou de novo na margem, ajeitando o cabelo preto azulado. Chalía ficou intrigada, sabendo que poucos índios seriam tão impudicos a ponto de se banhar a plena vista da varanda superior. Com uma sensação súbita e estranha ao olhar para ele, ela se deu conta de que era Roberto e de que ele tinha plena consciência de sua presença naquele momento.

"Ele sabe que Rico saiu e que ninguém pode vê-lo do andar de baixo", ela pensou, decidindo contar a seu irmão quando ele voltasse. A ideia de vingança do rapaz encheu-a de uma deliciosa excitação. Ela ficou olhando seus movimentos decididos ao se vestir. Ele sentou-se numa pedra só de camisa e penteou o cabelo. O sol do fim da tarde brilhava entre as folhas e dava à sua pele um tom alaranjado. Quando ele finalmente foi embora sem dar nem uma olhada na direção da casa, ela se levantou e entrou em seu quarto. Manobrando a cama para o centro outra vez, começou a andar em torno dela; seu estado de espírito foi ficando mais e mais turbulento à medida que circulava pelo quarto.

Ouviu a porta do caminhão bater e, um momento depois, vozes no andar de baixo. Com o dedo na têmpora, onde sempre o colocava quando seu coração batia muito depressa, ela saiu para a varanda e desceu. Dom Federico estava no armazém, que ele abria durante meia hora toda manhã e toda tarde. Chalía entrou, a boca já aberta, sentindo as palavras prontas para explodir dos pulmões. Duas crianças estavam empurrando suas moedas de cobre no balcão, apontando os doces que queriam. À luz do lampião, uma mulher olhava uma peça de tecido. Dom Federico estava em cima de uma escada, descendo outra peça. A boca de Chalía fechou devagar. Ela olhou a mesa do irmão junto à porta a seu lado, onde ele mantinha seus livros e notas. Numa caixa de charutos aberta, quase tocando sua mão, havia uma pilha de sujas cédulas de dinheiro. Antes que se desse conta, ela estava de volta a seu quarto. Fechou a porta e viu quatro notas de dez colones em sua mão. Enfiou-as no bolso do culote.

Durante o jantar, brincaram com ela por ter dormido toda a tarde, dizendo que agora ia ficar acordada a noite inteira.
    Ela estava ocupada comendo. — Se eu ficar, pior para mim — disse, sem levantar os olhos.
    — Programei um pequeno concerto depois do jantar — disse dom Federico. Lucha ficou entusiasmada. Ele continuou: — Os caubóis estão com alguns amigos aqui, de Bagaces, e Raul acabou de fazer a marimba dele.
    Os homens e os rapazes começaram a se reunir logo depois do jantar. Havia risos, e guitarras eram dedilhadas no escuro do terraço. As duas irmãs foram sentar no canto próximo à sala de jantar, dom Federico ficou no meio com os *vaqueros*, e os criados se enfileiraram do lado da cozinha. Depois de diversos solos de vários homens com guitarras, Raul e um amigo começaram a tocar a marimba. Roberto estava sentado no chão entre os caubóis que não se apresentavam.
    — E se a gente dançasse — disse dom Federico, levantando-se e pegando Lucha. Eles deslizaram juntos num lado do terraço, mas ninguém mais se mexeu.

— *A bailar!* — dom Federico gritou, rindo.

Várias moças começaram a dançar timidamente, em duplas, com altas risadas. Nenhum dos homens se mexia. Os tocadores de marimba continuavam repetindo a mesma música sem parar. Dom Federico dançou com Chalía, que estava dolorida por causa da cavalgada da manhã; logo ela pediu licença e saiu. Em vez de subir e ir para a cama, ela se dirigiu para a varanda da frente e sentou, olhando a vasta clareira ao luar. A noite estava pesada de eternidade. Ela podia sentir isso ali, logo adiante do portão. Só a música tilintante, monótona, mantinha a casa dentro dos limites do tempo, salvava-a de ser submersa. Ao ouvir a progressão da festa, teve a impressão de que os homens estavam participando mais. "Rico provavelmente abriu para eles uma garrafa de rum", ela pensou furiosa.

Enfim, soava como se todos estivessem dançando. Com a curiosidade atingindo um alto grau, ela ia se levantar e voltar para o terraço quando uma figura apareceu do outro lado da varanda. Ninguém precisou lhe dizer que era Roberto. Ele vinha andando silenciosamente na direção dela; pareceu hesitar ao chegar perto, depois acocorou-se ao lado da cadeira e olhou para ela. Chalía tinha razão: ele estava com cheiro de rum.

— Boa noite, señorita.

Ela sentiu-se impelida a ficar quieta. Mesmo assim, disse: — Boa noite. — E pôs a mão no bolso, dizendo a si mesma que tinha de fazer aquilo direito e depressa.

Ela se inclinou para o rapaz agachado ali com o rosto brilhando ao luar e passou a mão sobre seu cabelo macio. Com a mão em sua nuca, ela se inclinou ainda mais e beijou seus lábios. O rum era muito forte. Ele não se mexeu. Ela começou a sussurrar em seu ouvido, muito baixo: — Roberto, eu te amo. Tenho um presente para você. Quarenta *colones*. Olhe.

Ele virou a cabeça depressa e disse, alto: — Onde?

Ela pôs as notas na mão dele, ainda segurando sua cabeça, e sussurrou de novo: — Shh! Nem uma palavra para ninguém. Preciso ir agora. Amanhã à noite te dou mais. — Ela o soltou.

Ele se levantou e foi para o portão. Ela subiu direto para a cama e quando adormeceu a música ainda estava tocando.

Muito mais tarde ela acordou e acendeu o lampião. Eram quatro e meia. O dia logo ia nascer. Sentindo-se cheia de uma energia fora do normal, Chalía se vestiu, apagou o lampião e saiu, fechando o portão depressa ao passar. No padoque, os cavalos se agitaram. Ela passou e tomou a estrada para a aldeia. Era uma hora muito silenciosa: os insetos noturnos tinham parado com seus ruídos e os pássaros ainda não tinham começado seu piar da alvorada. A Lua estava baixa no céu, ficava a maior parte do tempo atrás das árvores. Adiante dela, Vênus brilhava como uma Lua menor. Ela andava depressa, sentindo só uma pontada de dor no quadril de vez em quando.

Alguma coisa escura caída na estrada à sua frente a fez parar de andar. A coisa não se mexia. Ela observou, atenta, avançando cautelosamente em sua direção, pronta para correr na direção oposta. Quando seus olhos se acostumaram com a forma, ela viu que era um homem deitado, absolutamente imóvel. Ao se aproximar, sabia que era Roberto. Tocou o braço dele com o pé. Ele não reagiu. Ela se inclinou e pôs a mão em seu peito. Ele respirava profundamente e o cheiro de bebida era quase insuportável. Ela se levantou e deu-lhe um chute de leve na cabeça. Houve um pequeno gemido vindo do fundo dele. Isso também, ela disse a si mesma, teria de ser feito depressa. Sentiu-se maravilhosamente leve e poderosa enquanto devagar manobrava com os pés o corpo dele para o lado direito da estrada. Havia um pequeno barranco ali, de uns seis metros de altura. Quando chegou com ele até a beirada, esperou um pouco, olhando seus traços ao luar. A boca estava um pouco aberta e os dentes brancos apareciam entre os lábios. Ela alisou a testa dele algumas vezes e com um ligeiro empurrão o fez rolar pela borda. Ele caiu muito pesadamente, fazendo um estranho som animal ao tocar o chão.

Ela voltou para a fazenda a toda velocidade. Estava clareando quando chegou. Entrou na cozinha e pediu seu café da manhã, dizendo: — Levantei cedo. — Passou o dia inteiro na casa, lendo e conversando com Lucha. Pensou que dom Federico parecia preocupado quando ele saiu para seu giro de inspeção matinal, depois de fechar o armazém. Achou que ainda parecia preocupado quando voltou, e disse isso durante o almoço.

— Não é nada — ele disse. — Não consigo acertar os meus livros.

— E você sempre foi tão bom em matemática — disse Chalía.

Durante a tarde, alguns caubóis trouxeram Roberto. Ela ouviu a comoção na cozinha e os gritos de *Ay, Diós!*, das criadas. Saiu para olhar. Ele estava consciente, deitado no chão com todos os outros índios olhando para ele.

— O que aconteceu? — ela perguntou.

Um dos caubóis riu. — Nada importante. Ele bebeu demais — o caubói fez o gesto de beber de uma garrafa — e caiu para fora da estrada. Só uns arranhões, acho.

Depois do jantar, dom Federico chamou Chalía e Lucha para seu pequeno escritório particular. Ele parecia cansado e falava mais devagar do que sempre. Quando Chalía entrou, viu Roberto parado ali dentro. Ele não olhou para ela. Lucha e Chalía sentaram-se; dom Federico e Roberto ficaram de pé.

— Esta é a primeira vez que alguém faz isso comigo — disse dom Federico olhando o tapete, as mãos atrás do corpo. — Roberto me roubou. Está faltando dinheiro. Uma parte ainda está no bolso dele, mais que o salário mensal que recebe. Eu sei que ele roubou porque não tinha dinheiro ontem e porque — virou-se para Chalía —, porque ele só explica ter o dinheiro mentindo. Disse que você deu para ele. Você deu algum dinheiro para Roberto ontem?

Chalía pareceu perplexa. — Não — disse ela. — Pensei em dar um *colon* para ele quando me trouxe de volta do passeio ontem de manhã. Mas achei que seria melhor esperar até a hora que a gente estivesse saindo para a cidade. Foi muito? Ele é só um menino.

Dom Federico disse: — Quarenta *colones*. Mas é a mesma coisa que se fosse quarenta centavos. Roubar...

Chalía interrompeu. — Rico! — ela exclamou. — Quarenta *colones*! É muito! Ele gastou muito? Você podia descontar do salário dele aos poucos. — Ela sabia que seu irmão ia dizer o que disse um momento depois.

— Nunca! Ele vai embora hoje. E o irmão dele vai junto.

Na penumbra, Chalía viu um grande hematoma roxo na testa de Roberto. Ele mantinha a cabeça baixa, sem levantar os olhos, mesmo quando ela e Lucha se levantaram e saíram da sala a um sinal do irmão. As duas subiram juntas e sentaram-se na varanda.

— Que gente bárbara eles são! — disse Lucha, indignada. — O pobre do Rico talvez um dia aprenda a lidar com eles. Mas eu temo que acabe morto por um deles antes.

Chalía balançava para a frente e para trás, abanando-se, preguiçosa. — Com mais algumas lições iguais a essa ele pode mudar — disse. — Que calor!

Ouviram a voz de dom Federico no portão lá embaixo. Disse com firmeza: — *Adiós!* — Houve respostas abafadas e o portão se fechou. Dom Federico juntou-se às irmãs na varanda. Sentou-se, triste.

— Não gostei de mandar os dois embora à noite, a pé — ele disse, sacudindo a cabeça. — Mas esse Roberto não presta. Era melhor que fosse embora de uma vez por todas, depressa. Juan é bom, mas eu tive de me livrar dele também, claro.

— Claro, claro — disse Lucha, distraída. De repente, ela virou para o irmão, cheia de preocupação. — Espero que você tenha lembrado de pegar de volta o dinheiro que disse que ele ainda tinha no bolso.

— Claro, claro — ele garantiu, mas pelo tom de sua voz ela sabia que ele havia deixado o rapaz ficar com o dinheiro.

Dom Federico e Lucha disseram boa-noite e foram para a cama. Chalía ficou sentada um pouco, olhando vagamente para a parede que tinha aranhas. Então bocejou e levou o lampião para seu quarto. Mais uma vez a empregada tinha empurrado a cama para junto da parede. Chalía deu de ombros, deitou na cama onde estava mesmo, apagou o lampião, esperou os ruídos noturnos durante alguns minutos e adormeceu pacificamente, pensando como tinha levado um tempo surpreendentemente curto para se acostumar com a vida em Paso Rojo e até, tinha de admitir agora, começar a gostar.

(1948)

Chá na montanha

O correio daquela manhã trouxe para ela um grande adiantamento dos editores. Ao menos parecia grande ali na Zona Internacional, onde a vida era barata. Ela abrira a carta no café de calçada na frente do correio espanhol. A emoção que sentiu ao ver os números no cheque deixou-a inesperadamente generosa com os mendigos que costumavam passar. Então esgotou-se a animação e ela ficou momentaneamente deprimida. As ruas e o céu pareciam mais brilhantes e mais fortes que ela. Por necessidade tinha feito poucos amigos na cidade e, embora trabalhasse com constância todos os dias em seu romance, tinha de admitir que às vezes ficava solitária. Driss chegou, usando uma imaculada djelaba roxa nos ombros e um fez novo na cabeça.
— *Bonjour, mademoiselle* — disse ele, fazendo uma reverência exagerada. Vinha sendo assíduo em suas atenções com ela havia meses, mas até então ela conseguira dispensá-lo sem perder sua amizade; ele era um bom acompanhante para as noites. Essa manhã ela o cumprimentou calorosamente, deixou que pagasse a conta e seguiu pela rua com ele, consciente dos comentários que sua atitude provocou entre os outros árabes sentados no café.
Viraram na rue du Télégraphe Anglais, desceram o morro devagar. Ela resolveu que ia tentar sentir apetite para o almoço; no calor do meio-dia era sempre difícil sentir fome. Driss era europeizado a ponto de insistir em *apéritifs* antes das refeições; porém, em vez de tomarem dois Dubonets, por exemplo, ele tomava um *gentiane*, um Byrrh, um Pernod e um *amer* Picon. Depois, ele costumava dormir e deixar a comida para mais tarde. Pararam no café na frente da rua Marshan e sentaram junto a uma mesa ocupada por diversos alunos do Lycée Français, que estavam bebendo *limonades* e olhando seus ca-

dernos. Driss girou de repente e começou uma conversa casual. Logo os dois tinham mudado para a mesa dos estudantes.

Ela foi apresentada a um por um dos estudantes; eles registraram solenemente o *Enchantée* dela, mas permaneceram sentados ao fazê-lo. Só um, chamado Mjid, levantou-se da cadeira e depressa sentou-se outra vez, parecendo preocupado. Ele foi o que ela sentiu imediatamente vontade de conhecer, talvez porque fosse o mais sério e de olhar mais macio, porém ao mesmo tempo parecia mais firme e violento que qualquer um dos outros. Falava seu francês de teatro entrecortado e depressa, com menos sotaque que seus colegas, e pontuava as frases com sorrisos precisos, ternos, em vez das inflexões corretas ou esperadas. Ao lado dele, estava sentado Ghazi, gordo e negroide.

Ela logo percebeu que Mjid e Ghazi eram amigos íntimos. Respondiam as perguntas e os elogios dela como um homem só, Ghazi preferindo, porém, deixar as frases importantes para Mjid. Ele tinha um comprometimento da fala e parecia pensar mais devagar. Em poucos minutos ela ficou sabendo que os dois iam à escola juntos havia doze anos e tinham estado sempre na mesma classe. Isso lhe pareceu estranho, à medida que a ausência de precocidade de Ghazi ia ficando mais e mais notável enquanto ela o observava. Mjid notou a surpresa no rosto dela e acrescentou:

— Ghazi é muito inteligente, você sabe. O pai dele é o alto juiz da corte local na Zona Internacional. Você um dia vai à casa dele e vai ver.

— Ah, mas claro, eu acredito — ela protestou, compreendendo logo que Ghazi até então não tinha experimentado nenhuma dificuldade na vida, apesar de sua evidente lentidão mental.

— Eu tenho uma casa muito bonita mesmo — Ghazi acrescentou. — Gostaria de vir morar lá? Será sempre bem-vinda. Os tanjaui são assim.

— Obrigada. Talvez algum dia eu vá. De qualquer forma, mil vezes obrigada. Você é muito gentil.

— E meu pai — interpôs Mjid com suavidade, mas firmeza —, o pobre homem morreu. Agora é meu irmão que dá as ordens.

— Mas, ai, Mjid, seu irmão é tuberculoso — suspirou Ghazi.

Mjid ficou escandalizado. Começou uma conversa veemente com Ghazi em árabe, no curso da qual derrubou a garrafa vazia de *limonade*. Ela rolou pela calçada e caiu no esgoto, de onde um moleque tentou retirar, mas foi detido pelo garçom. Ele trouxe a garrafa até eles, limpou-a cuidadosamente com o avental e a colocou em cima da mesa.

— Cachorro judeu imundo! — gritou o menininho do meio da rua.

Mjid ouviu esse epíteto mesmo no meio de sua conversa. Virou-se na cadeira, gritou para o menino: — Vá para sua casa. Vai apanhar de noite.

— É seu irmão? — ela perguntou, interessada.

Como Mjid não respondeu, mas parecia nem ter ouvido a pergunta, ela olhou o menino de novo e viu suas roupas esfarrapadas. Desculpou-se.

— Ah, sinto muito — começou a dizer —, não tinha olhado para ele. Estou vendo agora...

Mjid disse, sem olhar para ela: — Não precisava olhar essa criança para saber que não é da minha família. Ouviu o que ele disse...

— Uma criança do bairro. Um coitadinho — Ghazi interrompeu.

Mjid pareceu perdido em si mesmo um momento. Depois virou-se e explicou para ela, devagar: — Uma palavra que nós não conseguimos escutar é tuberculose. Qualquer outra palavra, sífilis, lepra, até pneumonia, podemos escutar, mas não essa palavra. E Ghazi sabe disso. Ele quer que você pense que seguimos a moral de Paris aqui. Lá eu sei que todo mundo diz essa palavra em qualquer lugar, nos bulevares, nos cafés, em Montparnasse, no Dôme... — ele foi ficando excitado ao enumerar esses pontos de interesse — no Moulin Rouge, no Sacré Coeur, no Louvre. Um dia eu vou lá. Meu irmão foi. Foi lá que ele ficou doente.

Durante esse tempo, Driss, cuja sensação de posse da dama americana era tão completa que ele não se preocupava com qualquer conversa que pudesse ter com aqueles que considerava meninos de escola, estava conversando arrogantemente com os outros estudantes. Todos tinham espinhas e usavam óculos. Estava contando a eles sobre os jogos de futebol que vira em Málaga. Eles nunca tinham ido à Espanha, e ouviam, bebendo gravemente suas *limonades* e cuspindo no chão como espanhóis.

— Como não posso convidar você para vir à nossa casa, porque temos doença lá, quero que faça um piquenique comigo amanhã — Mjid anunciou. Ghazi fez alguma objeção inaudível, que seu amigo silenciou com um olhar, diante do qual Ghazi resolveu abrir um sorriso e acompanhar os planos com interesse.

— Vamos alugar uma carruagem e levar um pouco de presunto à minha casa de campo — Mjid continuou, os olhos brilhando de excitação. Ghazi começou a olhar com apreensão para o outro homem sentado no terraço; depois se levantou e foi para dentro.

Quando voltou, protestou: — Você não tem juízo, Mjid. Fala "presunto" em voz alta quando sabe que alguns amigos do meu pai podem estar aqui. Isso ia ser muito ruim para mim. Nem todo mundo é tão livre como você.

Mjid ficou penitente um momento. Estendeu a perna, puxou de lado sua *gandura* de seda. — Gosta das minhas ligas? — perguntou para ela, de repente.

Ela se surpreendeu. — São bem boas — disse.

— Deixe eu ver as suas — ele pediu.

Ela olhou a própria calça. Estava com alpargatas nos pés e não usava meias. — Desculpe — disse ela —, não estou com ligas.

Mjid pareceu incomodado e ela adivinhou que era mais por ter descoberto, na frente dos outros, uma falha na roupa dela do que por ter causado a ela um possível embaraço. Ele deu um olhar contrito para Ghazi, como para se desculpar por ter provocado uma dama estrangeira que evidentemente não era do tipo certo. Ela sentiu que a situação pedia algum gesto de sua parte. Tirou várias centenas de francos, que era todo o dinheiro que tinha com ela, pôs em cima da mesa e continuou procurando o espelho dentro da bolsa. Os olhos de Mjid se abrandaram. Ele virou com certo triunfo para Ghazi, permitindo-se exibir certa exaltação, deu três tapinhas na face do amigo.

— Então está combinado! — exclamou. — Amanhã ao meio-dia nos encontramos aqui no Café du Télégraphe Anglais. Eu terei alugado uma carruagem às onze e meia no mercado. Você, querida mademoiselle — virou-se para ela —, terá ido ao armazém inglês às dez e meia e comprado comida. Trate de comprar o Jambon Olida, porque é o melhor.

— O melhor presunto — Ghazi murmurou, olhando para cima e para baixo da rua, um pouco inquieto.

— E compre uma garrafa de vinho.

— Mjid, você sabe que isso pode chegar ao meu pai — disse Ghazi.

Mjid não queria mais interferências. Virou-se para ela:
— Se quiser, mademoiselle, podemos ir sozinhos.

Ela deu uma olhada para Ghazi, os olhos bovinos dele estavam velados por lágrimas de verdade.

Mjid continuou: — Vai ser muito bonito lá em cima da montanha só nós dois. Vamos passear no topo da montanha, até o jardim de rosas. Lá sopra a brisa do mar a tarde inteira. Ao anoitecer, nós voltamos para a fazenda. Vamos tomar chá e descansar. — Parou nesse ponto, que considerou crucial.

Ghazi estava fingindo ler seu livro de correspondência social, com a *chechia* abaixada sobre as sobrancelhas para esconder o rosto indisfarçavelmente perturbado. Mjid sorriu ternamente.

— Vamos nós três — disse de mansinho.

Ghazi disse simplesmente: — Mjid é mau.

Driss agora estava ruidosamente bêbado. Os outros estudantes estavam impressionados, assombrados. Alguns homens barbudos no café olhavam por cima de suas mesas com aberta reprovação no rosto. Ela percebeu que eles a consideravam um símbolo de corrupção. Consultando seu pequeno relógio de esmalte, que todos na mesa tiveram de examinar e estudar de perto antes que pudesse guardar de novo no estojo, ela anunciou que estava com fome.

— Vai almoçar conosco? — Ghazi perguntou ansiosamente. Era claro que ele tinha lido que o convite devia ser feito nessas ocasiões; era igualmente claro o terror em que ele estava de ela poder aceitar.

Ela recusou e se levantou. Estava cansada da luz da rua e da comoção dos transeuntes. Deixou os estudantes todos enquanto Driss estava dentro do café e foi para o restaurante na praia onde geralmente almoçava.

Ali, enquanto comia olhando a água, ela pensou: "Foi divertido, mas basta", e resolveu que não iria ao piquenique.

Ela não esperou nem mesmo o dia seguinte para comprar as provisões no armazém inglês. Comprou três garrafas de vinho tinto simples, duas latas de Jambon Olida, vários tipos de biscoitos Huntley and Palmer, um frasco de azeitonas recheadas e quinhentos gramas de chocolates recheados com licor. A senhora inglesa fez um esplêndido embrulho para ela.

Ao meio-dia, no dia seguinte, ela estava tomando uma *orgeast* no Café du Télégraph Anglais. Uma carruagem chegou, puxada por dois cavalos carregados de sininhos de trenó. Atrás do cocheiro, protegidos do sol pelo toldo bege da vitória, estavam sentados Ghazi e Mjid, parecendo sérios e agradáveis. Eles desceram para ajudá-la a subir. Quando subiram a ladeira, Mjid inspecionou o embrulho, aprovando, e sussurrou: — O vinho?

— Tudo aí dentro — ela disse.

Os grilos faziam muito barulho nos barrancos poeirentos ao lado da estrada quando chegaram ao limite da cidade. — Nossos rouxinóis — Mjid sorriu. — Aqui está um anel para você. Deixe ver sua mão.

Ela ficou surpresa, estendeu a mão esquerda.

— Não, não! A direita! — ele gritou. O anel era de prata maciça; serviu em seu dedo indicador. Ela ficou imensamente satisfeita.

— Mas vocês são muito gentis. O que posso dar a vocês? — Ela tentou parecer aflita e desamparada.

— O prazer de ter uma amiga europeia de verdade — disse Mjid gravemente.

— Mas eu sou americana — ela protestou.

— Melhor ainda.

Ghazi estava olhando em silêncio os distantes montes Riffian. Profeticamente, levantou o braço, com a manga de seda inflada ao vento quente, e apontou os campos de lama rachada.

— Daquele lado — disse de mansinho — fica uma aldeia onde todas as pessoas são loucas. Eu fui até lá uma vez de carro com um dos assistentes do meu pai. É por causa da água que eles bebem.

A carruagem deu uma guinada. Estavam subindo. Abaixo deles, o mar começou a se espalhar, azul de cartaz. Do outro lado da água, o topo das montanhas erguia-se na Espanha acima da névoa. Mjid começou a cantar. Ghazi tapou os ouvidos com as mãos gordas e sardentas.

Na mansão de verão morava uma família com grande número de filhos. Depois de dispensar o cocheiro da carruagem e instruir que não voltasse, porque ele queria voltar a pé, Mjid levou seus convidados num passeio de inspeção da propriedade. Havia muitos poços; Ghazi certamente já tinha visto aquilo vezes incontáveis, mas parava como em surpresa diante de cada poço que inspecionavam e sussurrava: — Imagine só!

Numa elevação rochosa acima da fazenda, havia uma grande oliveira. Ali espalharam a comida e comeram devagar. A mulher berbere encarregada da fazenda tinha lhes dado diversos pães nativos, azeitonas e laranjas. Ghazi queria que Mjid recusasse essa comida.

— Devíamos fazer um piquenique realmente europeu.

Mas ela insistiu que levassem as laranjas.

A abertura do presunto foi observada com religioso silêncio. Não levou nenhum tempo para que as duas latas fossem consumidas. Depois, atacaram o vinho.

— Se meu pai nos visse — disse Ghazi, esvaziando seu copo. — Presunto e vinho!

Mjid tomou um copo, fez uma careta de desgosto. Deitou para trás, os braços dobrados atrás da cabeça. — Agora que terminei, posso contar para vocês que não gosto de vinho e todo mundo sabe que esse presunto é imundo. Mas detesto as nossas convenções severas.

Ela ficou desconfiada de que ele havia decorado aquele discursinho.

Ghazi continuou a beber o vinho. Terminou uma garrafa sozinho, pediu licença a seus companheiros e tirou a *gandura*. Logo estava dormindo.

— Viu? — Mjid sussurrou. Pegou as mãos dela e a fez levantar. — Agora podemos ir para o jardim de rosas. — Levou-a ao longo de uma cerca viva e desceram um caminho que se afastava da casa. Era muito estreito; arbustos de espinheiro arranhavam seus braços quando passavam.

— Nos Estados Unidos, dizemos que andar assim é fila indiana — ela observou.

— Ah, é? — disse Mjid. — Vou contar uma coisa de Ghazi para você. Uma das mulheres do pai dele é uma escrava senegalesa, coitada. Ela fez Ghazi e seis irmãos para o marido dela e eles todos parecem negros.

— Você não acha os negros tão bons quanto você? — ela perguntou.

— Não é questão de ser tão bom, mas de ser tão bonito quanto — ele respondeu com firmeza.

Tinham chegado a uma clareira na montanha. Ele parou e olhou para ela de perto. Puxou a camisa por cima da cabeça. Seu corpo era branco.

— Meu irmão tem cabelo loiro — disse ele com orgulho. Então, confusamente, vestiu de volta a camisa e passou o braço pelo ombro dela. — Você é linda porque tem olhos azuis. Mas até alguns de nós têm olhos azuis. De qualquer forma, você é *magnífica*! — Ele continuou andando, cantando uma canção em espanhol.

Es pa' mi la más bonita,
La mujer que yo más quiero...

Chegaram a uma cerca de cactos com um portãozinho de arame farpado torcido. Um cachorrinho amarelo correu até o portão e latiu, deliciado.

— Não tenha medo — disse Mjid, embora ela não tivesse dado nenhum sinal de medo. — Você é minha irmã. Ele nunca morde ninguém da família. — Continuaram descendo um caminho empoeirado entre palmeiras atrofiadas que estavam bem secas e amarelas, e chegaram a um pequeno banco diante de uma parede, e em volta das bordas várias roseiras ressecadas cresciam na terra crestada. Dessas ele colheu duas rosas vermelhas, colocou uma no cabelo dela e outra debaixo de sua *chechia*, de forma a cair como um cacho de cabelo sobre sua testa. A densa trepadeira de espinhos que subia pelas treliças lançava uma sombra no banco. Sentaram-se na sombra um pouco, em silêncio.

Mjid parecia perdido em pensamentos. Por fim, pegou a mão dela. — Estou pensando — disse, num sussurro. — Quando a gente está longe da cidade, no jardim, longe de todo mundo, sentado onde é sossegado, a gente sempre pensa. Ou toca música — acrescentou.

De repente, ela tomou consciência do silêncio da tarde. Ao longe, ouviu o canto desamparado de um galo. Isso a fez sentir que o Sol logo ia se pôr, que toda a criação estava a um passo de um grande e final pôr do sol. Ela se abandonou à tristeza que baixou sobre ela como uma friagem.

Mjid se pôs de pé. — Se Ghazi acordar! — gritou. Puxou-a pelo braço, impaciente. — Venha, vamos dar um passeio! — Desceram depressa o caminho, atravessaram o portão e cruzaram o platô de pedras na direção da borda da montanha.

— Aqui perto tem um pequeno vale onde mora o irmão do caseiro. Podemos ir lá e beber um pouco de água.

— Lá embaixo? — ela perguntou, embora estimulada pela possibilidade de escapar de Ghazi por essa tarde. A sensação de tristeza não tinha desaparecido. Estava correndo encosta abaixo, saltando de uma pedra a outra. A rosa dela caiu e ela levou-a na mão.

O irmão do caseiro era estrábico. Deu-lhes água malcheirosa numa caneca de cerâmica.

— É do poço? — ela perguntou baixinho para Mjid.

O rosto dele ficou sombrio, desgostoso. — Quando oferecem alguma coisa de beber, mesmo que seja veneno, você deve beber e agradecer ao homem que ofereceu.

— Ah — disse ela. — Então é veneno. Achei mesmo.

Mjid pegou a caneca do chão entre eles, levou-a até a beira do abismo e jogou-a longe com raiva e elegância. O homem estrábico protestou e então riu. Mjid não olhou para ele, mas entrou na casa e começou uma conversa com algumas mulheres berberes que estavam lá dentro, deixando-a diante do camponês sozinha a gaguejar sua meia dúzia de palavras árabes para ele. O sol da tarde estava quente e a ideia de um pouco de água para beber preenchia sua cabeça. Sentou-se perversamente de costas para a vista e brincou com pedregulhos, sentindo-se absolutamente inútil e absurda. O estrábico continuava a rir a intervalos, como se isso fornecesse uma substituição aceitável de conversação.

Quando Mjid finalmente saiu, todo seu mau humor tinha desaparecido. Ele estendeu a mão para ajudá-la a se levantar e disse: — Venha, vamos subir de volta e tomar chá na fazenda. Tenho meu próprio quarto lá. Eu mesmo decorei. Você vai ver e me dizer se tem na sua casa na América um quarto tão gostoso para tomar chá. — Partiram, subindo a montanha.

A mulher na mansão foi obsequiosa. Abanou o fogo de carvão e pegou água no poço. As crianças brincavam de algum jogo misterioso e tranquilo no extremo do quintal. Mjid levou-a pela casa, atravessaram vários quartos em penumbra e finalmente entraram em um que parecia o último da série. Era mais fresco e um pouco mais escuro que os outros.

— Você vai ver — disse Mjid batendo as mãos duas vezes. Nada aconteceu. Ele chamou, irritado. Então uma mulher entrou. Ela alisou os colchões no chão e abriu a persiana de uma janela pequena que dava para o mar. Depois acendeu várias velas que prendeu no chão de ladrilhos, e saiu.

A hóspede dele foi até a janela. — Dá para ouvir o mar aqui?

— Claro que não. Fica a uns seis quilômetros.

— Mas parece que daria para jogar uma pedra dentro dele — ela protestou, escutando a inflexão falsa de sua voz; não estava interessada na conversa, tinha a sensação de que tudo havia, de alguma forma, dado errado.

"O que estou fazendo aqui? Não tenho nada o que fazer aqui. Eu disse que não vinha." A ideia de um piquenique desses havia coincidido tão completamente com algum desejo inconsciente que ela aninhava havia muitos anos. Estar solta, ao ar livre, com um jovem que não conhecia, que *podia* não conhecer, essa era provavelmente a parte mais importante do sonho. Porque, se ela podia não conhecê-lo, ele também podia não conhecê-la. Ela baixou a pequena persiana e a prendeu. Um segundo depois, abriu de novo e olhou a vasta extensão de água se apagando ao entardecer.

Mjid estava olhando para ela. — Você é louca — ele disse afinal, desesperançado. — Você se encontra neste lindo quarto. É minha convidada. Devia estar contente. Ghazi já foi para a cidade. Um amigo veio com um cavalo e ele foi de carona. Você podia deitar, cantar, tomar chá, podia ficar feliz comigo... — Ele parou e ela viu que ele estava profundamente incomodado.

— Qual é o problema? Qual é o problema? — disse ela, muito depressa.

Ele deu um suspiro dramático; talvez fosse um suspiro genuíno. Ela pensou: "Não tem nada errado. Devia ser um homem, não um menino, só isso." Não lhe ocorreu perguntar a si mesma: "Mas eu teria vindo se fosse um homem?" Olhou para ele com ternura e resolveu que o rosto dele era talvez o mais intenso e bonito que tinha visto. Murmurou uma palavra sem saber bem qual era.

— O quê? — ele perguntou.

Ela repetiu: — Incrível.

Ele deu um sorriso inescrutável.

Foram interrompidos pelo som do bater dos pés nus de uma mulher. Ela trazia uma tremenda bandeja com a chaleira e os acessórios.

Enquanto fazia o chá, Mjid olhava para ela, para se certificar de que ainda estava ali. Ela ficou sentada absolutamente imóvel em um dos colchões, esperando.

— Sabe — ele disse, devagar —, se eu conseguisse ganhar dinheiro iria embora amanhã para qualquer lugar onde desse para ganhar. De qualquer forma, termino a escola este ano e meu irmão não tem dinheiro para me mandar para uma *medersa* em Fez. Mas mesmo que tivesse, eu não iria. Estou sempre longe da escola. Só que meu irmão fica muito bravo.

— O que você faz em vez da escola? Vai nadar?

Ele riu com desdém, provou o chá, despejou de volta na chaleira e acocorou-se.

— Mais um minuto e está pronto. Nadar? Ah, minha amiga, tem de ser alguma coisa importante para eu arriscar deixar meu irmão com raiva. Eu faço amor nesses dias, o dia inteiro!

— É mesmo? O dia inteiro? — Ela ficou pensativa.

— O dia inteiro e a maior parte da noite. Ah, pode crer que é maravilhoso, magnífico. Eu tenho um quartinho. — Ele engatinhou para perto dela, pôs a mão em seu joelho, olhou no rosto dela com um empenho nascido da convicção. — Um quartinho escondido da minha família, na casbá. E minha amiguinha tem doze anos. Ela é como o Sol, macia, linda, adorável. Aqui, tome seu chá. — Ele bebeu ruidosamente de seu copo, estalou os lábios.

— O dia inteiro — ela refletiu, em voz alta, encostando-se nas almofadas.

— Ah, é. Mas vou contar um segredo para você. Tem de comer o quanto puder. Mas isso não é tão difícil. Porque dá muita fome depois.

— É, claro — disse ela. Uma rajada de vento soprou pelo piso e as velas tremularam.

— Como é gostoso tomar chá e depois deitar para descansar! — ele exclamou, servindo mais chá a ela e esticando-se a seu lado no colchão. Ela fez um movimento como se fosse levantar, mas ficou parada.

Ele continuou. — Estranho eu nunca ter encontrado você no ano passado.

— Eu não ia muito à cidade. Só à noite. E era para a praia. Eu morava na montanha.

Ele se sentou. — Nesta montanha aqui? E eu nunca vi você! Ah, que azar!

Ela descreveu a casa e, como ele insistiu, contou o aluguel que tinha pagado. Ele ficou ferozmente indignado. — Por aquela casinha miserável que não tem nem um poço bom? Tinha de mandar o seu Mohammed estrada abaixo para buscar água! Eu sei tudo dessa casa. Minha pobre amiga, você foi roubada! Se eu encontrar aquele bandido, eu quebro a cara dele. Vou pedir de volta o dinheiro que você pagou para ele e nós vamos viajar juntos. — Fez uma pausa. — Quer dizer, devolvo para você, claro, e você pode resolver o que quer fazer com ele.

Quando terminou de falar, ele levantou a bolsa dela, abriu, e pegou sua caneta-tinteiro. — Esta é bonita — murmurou. — Você tem muitas?

— Essa é a única.

— Magnífica! — Jogou a caneta dentro e pôs a bolsa no chão.

Acomodou-se nas almofadas e ruminou: — Talvez um dia eu vá à América e aí você pode me convidar para tomar chá na sua casa. Todo ano nós voltamos ao Marrocos para ver nossos amigos e trazemos estrelas do cinema e presentes de Nova York.

O que ele estava dizendo pareceu a ela tão ridículo que não se deu ao trabalho de responder. Queria perguntar a ele sobre a menina de doze anos, mas não conseguia encontrar uma desculpa para puxar o assunto outra vez.

— Você não está feliz? — ele apertou o braço dela.

Ela endireitou o corpo para ouvir. Com o passar do dia, o campo havia atingido completo silêncio. A distância, ela podia ouvir uma voz tênue, mas clara, cantando. Olhou para Mjid.

— É o muezim? Dá para ouvir daqui?

— Claro. Não é tão longe do Marshan. Para que serve uma casa de campo se não dá para ouvir o muezim? Melhor ir viver no Saara.

— Shh. Quero ouvir.

— É uma boa voz, não é? Eles têm as vozes mais fortes do mundo.

— Sempre me deixa triste.

— Porque não é a sua fé.

Ela refletiu um minuto e disse: — Acho que é verdade. — Estava a ponto de acrescentar: "Mas a sua fé diz que as mulheres não têm alma." Em vez disso, levantou-se do colchão e ajeitou o cabelo. O muezim tinha parado. Ela sentiu bastante frio. "Isto aqui acabou", disse a si mesma. Desceram aos tropeções pela estrada escura até a cidade, falando muito pouco no caminho.

Ele a levou até seu hotelzinho. O telegrama que ela esperara vagamente durante semanas estava ali. Subiram a escada até o quarto dela, a *concierge* olhando desconfiada para eles. Uma vez no quarto, ela abriu o envelope. Mjid tinha se jogado na cama.

— Vou partir para Paris amanhã.

O rosto dele escureceu e ele fechou os olhos por um momento. — Você tem de ir embora? Tudo bem. Deixa eu te dar meu endereço. — Tirou a carteira, procurou um pedaço de papel; como não encontrou nenhum, pegou um cartão de visitas que alguém tinha lhe dado e escreveu cuidadosamente.

— Fuente Nova — disse devagar, enquanto formava as letras. — É o meu quartinho. Vou procurar todo dia para ver se chega uma carta.

Ela teve uma rápida visão dele, lendo uma carta numa janela inundada de sol, acima dos tetos planos da cidade, e atrás dele, no escuro do quarto, com um rosto sabido demais para sua idade, uma criança complacente à espera.

Ele deu a ela o cartão. Abaixo do endereço, tinha escrito a palavra "Incrível", entre aspas e sublinhada duas vezes. Ela olhou depressa para ver o rosto dele, mas não traía nada.

Abaixo deles a cidade estava azul, a baía quase negra.

— O farol — disse Mjid.

— Está piscando — ela observou.

Ele se virou e foi até a porta. — Até logo — disse. — Você vai voltar. — Ele deixou a porta aberta e desceu a escada. Ela ficou parada absolutamente imóvel e por fim balançou a cabeça para cima e para baixo algumas vezes, como se estivesse respondendo, pensativa, a uma pergunta. Pela janela aberta do corredor ouviu os passos rápidos dele no cascalho do jardim. Que foram ficando mais distantes.

Ela olhou a cama; na beirada, pronto para cair no chão, estava o cartão branco onde ela o tinha jogado. Ela queria mais que qualquer coisa deitar e descansar. Em vez disso, desceu ao incômodo salãozinho e sentou num canto olhando velhos números de *L'Illustration*. Faltava quase uma hora para o jantar ser servido.

(1950)

O pastor Dowe em Tacaté

O pastor Dowe fez seu primeiro sermão em Tacaté numa linda manhã de domingo depois do começo da estação chuvosa. Quase cem índios compareceram, e alguns tiveram de vir desde Balaché, no vale. Ficaram sentados quietos no chão enquanto ele lhes falava durante quase uma hora em sua própria língua. Nem mesmo as crianças ficaram inquietas; havia o mais completo silêncio enquanto ele falava. Mas ele percebia que a atenção deles se devia a respeito mais do que a interesse. Sendo um homem consciente, ficou perturbado com essa descoberta.

Quando terminou o sermão, cujas anotações tinham por título "Significado de Jesus", eles se levantaram devagar e começaram a sair, bem obviamente pensando em outras coisas. O pastor Dowe ficou intrigado. O dr. Ramos da Universidade havia garantido que seu domínio do dialeto era suficiente para permitir que seus futuros paroquianos acompanhassem seus sermões, e ele não tivera dificuldade para conversar com os índios que o acompanharam de San Gerónimo. Ficou parado, triste, no pequeno estrado coberto de sapé na clareira diante de sua casa e viu os homens e mulheres se afastarem devagar em diversas direções. Tinha a sensação de não ter comunicado absolutamente nada a eles.

De repente, sentiu que devia manter as pessoas ali um pouco mais e gritou para detê-las. Polidamente elas viraram o rosto para o pavilhão onde ele estava e ficaram olhando para ele, sem se mexer. Várias das crianças menores já estavam brincando e corriam silenciosamente ao fundo. O pastor olhou o relógio de pulso e falou com Nicolás, que lhe tinha sido indicado como um dos homens mais inteligentes e influentes na aldeia, pedindo que subisse e ficasse ao lado dele.

Assim que Nicolás estava a seu lado, ele resolveu testá-lo com algumas perguntas. — Nicolás — disse com voz miúda, seca —, o que foi que eu disse hoje?

Nicolás tossiu e olhou por cima das cabeças da comunidade para uma enorme porca que estava fuçando a lama debaixo de uma mangueira. Então disse: — Dom Jesucristo.

— Isso — concordou o pastor Dowe, estimulando-o. — *Bai* e dom Jesucristo o quê?

— Um homem bom — respondeu Nicolás com indiferença.

— Sim, sim, mas o que mais? — O pastor Dowe estava impaciente; sua voz subiu de tom.

Nicolás ficou quieto. Finalmente disse: — Agora eu vou — e desceu cuidadosamente do estrado. Os outros começaram de novo a reunir seus pertences e ir embora. Durante um momento, o pastor Dowe ficou furioso. Depois, pegou o caderno e a Bíblia e entrou em casa.

No almoço, Mateo, que servia a mesa, e que ele tinha trazido consigo de Ocosingo, ficou encostado contra a parede, sorrindo.

— Señor — disse —, Nicolás diz que eles não voltarão a ouvir o senhor sem música.

— Música! — gritou o pastor Dowe, pousando o garfo na mesa. — Ridículo! Qual música? Não temos música.

— Ele diz que o padre em Ualactín cantava.

— Ridículo! — repetiu o pastor. — Em primeiro lugar, não sei cantar, e de qualquer forma nunca se ouviu uma coisa dessas! *Inaudito*!

— *Sí, verdad?* — concordou Mateo.

O quartinho do pastor ficava irrespirável de quente, mesmo à noite. Porém, era o único quarto na casinha que tinha janela para fora; ele podia fechar a porta para o pátio barulhento onde os criados invariavelmente se reuniam durante o dia para trabalhar e conversar. Ficava deitado debaixo do dossel fechado do mosquiteiro, ouvindo o latido dos cachorros da aldeia lá embaixo. Estava pensando em Nicolás. Aparentemente, Nicolás tinha escolhido para si mesmo o papel de representante da aldeia à missão. Os lábios finos do pastor se mexeram. — Um agitador — sussurrou para si mesmo. — Vou falar com ele amanhã.

Na manhã seguinte, cedo, ele estava diante da cabana de Nicolás. Cada casa em Tacaté tinha seu próprio templozinho: uns troncos de árvore sustentando um teto de sapé para proteger as oferendas de frutas e comida cozida. O pastor tomou cuidado para não chegar perto do que ficava por ali; já se sentia suficientemente como um pária, e o dr. Ramos o havia alertado contra interferências desse tipo. Ele chamou.

Na porta da casa, apareceu uma menininha de uns sete anos. Ela olhou intensamente para ele um momento, com enormes olhos redondos, antes de dar um grito e desaparecer de volta no escuro. O pastor esperou e chamou de novo. Então, de trás da cabana saiu um homem e lhe disse que Nicolás ia voltar. O pastor sentou-se num toco de árvore. Logo a menininha apareceu de novo na porta; dessa vez sorriu, timidamente. O pastor olhou severamente para ela. Pareceu-lhe que era velha demais para andar nua. Virou a cabeça e examinou as grossas pétalas vermelhas de uma flor de bananeira que pendia ali perto. Quando olhou de novo, ela havia saído e estava parada perto dele, ainda sorrindo. Ele se levantou e foi para a estrada, de cabeça baixa, como se estivesse mergulhado em pensamentos. Nicolás entrou pelo portão nesse momento, e o pastor colidiu com ele e se desculpou.

— Bom — grunhiu Nicolás. — O quê?

O visitante não sabia bem como devia começar. Resolveu ser agradável.

— Eu sou um homem bom — sorriu.

— É — disse Nicolás. — Dom Jesucristo é um homem bom.

— Não, não, não! — bradou o pastor Dowe.

Nicolás pareceu polidamente confuso, mas não disse nada.

Sentindo que seu domínio do dialeto não estava à altura da situação, o pastor resolveu sabiamente começar de novo. — Hachakyum fez o mundo. É verdade?

Nicolás fez que sim com a cabeça e se acocorou aos pés do pastor, olhando para ele, os olhos apertados para se proteger do sol.

— Hachakyum fez o céu — o pastor começou a apontar —, os montes, as árvores, aquelas pessoas ali. É verdade?

Outra vez Nicolás assentiu.

— Hachakyum é bom. Hachakyum fez você. Verdade? — O pastor Dowe tornou a sentar no toco.

Nicolás falou enfim: — Tudo o que o senhor diz é verdade.

O pastor se permitiu um sorriso satisfeito e prosseguiu. — Hachakyum faz todas as coisas e todo mundo porque Ele é poderoso e bom.

Nicolás franziu a testa. — Não! — gritou. — Isso não é verdade! Hachakyum não fez todo mundo. Ele não fez o senhor. Ele não fez armas nem dom Jesucristo. Muitas coisas Ele não fez!

O pastor fechou os olhos um momento, procurando forças. — Bom — disse, afinal, com voz paciente. — Quem fez as outras coisas? Quem me fez? Por favor, me diga.

Nicolás não hesitou. — Metzabok.

— Mas quem é Metzabok? — disse o pastor, deixando aparecer uma nota indignada na voz. A palavra para Deus ele sempre soubera que era apenas Hachakyum.

— Metzabok fez todas as coisas que não são daqui — disse Nicolás.

O pastor se levantou, tirou o lenço e enxugou a testa. — Você me odeia — disse, olhando o índio de cima. A palavra era muito forte, mas ele não sabia como dizer de outra forma.

Nicolás levantou-se depressa e tocou o braço do pastor com a mão.

— Não. Não é verdade. O senhor é um homem bom. Todo mundo gosta do senhor.

O pastor Dowe recuou, de modo involuntário. O toque da mão escura era vagamente desagradável para ele. Olhou de um jeito suplicante para a cara do índio e perguntou: — Mas Hachakyum não me fez?

— Não.

Houve uma longa pausa.

— Você vem à minha casa da próxima vez para me ouvir falar?

Nicolás pareceu incomodado.

— Todo mundo tem trabalho para fazer — disse.

— Mateo disse que você quer música — começou o pastor.

Nicolás deu de ombros. — Para mim não é importante. Mas os outros vão se tiver música. É, é verdade. Eles gostam de música.

— Mas *qual* música? — gritou o pastor em desespero.

— Disseram que o senhor tem uma *bitrola*.

O pastor desviou o olhar, pensando: "Não tem como esconder nada dessa gente." Junto com todos os outros pertences domésticos e coisas deixadas por sua mulher quando morreu, ele trouxera um pequeno fonógrafo portátil. Estava em algum lugar no depósito misturado a velhas malas e roupas de frio.

— Diga para eles que eu vou tocar a *bitrola* — falou, saindo pelo portão.

A menininha correu atrás dele e ficou olhando enquanto ele seguia pela rua.

Ao atravessar a aldeia, o pastor se viu perturbado pela reflexão de que estava inteiramente sozinho naquele lugar distante, sozinho em sua luta para levar a verdade àquela gente. Ele se consolou lembrando que é apenas na própria consciência de cada homem que o isolamento existe; objetivamente, o homem é sempre parte de alguma coisa.

Quando chegou em casa, mandou Mateo ao depósito para procurar o fonógrafo portátil. Depois de algum tempo, o rapaz o trouxe, tirou a poeira e ficou ao lado do pastor enquanto ele abria a caixa. A manivela estava dentro. Ele tirou e girou a corda. Havia alguns discos no compartimento de cima. Os primeiros que ele olhou foram *Let's Do It, Crazy Rhythm* e *Strike Up the Band*, nenhum dos quais o pastor Dowe considerou acompanhamento adequado para seus sermões. Procurou mais. Havia um disco de Al Jolson cantando *Sonny Boy* e um disco rachado de *She's Funny That Way*. Ao olhar as capas, ele se lembrou do som de cada disco. Infelizmente, a sra. Dowe não gostava de hinos; ela dizia que eram "tristes".

— Cá estamos nós — suspirou ele —, sem música. Mateo ficou atônito. — Não toca?

— Não posso tocar para eles música de dança, Mateo.

— *Cómo no, señor!* Eles vão gostar muito!

— Não, Mateo! — disse o pastor, com força, e pôs *Crazy Rhythm* para ilustrar o que dizia. Quando os finos sons metálicos saíram do instrumento, a expressão de Mateo mudou para uma admiração que beirava a beatitude. — *Qué bonito!* — disse, reverente. O pastor Dowe levantou o braço da vitrola e o ritmo saltitante cessou.

— Impossível — disse, determinado, fechando a tampa.

Mesmo assim, no sábado ele lembrou que tinha prometido a Nicolás que haveria música no culto e resolveu pedir que Mateo levasse o fonógrafo ao pavilhão para estar a postos no caso de a demanda por música se mostrar impositiva. Foi uma precaução sábia, porque na manhã seguinte, quando chegaram, os aldeões não falavam de outra coisa senão da música que iam ouvir.

Seu tema era "A força da fé" e ele tinha feito uns dez minutos de sermão quando Nicolás, que estava de cócoras bem na sua frente, levantou-se sossegadamente e ergueu a mão. O pastor Dowe franziu a testa e parou de falar.

Nicolás disse: — Agora a música, depois a fala. Depois música, depois fala. Depois música. — Virou-se e olhou os outros. — Esse é o jeito bom. — Houve um murmúrio de assentimento e todos, acocorados, se inclinaram um pouco mais para escutar o som musical que saísse do pavilhão.

O pastor suspirou e ergueu a máquina para cima da mesa, derrubando a Bíblia que estava na beirada. — Claro — disse a si mesmo com ligeiro azedume. O primeiro disco que encontrou foi *Crazy Rhythm*. Quando começou a tocar, uma criancinha próxima, que estava cantarolando uma série de sons sem sentido, parou de fazer seus ruídos de papagaio e ficou silenciosa, paralisada a olhar para o estrado. Todo mundo ficou absolutamente imóvel até a música terminar. Então houve um murmúrio de aprovação. — Agora fala mais — disse Nicolás, parecendo muito satisfeito.

O pastor continuou. Falava um pouco entrecortado agora, porque a música havia rompido o fluxo de suas ideias, e mesmo olhando as anotações não conseguia ter certeza do ponto em que havia parado antes da interrupção. Ao continuar, olhou as pessoas sentadas mais perto dele. Ao lado de Nicolás, notou a menininha que tinha olhado para ele da porta e ficou contente por constatar que estava usando uma roupinha que conseguia cobrir seu corpo. Ela olhava para ele com uma expressão que ele interpretou como de fascinada admiração.

Então, quando sentiu que a congregação estava a ponto de se inquietar (embora ele tivesse de admitir que nunca iriam demonstrar isso abertamente), ele pôs *Sonny Boy*. Pela reação, não era difícil adivinhar que a escolha encontrava menos aprovação entre os ouvintes. A expressão geral de tensa expectativa pelo começo do disco logo relaxou para uma de rotineira satisfação de um grau menos intenso. Quando a música terminou, Nicolás se pôs de pé outra vez e levantou a mão solenemente, dizendo: — Bom. Mas a outra música é mais bonita.

O pastor fez um resumo rápido e depois de tocar *Crazy Rhythm* outra vez, anunciou que o culto estava terminado.

Dessa forma, *Crazy Rhythm* passou a fazer parte do culto semanal do pastor Dowe. Depois de alguns meses, o velho disco estava tão gasto que ele resolveu tocá-lo apenas uma vez em cada reunião. Seu rebanho recebeu de má vontade essa demonstração de economia. Reclamara, usando Nicolás como emissário.

— Mas a música está velha. Não vai ter mais nada se eu usar tudo — o pastor explicou.

Nicolás sorriu, incrédulo. — O senhor diz isso. Mas o senhor não quer que a gente escute.

No dia seguinte, quando o pastor estava sentado lendo à sombra no pátio, Mateo anunciou outra vez Nicolás, que tinha entrado pela cozinha e, aparentemente, estava conversando com os criados ali. O pastor já havia aprendido bastante bem a ler as expressões no rosto de Nicolás; a que viu agora revelou-lhe que novas exigências estavam a caminho.

Nicolás olhou, cheio de respeito. — Señor — disse —, nós gostamos do senhor porque o senhor nos deu música quando nós pedimos. Agora somos todos bons amigos. Queremos que nos dê sal.

— Sal? — exclamou o pastor Dowe, incrédulo. — Para quê?

Nicolás riu simpático, deixando claro que achava que o pastor estava brincando com ele. Então fez um gesto de lamber. — Para comer — disse.

— Ah, sim — murmurou o pastor, lembrando que entre os índios o sal-gema era um luxo escasso.

— Mas não temos sal — ele disse depressa.

— Ah, sim, señor. Ali — Nicolás apontou a cozinha.

O pastor se levantou. Estava decidido a pôr um fim a essas solicitações, que ele considerava um elemento de desmoralização de sua relação oficial com a aldeia. Gesticulando para Nicolás ir com ele, entrou na cozinha e chamou ao entrar: — Quintina, me mostre o nosso sal.

Vários criados, inclusive Mateo, estavam no recinto. Foi Mateo quem abriu um armário baixo e revelou uma grande pilha de tortas cinzentas empilhadas no chão. O pastor ficou perplexo. — Tantos quilos de sal! — exclamou. — *Cómo se hace?*

Mateo lhe disse calmamente que tinha sido trazido com eles de Ocosingo. — Para nós — acrescentou, olhando os outros.

O pastor Dowe se apegou a isso, achando que era uma sugestão que fosse reconhecida como tal. — Claro — disse a Nicolás. — Esta é a minha casa.

Nicolás pareceu não se impressionar. — O senhor tem bastante para todo mundo na aldeia — observou. — Em dois domingos, o senhor pode conseguir mais de Ocosingo. Todo mundo vai ficar contente o tempo todo desse jeito. Todo mundo vem cada vez que o senhor falar. O senhor dá sal e faz música para eles.

O pastor Dowe sentiu que começava a tremer um pouco. Sabia que estava exaltado, e então tomou o cuidado de fazer sua voz soar natural.

— Vou decidir, Nicolás — disse. — Até logo.

Claro que Nicolás não tomou essas palavras de jeito nenhum como uma dispensa. Ele respondeu: "Até logo" e apoiou-se na parede chamando "Marta!". A menininha, cuja presença na sala o pastor não tinha percebido, saiu das sombras de um canto. Segurava o que parecia ser uma boneca grande e era muito solícita com ela. Quando o pastor saiu para o pátio claro, o quadro pareceu-lhe falso, e ele virou para olhar de volta para a cozinha, com a testa franzida. Ficou na porta em uma atitude de ação suspensa por um momento, olhando a pequena Marta. A boneca, aninhada amorosamente nos braços da criança e envolta num trapo muito usado, estava fazendo movimentos espasmódicos.

O mau humor do pastor estava com ele; provavelmente o teria demonstrado independentemente das circunstâncias.

— O que é isso? — perguntou indignado. Como resposta, o embrulho se retorceu de novo, afastando parte do trapo que o cobria, e o pastor viu o que lhe pareceu uma caricatura de história em quadrinhos do lobo da Chapeuzinho Vermelho espiando debaixo da touca da vovó. O pastor Dowe repetiu:

— O que é isso?

Nicolás parou de conversar, divertido, e disse para Marta levantar e descobrir a coisa para o señor poder ver. Ela fez isso, tirando os panos e expondo à vista um jovem aligátor vivo que, como estava sendo segurado mais ou menos pelas costas, protestava contra o tratamento do jeito que era de se esperar, remando ritmadamente no ar com as patinhas pretas. A cara bastante comprida parecia, porém, estar sorrindo.

— Deus do céu! — gritou o pastor em inglês. O espetáculo pareceu-lhe estranhamente escandaloso. Havia uma obscenidade oculta na visão daquele pequeno réptil ligeiramente agitado com a cabeça enrolada num trapo, mas Marta ainda o segurava em sua direção para que inspecionasse. Ele tocou as escamas lisas da barriga dele com os dedos e retirou a mão dizendo: — Tem de amarrar a boca dele. Vai morder a menina.

Mateo riu. — Ela é muito rápida — e depois disse a mesma coisa em dialeto para Nicolás, que concordou e riu também. O pastor deu tapinhas na cabeça de Marta quando ela abraçou novamente o animal e voltou a aninhá-lo carinhosamente.

Os olhos de Nicolás estavam em cima dele. — O senhor gosta de Marta? — perguntou, sério.

O pastor estava pensando sobre o sal. — Sim, sim — disse com o falso entusiasmo do homem preocupado. Foi para seu quarto e fechou a porta. Deitar na cama estreita à tarde era igual a deitar nela à noite: havia o mesmo som de cachorros latindo na aldeia. Hoje havia também o som do vento passando pela janela. Até mesmo o mosquiteiro oscilava um pouco de quando em quando com o ar que entrava no quarto. O pastor estava tentando resolver se ia ou não ceder a Nicolás. Quando ficou muito sonolento, pensou: "Afinal de contas, que princípio eu estou defendendo ao não ceder? Eles querem música. Eles querem sal. Eles vão aprender a querer Deus." Essa ideia mostrou-se relaxante, e ele adormeceu ao som dos cachorros latindo e do vento uivando na janela.

Durante a noite, as nuvens rolaram dos montes para o vale e quando veio a aurora lá ficaram, empaladas nas altas árvores. Os poucos pássaros que se fizeram ouvir soavam como se estivessem cantando debaixo do teto do grande quarto. O ar úmido estava cheio de fumaça de lenha, mas não havia ruído da aldeia; uma parede de nuvens se erguia entre a aldeia e a casa da missão.

De sua cama, em vez do vento passando, o pastor ouviu lentas gotas de água caindo dos beirais sobre os arbustos. Ficou deitado ainda um pouco, embalado pela conversa abafada das vozes dos criados na cozinha. Então foi até a janela e olhou o espaço cinzento. Até as árvores mais próximas estavam invisíveis; havia um pesado cheiro de terra. Ele se vestiu, estremecendo quando a roupa úmida roçou-lhe a pele. Na mesa, havia um jornal:

BARCELONA BOMBARDEADA POR
DOSCIENTOS AVIONES

Enquanto se barbeava, tentando fazer espuma com a água tépida que Quintina havia trazido, cheia de cinza de carvão, ocorreu-lhe que gostaria de escapar da gente de Tacaté e da sensação sufocante que lhe davam de estar perdido em antiguidade. Seria bom ver-se livre daquela infinita tristeza, mesmo por poucas horas.

Comeu mais que o usual no café da manhã e saiu para o estrado coberto, onde se sentou na umidade e começou a ler o salmo setenta e oito, que tinha pensado em usar como base para um sermão. Ao ler, olhou o vazio à sua frente. Onde sabia que ficava a mangueira só podia ver agora o vazio branco, como se a terra afundasse depois da borda do estrado por uns trezentos metros ou mais.

"Fendeu as penhas no deserto; e deu-lhes de beber como de grandes abismos." Da casa, vinha o som da risada de Quintina. "Provavelmente, Mateo está correndo atrás dela no pátio", pensou o pastor; sabiamente ele havia há muito desistido de esperar que qualquer índio se comportasse como ele considerava que devia se comportar um adulto. A cada poucos segundos do outro lado do pavilhão, um peru emitia seu histérico gorgolejo. O pastou abriu a Bíblia na mesa, pôs as mãos nos ouvidos e continuou a ler: "Fez soprar o vento do oriente nos céus, e o trouxe do sul com a sua força."

"Passagens como essa soarão absolutamente pagãs no dialeto", ele se pegou pensando. Destapou os ouvidos e refletiu: "Mas aos ouvidos deles *tudo* deve soar pagão. Tudo o que eu digo é transformado na maneira como eles veem as coisas." O pastor Dowe sempre fazia um esforço para fugir desse modo de pensar. Fixou os olhos no texto com determinação e continuou lendo. O riso na casa ficou mais alto, ele podia ouvir Mateo também agora. "Enviou entre eles enxames de moscas que os consumiram... e rãs que os destruíram." A porta do pátio se abriu e o pastor ouviu Mateo tossindo parado, olhando para fora. "Com certeza tem tuberculose", o pastor disse a si mesmo enquanto o índio cuspia repetidamente. Ele fechou a Bíblia e tirou os óculos, tateando a mesa em busca do estojo. Não o encontrou, levantou-se, deu um passo à frente e esmagou-o sob o calcanhar. Cheio de pena, abaixou-se e o pegou. As dobradiças tinham se soltado e as laterais de metal debaixo da capa de couro artificial estavam deformadas. Mateo podia martelá-las de volta a uma aparência de forma, mas o pastor Dowe preferiu pensar: "Todas as coisas têm sua morte." Tinha aquele estojo havia onze anos. Brevemente, resumia sua vida: a tarde ensolarada em que o tinha comprado em uma ruazinha do centro de Havana; os anos agitados nos montes do sul do Brasil; o tempo no Chile, quando derrubou o estojo, com os óculos dentro, pela janela de um ônibus e todo mundo desceu para ajudá-lo a procurar; o ano deprimente em Chicago em que, por alguma razão, tinha deixado o estojo numa gaveta de escrivaninha a maior parte do tempo e levado os óculos soltos no bolso do paletó. Lembrou-se de uns recortes de jornal que tinha guardado no estojo, e de muitas tirinhas de papel com ideias rabiscadas. Olhou com ternura para o estojo, pensando: "E então este é o lugar e o momento, e estas as circunstâncias de sua morte." Por alguma razão, estava contente de ter assistido a sua morte; era confortador saber exatamente como o estojo tinha encerrado sua existência. Olhou ainda para ele com tristeza um momento. Depois jogou-o no ar branco como se o precipício realmente estivesse ali. Com a Bíblia debaixo do braço, foi até a porta e passou por Mateo sem dizer uma palavra. Mas ao entrar em seu quarto, pareceu-lhe que Mateo tinha olhado para ele de um jeito estranho, como se soubesse de alguma coisa e estivesse esperando para ver quando o pastor ia descobrir.

De volta ao sufocante quartinho, o pastor sentiu uma necessidade ainda mais imperiosa de ficar sozinho por algum tempo. Trocou de sapatos, pegou sua bengala e saiu para a neblina. Nesse tempo, só havia um caminho utilizável que seguia através da aldeia. Caminhava pelas pedras com grande cautela, porque embora pudesse discernir o chão a seus pés e o ponto onde devia pôr a ponta da bengala a cada vez, além dali, para todos os lados, havia a mera brancura. Caminhar assim, ele refletiu, era como tentar ler um texto com apenas uma letra visível de cada vez. A fumaça de lenha estava intensa no ar parado.

Durante talvez uma hora o pastor Dowe prosseguiu assim, colocando cuidadosamente um pé depois do outro. O vazio em torno dele, a falta de todo detalhe visual, mais do que ativar seu pensamento, servia para amortecer suas percepções. Seu avanço sobre as pedras era laborioso, mas estranhamente relaxante. Uma das poucas ideias que lhe veio à cabeça enquanto avançava foi que seria agradável atravessar a aldeia sem que ninguém o notasse, e pareceu-lhe que daria para fazer isso; mesmo a três metros, ele estaria invisível. Podia andar entre as cabanas e ouvir os bebês chorando, e quando saísse do outro lado ninguém saberia que tinha estado ali. Não tinha certeza de onde iria então.

O caminho de repente ficou mais irregular e começou um ziguezague em declive pelo lado íngreme da ravina. Ele chegou ao fundo sem levantar a cabeça nem uma vez. — Ah — disse, parando. A névoa estava agora acima dele, um grande cobertor cinzento de nuvem. Ele viu as árvores gigantes que se erguiam à sua volta e as ouviu gotejando lentamente em um coro solene e irregular sobre as folhas de coca silvestre embaixo.

"Não existe nenhum lugar assim no caminho para a aldeia", pensou o pastor. Ficou ligeiramente aborrecido, porém mais perplexo de se ver parado junto a essas árvores que pareciam elefantes e eram maiores que qualquer outra árvore da região. Automaticamente ele se virou no caminho e começou a subir a ladeira. Ao lado da esmagadora tristeza da paisagem, agora que era visível para ele, a neblina acima era um conforto e uma proteção. Parou um momento para olhar de novo os troncos grossos, espinhosos, e a vegetação adiante. Um pequeno som atrás dele o fez virar a cabeça.

Dois índios estavam trotando caminho abaixo em sua direção. Ao chegarem perto, pararam e o olharam com tal expectativa nos rostos pequenos e escuros que o pastor Dowe achou que iam falar. Em vez disso, o que estava na frente deu um grunhido e fez ao outro um sinal para seguirem em frente. Não havia como fazer um desvio em torno do pastor, de forma que roçaram violentamente contra ele ao passar. Sem olhar para trás, continuaram descendo depressa e desapareceram entre as folhas verdes de coca.

Esse comportamento improvável por parte dos dois nativos o deixou vagamente intrigado; num impulso, resolveu descobrir a explicação. Seguiu atrás deles.

Logo se viu adiante do local onde tinha virado um momento antes. Estava na floresta; o cheiro de planta era quase insuportável, um cheiro de vegetação viva e morta em um mundo em que o crescimento lento e a morte lenta eram simultâneos e inseparáveis. Aparentemente, os índios tinham corrido na sua frente; mesmo assim, ele continuou seu caminho. Como a trilha era bem larga e bastante limpa, só de vez em quando ele entrava em contato com alguma trepadeira pendente ou um galho que se projetava.

As árvores e trepadeiras altivas davam a impressão de ter sido imobilizadas em furioso movimento, e apresentavam uma monótona sucessão de torturados *tableaux vivants*. Era como se, no momento em que ele olhava, a desesperada batalha por ar fosse suspensa para ser retomada quando ele virasse a cabeça. Olhando, ele concluiu que era precisamente essa qualidade impossível de confirmar, sub-reptícia, que tornava o lugar tão inquietante. De vez em quando, lá no alto, uma borboleta cor de sangue voava silenciosa na penumbra, do tronco de uma árvore para outro. Eram todas semelhantes, parecia-lhe ser sempre o mesmo inseto. Diversas vezes ele passou pelas treliças brancas de grandes teias de aranha estendidas entre as plantas como portões pintados na parede escura de fundo. Mas todas as teias pareciam desabitadas. As grandes, lentas gotas de água ainda continuavam a pingar de cima e, mesmo que estivesse chovendo forte, a terra não poderia estar mais molhada.

O pastor tinha astigmatismo e, como estava começando a ficar tonto de olhar tantos detalhes, manteve os olhos à frente enquanto andava, desviando o olhar apenas quando tinha de evitar a vida vegetal que nascia do outro lado da trilha. O chão da floresta continuava plano. De repente, ele se deu conta de que o ar em torno dele estava reverberando com sons tênues. Parou, imóvel, e reconheceu o gorgolejar tranquilo que um riacho profundo faz de quando em quando ao correr entre suas margens. Quase imediatamente à sua frente havia água, negra e larga, e, considerando sua proximidade, era incrivelmente silenciosa em sua rápida corrente. Poucos passos adiante, uma grande árvore morta, coberta de fungos alaranjados, estava caída atravessada no caminho. O olhar do pastor acompanhou o tronco para a esquerda; na extremidade, de frente para ele, estavam sentados os dois índios. Observavam-no com interesse, e ele entendeu que estavam à sua espera. Foi até eles, cumprimentou. Eles responderam solenemente, sem tirar os olhos fixos de seu rosto.

Como se tivessem ensaiado, os dois se levantaram no mesmo instante e foram para a borda da água, onde pararam olhando para baixo. Então um deles fitou o pastor e disse simplesmente: — Venha. — Quando ele circundou o tronco, viu que os dois estavam parados ao lado de uma longa jangada de bambu atracada à margem lodosa. Eles a levantaram e jogaram uma ponta no rio.

— Aonde vocês vão? — perguntou o pastor. Em resposta, eles levantaram os braços marrons e curtos e acenaram devagar na direção do rio. Outra vez, o que tinha falado antes disse: — Venha. — O pastor, com a curiosidade aguçada, olhou desconfiado para a jangada delicada e de volta para os dois homens. Ao mesmo tempo, sentiu que seria mais agradável navegar com eles do que voltar pela floresta. Impaciente, perguntou de novo: — Aonde vocês vão? Tacaté?

— Tacaté — ecoou aquele que até esse momento não tinha falado.

— É forte? — questionou o pastor, curvando-se para apertar de leve um pedaço do bambu. Era uma mera formalidade; ele tinha fé absoluta na habilidade com que os índios dominavam os materiais da floresta.

— Forte — disse o primeiro. — Venha.

O pastou olhou para trás, para a floresta molhada, subiu na jangada e sentou dobrado em dois no fundo, junto à popa. Os dois saltaram depressa para bordo e empurraram a frágil embarcação com uma vara.

Começaram uma jornada que quase imediatamente o pastor Dowe se arrependeu de ter iniciado. Seguiram rapidamente para a frente, mas já na primeira curva do rio ele desejou ter ficado para trás, onde podia estar nesse momento subindo a ravina. E, enquanto seguiam depressa pela água silenciosa, ele continuava a se censurar por ter vindo sem saber o porquê. A cada curva do rio que parecia um túnel, ele se sentia mais distante do mundo. Viu-se fazendo uma força ridícula para deter a jangada: ela deslizava com facilidade demais por cima da água negra. Para mais longe do mundo, ou ele queria dizer mais longe de Deus? Uma região como essa parecia fora da jurisdição divina. Quando chegou a essa ideia, fechou os olhos. Era um absurdo, evidentemente impossível, de qualquer modo, inadmissível, no entanto tinha lhe ocorrido e continuava com ele em sua cabeça. "Deus está sempre comigo", disse a si mesmo em silêncio, mas a fórmula não surtiu nenhum efeito. Ele abriu os olhos depressa e observou os dois homens. Estavam de frente para ele, mas tinha a impressão de ser invisível para os dois; eles viam apenas as ondas que logo se dissipavam deixadas na água atrás da jangada e o teto em arco irregular da vegetação sob o qual tinham passado.

O pastor pegou sua bengala de onde caíra escondida e gesticulando com ela perguntou: — Para onde nós vamos? — Mais uma vez, os dois apontaram vagamente o ar, por cima dos ombros, como se a pergunta não tivesse nenhum interesse, e a expressão no rosto deles não mudava nunca. Avesso a deixar que mais uma única árvore passasse por eles, o pastor mecanicamente mergulhou a bengala na água como se fosse deter o avanço constante da jangada; recolheu-a imediatamente e deixou-a, pingando, no fundo. Mesmo esse pequeno contato com a corrente escura lhe era desagradável. Ele tentou dizer a si mesmo que não havia razão para esse súbito colapso espiritual, mas ao mesmo tempo parecia-lhe sentir as fibras mais íntimas de sua consciência no processo de relaxar. A jornada rio abaixo era um monstruoso abandono, e ele lutou contra isso com toda a sua força. "Perdoe-me, ó Deus, por tê-Lo deixado para trás. Perdoe-me por tê-Lo deixado para trás." Suas unhas fincaram nas palmas das mãos enquanto rezava.

E então ficou sentado em agonizante silêncio enquanto deslizavam à frente através da floresta e para uma larga lagoa onde o céu cinzento era de novo visível. Ali a jangada avançava muito mais devagar, e os índios a impulsionaram suavemente com as mãos para a borda onde a água era rasa. Então um deles impeliu-a com a vara de bambu. O pastor não notou as grandes extensões de jacintos aquáticos que atravessaram, nem o som sedoso que faziam ao roçar na jangada. Ali, debaixo das nuvens baixas, havia um ocasional grito de pássaro ou um súbito roçar no mato alto à beira da água. Mesmo assim o pastor continuou afundado em si mesmo, sentindo, mais que pensando: "Agora está feito. Passei para a outra terra." E permaneceu tão profundamente preocupado com essa certeza emocional que não se deu conta de chegarem a uma alta escarpa que subia direto da lagoa, nem de quando atracaram na areia de uma pequena angra de um lado do rochedo. Quando ele olhou, os dois índios estavam parados na areia, e um deles disse: — Venha. — Não o ajudaram a descer; ele o fez com alguma dificuldade, embora não tenha percebido nenhuma.

Assim que estavam em terra, eles o levaram ao longo do sopé do rochedo que fazia uma curva para longe da água. Seguindo uma tortuosa trilha batida através do mato, chegaram de repente ao sopé mesmo da parede de rocha.

Havia duas cavernas: uma pequena abertura à esquerda, e uma maior, mais alta, à direita. Pararam diante da menor. — Entre — disseram ao pastor. Não era muito claro dentro e ele conseguia ver muito pouco. Os dois permaneceram na entrada. — Seu deus vive aqui — disse um. — Fale com ele.

O pastor se pôs de joelhos. — Ó Pai, escute minha voz. Que minha voz chegue até o senhor. Eu peço em nome de Jesus...

O índio estava lhe dizendo: — Fale em nossa língua.

O pastor fez um esforço e começou uma entrecortada súplica no dialeto. Houve alguns grunhidos de satisfação do lado de fora. A concentração exigida para traduzir seus pensamentos na língua ainda pouco familiar serviu para clarear um pouco sua mente. E o reconfortante paralelo entre sua oração e aquelas oferecidas para sua congregação ajudou a restaurar a calma. Continuou falando, sempre com menos hesitações, e sentiu uma grande onda de força atravessá-lo. Confiante, levantou a cabeça e continuou rezando, os olhos na parede em frente. No mesmo momento, ouviu um grito. — Metzabok escuta o senhor agora. Diga mais para ele.

Os lábios do pastor pararam de se mover e seus olhos só então viram a mão vermelha pintada na pedra diante dele, e o carvão, as cinzas, as pétalas de flor e as colheres de pau espalhadas. Mas não teve nenhuma sensação de horror; tinha passado. O importante agora era que se sentia forte e feliz. Sua condição espiritual era um fato físico. Ter rezado a Metzabok também era um fato, claro, mas deplorava isso apenas em termos mentais. Sem formular o pensamento, ele concluiu que obteria o perdão quando o pedisse a Deus.

Para satisfazer os observadores de fora da caverna ele acrescentou algumas frases formais à oração, levantou-se e saiu para a luz do dia. Pela primeira vez notou alguma animação nos traços dos dois homens. Um deles disse: — Metzabok está muito feliz.

— O outro disse: — Espere. — E foram ambos depressa para a maior das duas aberturas e desapareceram lá dentro. O pastor sentou-se numa pedra, apoiou o queixo na mão que segurava a bengala. Ainda estava tomado pela estranha sensação triunfante de ter voltado a si.

Ouviu os dois murmurando durante quase um quarto de hora dentro da caverna. Então eles saíram, ainda parecendo muito sérios. Movido pela curiosidade, o pastor arriscou uma pergunta. Apontou a caverna maior com o dedo e disse: — Hachakyum mora ali? — Juntos, os dois assentiram. Ele queria ir mais longe e perguntar se Hachakyum tinha gostado de ele falar com Metzabok, mas sentiu que a pergunta seria imprudente; além disso, tinha certeza de que a resposta seria afirmativa.

Chegaram de volta à aldeia ao anoitecer, depois de terem andado o caminho todo. O passo dos índios era rápido demais para o pastor Dowe, e eles tinham parado apenas uma vez para comer uns sapotis que encontraram debaixo das árvores. Ele pediu que o levassem à casa de Nicolás. Havia uma chuva leve quando chegou à cabana. O pastor sentou-se na porta debaixo dos beirais de vara acima. Sentia-se absolutamente exausto; tinha sido um dos dias mais cansativos de sua vida e ele ainda não estava em casa.

Seus dois companheiros saíram correndo quando Nicolás apareceu. Evidentemente ele já sabia da visita à caverna. O pastor achou que nunca tinha visto a cara dele tão cheia de expressão ou tão agradável. — *Utz, utz* — disse Nicolás. — Bom, bom. O senhor tem de comer e dormir.

Depois de uma refeição de frutas e bolos de milho, o pastor se sentiu melhor. A cabana estava cheia de fumaça de lenha da fogueira num canto. Ele deitou numa rede baixa que a pequena Marta, puxando relaxadamente um cordão de vez em quando, mantinha em suave movimento. Foi dominado pelo desejo de dormir, mas seu anfitrião parecia estar num humor comunicativo, e ele queria aproveitar isso. Quando estava quase dormindo, Nicolás se aproximou, trazendo uma enferrujada lata de biscoitos. Acocorou-se ao lado da rede e disse em voz baixa: — Vou mostrar minhas coisas. — O pastor ficou deliciado; isso revelava um alto grau de amizade. Nicolás abriu a lata e tirou uns quadrados de pano estampado do tamanho de amostras, um velho frasco de comprimidos de quinino, uma tira rasgada de um jornal e quatro moedas de cobre. Deu um tempo para o pastor examinar cada coisa cuidadosamente. No fundo da lata havia muitas penas alaranjadas e azuis que Nicolás não se deu ao trabalho de tirar. O pastor percebeu que estava olhando os tesouros da família, que aqueles itens eram raros objetos de arte. Olhou cada coisa com grande seriedade, devolvendo-as com uma expressão verbal de admiração. Finalmente, disse: — Obrigado. — E deitou de volta na rede.

Nicolás devolveu a caixa para as mulheres sentadas no canto. Quando voltou para o lado do pastor, disse: — Agora, nós dormimos.

— Nicolás — o pastor perguntou —, Metzabok é mau?

— *Bai*, señor. Às vezes muito mau. Como criança pequena. Quando ele não consegue o que quer na hora, ele faz incêndio, febre, guerra. Pode ser muito bom também, quando está contente. O senhor devia falar com ele todo dia. Então vai conhecer ele.

— Mas vocês nunca falam com ele.

— *Bai*, falamos. Muitos falam, quando estão doentes ou infelizes. Pedem para ele levar embora o problema. Eu nunca falo com ele — Nicolás parecia satisfeito — porque Hachakyum é meu bom amigo e não preciso de Metzabok. Além disso, a casa de Metzabok é longe: três horas a pé. Com Hachakyum posso falar aqui. — O pastor sabia que ele se referia ao altarzinho lá de fora. Assentiu com a cabeça e adormeceu.

A aldeia de manhã cedo era um caos de ruídos fortes: cachorros, papagaios e cacatuas, bebês, perus. O pastor ficou deitado quieto em sua rede enquanto ouvia, antes de ser oficialmente acordado por Nicolás. — A gente tem de ir agora, señor — disse ele. — Está todo mundo esperando o senhor.

O pastor sentou-se, um pouco alarmado. — Onde? — perguntou.

— O senhor fala e faz música hoje.

— Claro, claro. — Tinha esquecido completamente que era domingo.

O pastor seguiu calado ao lado de Nicolás pela rua até a missão. O tempo tinha mudado e o sol matinal estava muito claro. "Fiquei fortificado com minha experiência", ele estava pensando. Sentia a cabeça clara, sentia-se incrivelmente saudável. A sensação desusada de vigor trouxe uma estranha nostalgia de seus dias de juventude. "Eu devia me sentir sempre assim naquela época. Eu me lembro", pensou.

Na missão, havia uma grande multidão, muito mais gente do que ele jamais vira em um sermão em Tacaté. Estavam conversando baixo, mas quando ele e Nicolás apareceram houve um silêncio imediato. Mateo estava no pavilhão à espera dele, com o fonógrafo aberto. Com uma pontada, o pastor se deu conta de que não tinha preparado um sermão para o seu rebanho. Entrou na casa um momento e voltou para sentar-se à mesa do pavilhão, onde pegou a Bíblia. Tinha deixado algumas anotações no livro, então abriu-o no salmo setenta e oito. "Vou ler isso para eles", decidiu. Virou-se para Mateo. — Toque o disco — disse. Mateo colocou *Crazy Rhythm*. O pastor depressa fez algumas alterações a lápis no texto do salmo, substituindo os nomes de Jacó e Efraim pelos nomes de divindades locais menores, como Usukun e Sibanaa, e usando nomes locais para Israel e Egito. E escreveu a palavra Hachakyum cada vez que as palavras Deus ou Senhor apareciam. Não tinha terminado quando o disco acabou. — Toque de novo — ordenou. A plateia ficou deliciada, muito embora o som fosse abominavelmente chiado. Quando a música terminou pela segunda vez, ele se levantou e começou a paráfrase do salmo com voz clara. — "Os filhos de Sibanaa, armados e trazendo arcos, viraram as costas no dia da peleja. Não guardaram a aliança de Hachakyum, e recusaram andar na sua lei." A plateia ficou eletrizada. Enquanto falava, ele olhou para baixo e viu a menina Marta olhando fixamente para ele. Tinha deixado no chão seu bebê aligátor que estava indo com incrível rapidez em sua direção na mesa. Quintina, Mateo e as duas criadas estavam empilhando barras de sal no chão, de um lado. E voltaram à cozinha para pegar mais. Ele se deu conta de que o que estava dizendo sem dúvida não fazia sentido nos termos da religião de seus ouvintes, mas era a história do despertar da ira divina sobre um ímpio e eles estavam gostando muito. O aligátor, arrastando seus trapos, tinha subido a poucos centímetros dos pés do pastor, onde ficou quietinho, contente de estar longe dos braços de Marta.

Então, quando ele estava ainda falando, Mateo começou a distribuir o sal e logo todos passavam a língua ritmadamente pelas grandes barras ásperas, continuando, porém, a prestar toda atenção às suas palavras. Quando estava quase terminando, sinalizou para Mateo se preparar para colocar o disco de novo no minuto que terminasse; na última palavra ele baixou o braço como um sinal e *Crazy Rhythm* soou mais uma vez. O aligátor correu depressa para o extremo do pavilhão. O pastor Dowe abaixou-se e o pegou. Quando avançou para entregá-lo a Mateo, Nicolás levantou-se do chão e, levando Marta pela mão, subiu ao pavilhão com ela.

— Señor — disse —, Marta vai viver com o senhor. Eu dou ela para o senhor.

— Como assim? — gritou o pastor numa voz que tremia um pouco. O aligátor se retorcia em sua mão.

— Ela é sua esposa. Vai morar aqui.

O pastor Dowe arregalou os olhos. Não foi capaz de dizer nada por um momento. Sacudiu as mãos no ar e finalmente disse "Não" diversas vezes.

O rosto de Nicolás indicava aborrecimento: — Não gosta de Marta?

— Gosto muito. Ela é linda. — O pastor sentou devagar em sua cadeira. — Mas é uma criança pequena.

Nicolás franziu a testa, impaciente. — Ela já é grande.

— Não, Nicolás. Não. Não.

Nicolás empurrou a filha para a frente e recuou vários passos, deixando-a ali ao lado da mesa. — Está feito — disse, severo. — Ela é sua esposa. Eu dei ela para o senhor.

O pastor Dowe olhou para a congregação e viu a aprovação não dita em seus rostos. *Crazy Rhythm* parou de tocar. Fez-se um silêncio. Debaixo da mangueira, viu uma mulher brincando com um objeto pequeno, brilhante. De repente, ele reconheceu seu estojo de óculos; a mulher estava descascando o pano-couro dele. O alumínio nu com seus amassados brilhava ao sol. Por alguma razão, mesmo no meio dessa situação ele se viu pensando: "Então eu estava errado. O estojo não morreu. Ela vai guardar, do mesmo jeito que Nicolás guardou os frascos de comprimidos de quinino."

Olhou para Marta. A criança o observava sem expressão nenhuma. Como um gato, ele refletiu.

Mais uma vez começou a protestar. — Nicolás — bradou, a voz muito alta —, isso é impossível! — Sentiu uma mão agarrar seu braço e virou para receber um olhar de alerta de Mateo.

Nicolás tinha já avançado para o pavilhão, o rosto como uma nuvem de tempestade. Quando parecia a ponto de falar, o pastor o interrompeu depressa. Tinha decidido contemporizar. — Ela pode ficar na missão hoje — disse, frouxamente.

— Ela é sua esposa — disse Nicolás com grande sentimento. — Não pode mandar ela embora. Tem de ficar com ela.

— *Diga que sí* — Mateo estava sussurrando. — Diga que sim, señor.

— Sim — o pastor ouviu-se dizendo. — Sim. Bom. — Levantou-se e foi devagar para dentro da casa, segurando o aligátor numa mão e empurrando Marta à sua frente com a outra. Mateo foi atrás e fechou a porta quando passaram.

— Leve a menina para a cozinha, Mateo — disse o pastor num tom entediado, entregando o pequeno réptil para Marta. Quando Mateo estava atravessando o pátio levando a criança pela mão, ele gritou: — Deixe a menina com Quintina e venha ao meu quarto.

Sentou-se na beira da cama, olhando à frente com olhos que não viam nada. A cada momento seu problema lhe parecia mais terrível. Aliviado, ouviu Mateo bater. As pessoas lá fora estavam indo embora devagar. Custou-lhe um grande esforço dizer: "*Adelante.*" Quando Mateo entrou, o pastor disse: — Feche a porta.

— Mateo, você sabia que eles iam fazer isso? Que iam trazer aquela menina para cá?

— *Sí, señor.*

— Você sabia! Mas por que não me disse nada? Por que não me contou?

Mateo encolheu os ombros, olhando o chão. — Não sabia que ia ser importante para o senhor — disse. — De qualquer jeito, não ia adiantar.

— Não ia adiantar? Por quê? Você podia ter impedido Nicolás — disse o pastor, embora ele próprio não acreditasse nisso.

Mateo deu um riso breve. — O senhor acha?

— Mateo, você tem de me ajudar. Temos de obrigar Nicolás a aceitar a menina de volta.

Mateo sacudiu a cabeça. — Não dá. Essa gente é muito severa. Nunca mudam as leis deles.

— Talvez uma carta para o administrador em Ocosingo...

— Não, señor. Isso ia fazer ainda mais confusão. O senhor não é católico. — Mateo passava de um pé para o outro e de repente deu um sorrisinho. — Por que não deixa ela ficar? Ela não come muito. Pode trabalhar na cozinha. Daqui a dois anos vai estar muito bonita.

O pastor deu um pulo e fez um gesto tão amplo e veemente com as mãos que o mosquiteiro, enrolado acima de sua cabeça, caiu em seu rosto. Mateo o ajudou a se desembaraçar. O ar ficou com cheiro de pó da tela.

— Você não entende nada! — gritou o pastor Dowe, fora de si. — Não dá para falar com você! Saia e me deixe em paz. — Mateo deixou o quarto, obediente.

Socando a palma da mão esquerda com o punho direito, repetidamente, o pastor parou em sua janela diante da paisagem que brilhava com o sol forte. Umas poucas mulheres ainda estavam comendo debaixo da mangueira; o restante tinha voltado para o monte.

Ele ficou deitado em sua cama durante toda a longa tarde. Quando chegou o entardecer, tomou sua decisão. Trancando a porta, começou a embalar todos os objetos pessoais que podia em uma mala pequena. Em cima a Bíblia e os cadernos, com a escova de dentes e os comprimidos de quinacrina. Quando Quintina veio anunciar o jantar, ele pediu que ela o trouxesse a seu quarto, tomando cuidado de esconder a mala pronta dentro do armário antes de abrir a porta para ela. Esperou até toda conversa cessar na casa, até ter certeza de que todo mundo estava dormindo. Com a maleta não muito pesada na mão, atravessou o pátio na ponta dos pés, saiu pela porta para a noite perfumada, atravessou o espaço aberto diante do pavilhão, debaixo da mangueira, e desceu o caminho que levava a Tacaté. Então começou a andar depressa, porque queria atravessar a aldeia antes que a Lua subisse.

Um coro de cachorros começou a latir quando ele entrou na rua da aldeia. Ele começou a correr, direto para a outra extremidade. E continuou correndo até chegar ao ponto onde o caminho, ali mais amplo, mergulhava monte abaixo e fazia uma curva para dentro da floresta. Seu coração batia depressa pelo esforço. Para descansar, e tentar ter certeza de que ninguém o seguia, sentou-se na maleta no centro do caminho. Ficou ali um longo tempo, sem pensar em nada, enquanto a noite passava e a luz subia. Ouviu apenas um vento leve entre as folhas e trepadeiras. No alto, uns morcegos giravam sem som para lá e para cá. Por fim, respirou fundo, levantou-se e prosseguiu.

(1949)

Ele da Assembleia

Ele saúda todas as partes do céu e da terra onde está claro. Ele pensa que a cor das ametistas de Aguelmous será escura se tiver chovido no vale de Zerekten. Os olhos querem dormir, ele diz, mas a cabeça não é colchão. Depois que choveu por três dias e a água cobriu as terras planas fora da muralha, ele dormiu junto à cerca de bambu no Café das Duas Pontes.

Parece que existiu um homem chamado Ben Tajah que foi a Fez visitar os primos. No dia em que voltou, estava andando na Djemaa el Fna e viu uma carta caída no chão. Ele a pegou e descobriu que seu nome estava escrito no envelope. Entrou no Café das Duas Pontes com a carta na mão, sentou na esteira e abriu o envelope. Dentro havia um papel que dizia: "O céu estremece e a terra tem medo, e os dois olhos não são irmãos." Ben Tajah não entendeu e ficou muito infeliz porque seu nome estava no envelope. Isso o fez pensar que Satã estava perto. Ele da Assembleia estava sentado em alguma parte do café. Ele escutava o vento nos fios de telefone. O céu estava quase vazio de luz diurna. "O olho quer dormir", ele pensou, "mas a cabeça não é colchão. Eu sei o que é, mas esqueci". Três dias é um longo tempo para a chuva cair em solo plano e nu. "Se eu levantasse e corresse pela rua", ele pensou, "um policial viria atrás de mim e me mandaria parar. Eu correria mais depressa e ele correria atrás de mim. Quando ele atirasse em mim, eu me abaixaria em torno dos cantos das casas". Ele sentiu o áspero barro seco da parede debaixo dos dedos. "Eu estaria correndo pelas ruas à procura de um lugar para me esconder, mas nenhuma porta estaria aberta, até que finalmente eu chegaria a uma porta aberta e entraria atravessando salas e pátios até finalmente chegar à cozinha. A velha estaria lá." Ele parou e se perguntou um momento por que uma velha estaria sozinha na cozinha àquela hora. Ela estava mexendo um grande caldeirão de sopa no fogão. "E eu procuraria um lugar para me esconder ali na cozinha e não haveria lugar. E ficaria esperando ouvir os passos do policial, porque ele não deixaria de perceber a porta aberta. E eu olharia no canto escuro da sala onde ela guardava o carvão, mas não seria escuro o suficiente. E a velha viraria, olharia para mim e diria: 'Se está tentando escapar, meu rapaz, posso ajudar você. Pule dentro do caldeirão de sopa.'" O vento suspirou nos fios de telefone. Homens entraram no Café das Duas Pontes com as roupas batendo. Ben Tajah ficou sentado em sua esteira. Tinha guardado a carta, mas primeiro olhara para ela um longo tempo. Ele da Assembleia recostou-se e olhou o céu. "A velha", disse a si mesmo. "O que ela está tentando fazer? A sopa está quente. Pode ser uma armadilha. Posso descobrir que não há saída, quando eu entrar ali." Ele queria um cachimbo de *kif*, mas tinha medo de que o policial entrasse correndo na cozinha antes de ele poder fumar. Ele disse para a velha: "Como eu posso entrar? Me diga." E pareceu-lhe ouvir passos na rua, ou talvez até mesmo em uma das salas da casa. Ele se inclinou sobre o fogão e olhou dentro do caldeirão. Era escuro e quente ali dentro. O vapor subia em nuvens e havia um cheiro grosso no ar que dificultava a respiração. "Depressa!", disse a velha, e desenrolou uma escada de corda que pendurou na boca do caldeirão. Ele começou a descer e ela se inclinou e olhou para ele. "Até o outro mundo!", ele gritou. E desceu toda a vida. Havia um barco a remo lá embaixo. Quando ele estava dentro do barco, deu um puxão na escada e a velha começou a recolhê-la. E naquele instante o policial entrou e havia mais dois com ele, e a velha teve o tempo exato de jogar a escada dentro da sopa. "Agora eles vão levar a velha para a delegacia", ele pensou, "e a pobre mulher só me fez um favor". Ele remou no escuro durante alguns minutos e estava muito quente. Logo tirou a roupa. Durante algum tempo conseguia ver a boca do caldeirão lá em cima, como a escotilha de um navio, com as cabeças dos policiais olhando para dentro, mas aquilo foi ficando menor à medida que ele remava, até virar apenas uma luz. Às vezes ele a encontrava e às vezes perdia, e finalmente desapareceu. Estava preocupado com a velha e pensou que devia achar um jeito de ajudá-la. Nenhum policial pode entrar no Café das Duas Pontes porque ele pertence à irmã do sultão. Por isso é que lá dentro há tanta fumaça de *kif* que uma *berrada* não consegue cair nem quando empurrada, e por isso a maior parte dos clientes senta do lado de fora, e mesmo ali protege o dinheiro com uma mão. Contanto que continuem dentro e seus amigos lhes tragam comida e *kif*, os bandidos estão bem. Um dia a delegacia vai esquecer de mandar um homem vigiar o café, ou um homem vai sair cinco minutos antes de o outro chegar para pegar seu lugar. Lá fora todo mundo fuma *kif* também, mas apenas por uma ou duas horas, não dia e noite como os de dentro. Ele da Assembleia tinha esquecido de acender seu *sebsi*. Estava num café onde nenhum policial podia entrar e queria ir embora para um mundo *kif* onde a polícia o estivesse perseguindo. "Desse jeito é que somos agora", ele pensou. "Funcionamos de trás para a frente. Se temos alguma coisa boa, procuramos alguma coisa ruim no lugar." Ele acendeu o *sebsi* e fumou. Depois assoprou a cinza dura do *chqaf*. Ela caiu no riacho ao lado da segunda ponte. "O mundo é bom demais. Só podemos seguir em frente se fizermos que ele seja ruim de novo primeiro." Isso o deixou triste, então parou de pensar e encheu seu *sebsi*. Enquanto estava fumando, Ben Tajah olhou em sua direção e, embora estivessem frente a frente, Ele da Assembleia não notou Ben Tajah até ele se levantar e pagar o seu chá. Então olhou para ele porque levou tanto tempo levantando do chão. Viu seu rosto e pensou: "Esse homem não tem ninguém no mundo." Essa ideia fez com que sentisse frio. Ele encheu o *sebsi* outra vez e acendeu. Viu quando o homem estava saindo do café e caminhava sozinho pela longa estrada fora da muralha. Dentro de pouco tempo ele próprio teria de sair aos *suks* para tentar pegar dinheiro emprestado para o jantar. Quando fumava bastante *kif*, ele não gostava que sua tia o visse e não queria vê-la. "Sopa e pão. Ninguém pode querer mais do que isso. Será que trinta francos bastam pela quarta vez? O *qaouaji* não ficou satisfeito ontem à noite. Mas aceitou. E foi embora, me deixou dormir. Um muçulmano, mesmo na cidade, não pode recusar abrigo a seu irmão." Ele não estava convencido, porque tinha nascido nas montanhas, e então ficava pensando para a frente e para trás desse jeito. Fumou muitos *chqofa* e, quando levantou para sair à rua, descobriu que o mundo tinha mudado.

Ben Tajah não era um homem rico. Morava sozinho num quarto perto de Bab Doukkala e tinha uma barraca no bazar onde vendia cabides e arcas. Muitas vezes ele não abria o negócio porque estava de cama com crise de fígado. Nesses momentos, batia no chão ao lado de sua cama usando um pilão de latão, e o carteiro que morava no andar de baixo lhe trazia alguma comida. Às vezes, ele ficava de cama uma semana inteira. Toda manhã e toda noite o carteiro entrava com uma bandeja. A comida não era muito boa porque a mulher do carteiro não sabia muito de cozinha. Mas ele ficava contente de receber aquilo. Duas vezes ele havia comprado para o carteiro uma nova arca para guardar roupas e lençóis. Uma das esposas do carteiro tinha levado com ela uma arca quando o deixou e voltou para sua família em Kasba Tadla. O próprio Ben Tajah tentara ter uma esposa durante algum tempo porque precisava de alguém para preparar refeições regulares e lavar suas roupas, mas a moça viera das montanhas e era selvagem. Por mais que ele batesse nela, ela não ficava domada. Tudo na casa se quebrou e por fim ele teve de pô-la na rua. "Nenhuma mulher entra mais nesta casa", ele disse a seus amigos do bazar, e eles riram. Ele levava para casa muitas mulheres e um dia descobriu que tinha *en nua*. Sabia que era uma doença ruim, porque fica no sangue e come o nariz por dentro. "Um homem perde o nariz só muito depois de já ter perdido a cabeça." Ele pediu remédio ao médico. O médico lhe deu um papel e disse para levar à Pharmacie de l'Étoile. Lá, ele comprou seis ampolas de penicilina numa caixa. Levou-as para casa e amarrou cada garrafinha com um fio de seda, formando com elas um colar. Usou aquilo sempre em volta do pescoço, tomando cuidado para as ampolas de vidro estarem em contato com sua pele. Achava provável que por agora já estivesse curado, mas seu primo em Fez tinha lhe dito que precisava continuar usando o remédio durante mais três meses, ou pelo menos até a lua de Chuwal. Ele tinha pensado nisso de vez em quando a caminho de casa, sentado no ônibus durante dois dias, e resolvera que seu primo era cauteloso demais. Parou um minuto na Djemaa el Fna para olhar os macacos treinados, mas a multidão empurrava demais, então ele seguiu em frente. Quando chegou em casa fechou a porta, pôs a mão no bolso para tirar o envelope, porque queria olhar o envelope de novo dentro de seu próprio quarto e ter certeza de que o nome nele escrito era sem dúvida o seu. Mas a carta tinha desaparecido. Ele se lembrava da agitação na Djemaa el Fna. Alguém devia ter enfiado a mão em seu bolso e imaginado que a mão tocava dinheiro e ter levado. Porém Ben Tajah não acreditava nisso efetivamente. Estava convencido de que teria sabido se um roubo houvesse ocorrido. Havia uma carta em seu bolso. Ele não tinha nem certeza disso. Sentou-se nas almofadas. "Dois dias de ônibus", pensou. "Talvez eu esteja cansado. Não encontrei carta nenhuma." Procurou no bolso de novo e lhe pareceu que ainda conseguia lembrar a sensação da dobra do envelope. "Por que meu nome estaria nele? Nunca encontrei nenhuma carta." Então se perguntou se alguém o teria visto no café com o envelope em uma mão e a folha de papel na outra, olhando as duas coisas durante longo tempo. Levantou-se. Queria voltar ao Café das Duas Pontes para perguntar ao *qaouaji*: "Você me viu uma hora atrás? Eu estava segurando uma carta?" Se o *qaouaji* dissesse "Sim", então a carta era real. Ele repetiu as palavras em voz alta: "O céu estremece e a terra tem medo, e os dois olhos não são irmãos." No silêncio posterior, a lembrança do som o assustou. "Se não havia carta, de onde são essas palavras?" E ele estremeceu porque a resposta para isso era: "De Satã." Estava para abrir a porta quando um novo medo o deteve. O *qaouaji* podia dizer "Não" e isso seria ainda pior, porque significaria dizer que as palavras tinham sido colocadas diretamente em sua cabeça por Satã, que Satã o tinha escolhido para Se revelar. Nesse caso, Ele podia aparecer a qualquer momento. *"Ach haddou laillaha ill'Allah..."*, ele rezou, com os dois indicadores levantados, um de cada lado. Sentou-se outra vez e não se mexeu. Na rua, as crianças estavam chorando. Ele não queria ouvir o *qaouaji* dizer: "Não. Você não estava com carta nenhuma." Se ele soubesse que Satã viria tentá-lo, ele teria esse tanto de poder a menos para mantê-lo longe de suas orações, porque ele teria mais medo.

Ele da Assembleia levantou-se. Atrás dele havia uma parede. Em sua mão estava o *sebsi*. Acima de sua cabeça estava o céu, que ele sentiu estar a ponto de explodir em luz. Ele estava inclinado para trás, olhando. Estava escuro na terra, mas ainda havia luz lá em cima atrás das estrelas. À frente dele estava o *pissoir* do suk Carpenter que os franceses tinham posto ali. Diziam que só judeus mijavam naquilo. Era feito de lata, e havia uma poça na frente dele que refletia o céu e o topo do *pissoir*. Parecia um barco na água. Ou um píer onde os barcos atracam. Sem se mexer de onde estava, Ele da Assembleia o viu se aproximando. Estava indo em sua direção. E se lembrou de que estava nu, pôs a mão sobre o sexo. Em um minuto o barco a remo estaria batendo no píer. Ele firmou as pernas e esperou. Mas naquele momento um grande gato saiu correndo da sombra na parede e parou no meio da rua para virar e olhar para ele com uma cara ruim. Então o gato atravessou a rua correndo e desapareceu. Ele não tinha certeza do que acontecera, e ficou parado muito quieto ainda olhando o chão. Olhou de volta o *pissoir* refletido na poça e pensou: "Era um gato na margem, nada mais." Mas os olhos do gato o tinham assustado. Em vez de serem como olhos de gato, pareciam olhos de uma pessoa que estivesse interessada nele. Ele fez força para esquecer que tinha tido esse pensamento. Ainda estava esperando o barco a remo tocar o píer, mas nada acontecera. Ia ficar exatamente onde estava, assim perto da margem mas não perto o suficiente para tocar. Permaneceu de pé um longo tempo, esperando alguma coisa acontecer. Então começou a andar muito depressa pela rua na direção do bazar. Tinha acabado de lembrar que a velha estava na delegacia. Queria ajudá-la, mas primeiro precisava descobrir aonde a tinham levado. "Tenho de ir a todas as delegacias da Medina", pensou, e não estava mais com fome. Uma coisa era prometer a si mesmo que ia ajudá-la quando estava longe da terra, e outra quando estava a poucas portas da delegacia. Passou pela entrada. Havia dois policiais na porta. Ele continuou andando. A rua fazia uma curva e ele estava sozinho. "Esta noite vai ser a joia na minha coroa", disse, virou depressa para a esquerda e seguiu uma escura passagem. Ao final, viu chamas e sabia que Mustapha estaria ali cuidando do fogo da padaria. Entrou engatinhando na cabana de barro onde ficava o forno. "Ah, o chacal voltou da floresta!", disse Mustapha. Ele da Assembleia sacudiu a cabeça. "Este mundo é ruim", disse ele para Mustapha. "Não tenho dinheiro nenhum", disse Mustapha. Ele da Assembleia não entendeu. "Tudo vai para trás", disse ele. "Está ruim agora e nós temos de fazer ficar pior ainda se queremos que vá para a frente." Mustapha viu que Ele da Assembleia era *mkiyif ma rassu* e não estava interessado em dinheiro. Olhou para ele de um modo mais amigável e disse: "Entre amigos não há segredos. Fale." Ele da Assembleia contou que a velha tinha lhe feito um grande favor e por causa disso três policiais a tinham detido e levado para a delegacia. "Você tem de ir para mim à delegacia e perguntar se estão com uma velha lá." Ele tirou seu *sebsi* e levou um longo tempo a enchê-lo. Quando terminou, fumou e não ofereceu nada para Mustapha, porque Mustapha nunca lhe oferecia o dele. "Está vendo como minha cabeça está cheia de *kif*", ele disse, rindo. "Não posso ir." Mustapha riu também e disse que não seria uma boa ideia, e que ele iria em seu lugar.

"Eu estava lá, e ouvi ele indo embora durante um longo tempo, tão longo que tinha de ter ido, e no entanto ainda estava lá, e seus passos ainda estavam indo embora. Ele foi embora e não havia ninguém. Havia o fogo e eu me afastei dele. Queria ouvir um som como o grito do muezim *"Allah akbar!"* ou um avião francês da Base de Pilotos voando por cima da Medina, ou notícias no rádio. Não estava lá. E quando o vento entrou pela porta era feito de poeira da altura de um homem. Uma noite para ser perseguido pelos cachorros no *mellah*. Olhei o fogo e vi um olho ali dentro, como o olho que sobra quando se queima *chibb* e se sabe que havia um *djinn* na casa. Me levantei e fiquei parado. O fogo fazia um ruído igual a uma voz. Acho que estava falando. Saí e andei pela rua. Andei muito tempo e cheguei a Bab el Khemiss. Estava escuro lá e o vento era frio. Fui até o muro onde estavam deitados os camelos e fiquei ali. Às vezes, os homens fazem fogueiras e tocam músicas nas *auadas*. Mas eles estavam dormindo. Todos roncando. Andei de novo e fui até o portão, olhei para fora. Os grandes caminhões passavam cheios de vegetais e pensei que gostaria de estar em um caminhão e rodar a noite inteira. Então em outra cidade eu seria um soldado e iria para a Argélia. Ficaria tudo bem se tivéssemos uma guerra. Pensei durante um longo tempo. Então ficou tão frio que eu virei e andei de novo. Estava tão frio como a barriga do bode mais velho de Ijukak. Achei que ouvi o muezim, parei e ouvi. A única coisa que escutei foi a água correndo na *seguia* que leva a água para fora dos jardins. Estava perto do *mçid* de Mulay Bujemaa. Ouvi a água correndo e senti frio. Então entendi que o frio era porque eu estava com medo. Na minha cabeça, estava pensando: 'Se acontecer alguma coisa que nunca aconteceu antes, o que eu faço?' Você quer rir? Haxixe no seu coração e vento na sua cabeça. Você pensa que é igual ao tapete de oração de sua avó. Essa é a verdade. Isto não é um sonho trazido de volta de outro mundo através da alfândega como uma chaleira de Meca. Ouvi a água e fiquei com medo. Havia algumas árvores no caminho à minha frente. Você sabe que à noite às vezes é bom puxar o *sebsi* e fumar. Fumei e comecei a andar. E então ouvi alguma coisa. Não um muezim. Alguma coisa que soava como meu nome. Mas vinha de baixo, da *seguia*, *Allah istir*! E andei com a cabeça abaixada. Ouvi de novo dizerem meu nome, uma voz como água, como o vento remexendo as folhas das árvores, uma mulher. Era uma mulher me chamando. O vento nas árvores e a água correndo, mas havia uma mulher também. Você acha que é o *kif*. Não, ela estava chamando meu nome. De vez em quando, não muito alto. Quando eu estava embaixo das árvores ficou mais alto, e ouvi que aquela voz era de minha mãe. Ouvi aquilo do jeito que posso ouvir você. Então entendi que o gato não era um gato, e entendi que Aïcha Qandicha me queria. Pensei em outras noites em que talvez ela estivesse me olhando pelos olhos de um gato ou de um burro. Eu sabia que ela não ia me pegar. Nada nos sete céus poderia me fazer voltar. Mas eu estava com frio e com medo e quando lambi os lábios com a língua não havia saliva nela. Eu estava debaixo das árvores *safsaf* e pensei: 'Ela vai estender a mão para baixo e tentar me tocar. Mas ela não pode me tocar pela frente e eu não vou virar, nem que escute um revólver.' Me lembrei do policial atirando em mim e eu encontrando apenas uma porta aberta. Comecei a gritar: 'Você jogou a escada e me disse para descer. Você me trouxe aqui! A puta mais imunda do *mellah*, com pus saindo de dentro dela, é mil vezes mais limpa que você, filha de todas as *padronas* e cachorros dos sete mundos.' Passei as árvores e comecei a correr. Chamei ao céu para ela poder ouvir minha voz atrás: 'Espero que a polícia ponha uma mangueira na sua boca e encha você de água salgada até você rachar!' Pensei: 'Amanhã vou comprar *fasuk, tih, nidd, hasaluba, mska* e todo o *bakhur* da Djemaa, colocar na *mijmah* e queimar, e ando para lá e para cá por cima da *mijmah* dez vezes, devagar, para a fumaça limpar toda minha roupa. Depois olho para ver se sobrou um olho nas cinzas. Se sobrou, faço tudo de novo na mesma hora. E toda quinta-feira vou comprar o *bakhur* e toda sexta-feira ponho para queimar. Isso vai ser forte o bastante para manter ela longe.' Se eu conseguisse encontrar uma janela para olhar e ver o que estão fazendo com a velha! Se eles ao menos a matassem! Continuei correndo. Havia pouca gente na rua. Eu não olhava para ver aonde estava indo, mas fui até a rua perto do forno de Mustapha, onde ficava a delegacia. Parei de correr antes de chegar à porta. O que estava parado lá me viu antes disso. Deu um passo à frente e levantou o braço. Disse para mim: 'Entre.'"

Ele da Assembleia correu. Sentia como se estivesse a cavalo. Não sentia as pernas se mexendo. Via a rua vindo na direção dele e as portas passando. O policial não tinha atirado nele ainda, mas era pior que da outra vez porque estava muito perto e soprando o apito. "O policial é velho. Pelo menos trinta e cinco. Posso correr mais depressa." Mas de qualquer rua outros podiam vir. Era perigoso e ele não queria pensar em perigo. Ele da Assembleia deixou canções aparecem em sua cabeça. Quando chove no vale de Zerekten as ametistas são mais escuras em Aguelmous. O olho quer dormir mas a cabeça não é colchão. Era uma canção. Ah, meu irmão, a tinta no papel é como fumaça no ar. Quais palavras existem para dizer o quanto pode ser longa a noite? Embriagado de amor, eu vago no escuro. Ele estava correndo no *suk* dos tintureiros e espadanou numa poça. O apito soou de novo atrás dele, como o grito de um pássaro louco. O som lhe deu vontade de rir, mas isso não queria dizer que não estivesse com medo. Pensou: "Se tenho dezessete anos, posso correr mais depressa. Isso tem de ser verdade." Estava escuro adiante. Ele teve de correr mais devagar. Não havia tempo para seus olhos se acostumarem com o escuro. Ele quase se chocou com a parede da loja no fim da rua. Virou à direita e viu a viela estreita à sua frente. A polícia tinha amarrado a velha nua a uma mesa com as pernas finas bem separadas e enfiado eletrodos dentro dela. Ele correu em frente. Podia ver o curso da viela agora mesmo no escuro. Então estacou, foi até a parede e ficou imóvel. Ouviu os passos ficando mais lentos. "Ele vai virar à esquerda." E sussurrou alto: "É assim que termina." Os passos pararam e fez-se silêncio. O policial estava procurando no silêncio e escutando no escuro à esquerda e à direita. Ele da Assembleia não podia vê-lo nem ouvi-lo, mas sabia que era isso que ele estava fazendo. Ele não se mexeu. Quando chove no vale de Zerekten. Uma mão agarrou seu ombro. Ele abriu a boca e virou depressa, mas o homem tinha se mexido e o estava empurrando de lado. Ele sentiu a lã da djelaba do homem nas costas da mão. Tinha passado por uma porta e o homem a tinha fechado sem fazer nenhum barulho. Agora ambos ficaram imóveis no escuro, ouvindo o policial andar depressa fora da porta. Então o homem riscou um fósforo. Ele estava virado para o outro lado e havia um lance de escada adiante. O homem não se virou, mas disse "Suba", e os dois subiram a escada. No alto o homem pegou uma chave e abriu uma porta. Ele da Assembleia ficou no batente enquanto o homem acendia uma vela. Ele gostou da sala porque tinha muitos colchões e almofadas e uma pele de carneiro branca debaixo de uma bandeja de chá num canto, no chão. O homem virou-se e disse: "Sente-se." O rosto dele parecia sério, gentil e infeliz. Ele da Assembleia nunca o tinha visto antes, mas sabia que não era o rosto de um policial. Ele da Assembleia puxou seu *sebsi*.

Ben Tajah olhou o rapaz e perguntou: "O que você queria dizer quando disse lá embaixo: 'É assim que termina'? Ouvi você dizer isso." O rapaz ficou envergonhado. Sorriu e olhou para o chão. Ben Tajah ficou contente de estar com ele. Tinha ficado do lado de fora da porta lá embaixo no escuro um longo tempo, tentando fazer um esforço para ir ao Café das Duas Pontes e conversar com o *qaouaji*. Na sua cabeça era quase como se ele já tivesse estado lá e falado com ele. Tinha ouvido o *qaouaji* dizer para ele que não tinha visto nenhuma carta e ele sentira seu próprio desalento. Ele não quisera acreditar, mas estaria disposto a dizer sim, cometi um erro e não havia carta nenhuma, se ao menos pudesse descobrir de onde vinham as palavras. Porque as palavras certamente estavam em sua cabeça: "... e os dois olhos não são irmãos." Era como uma pegada encontrada no jardim de manhã depois de um pesadelo, a prova de que tinha havido uma razão para o sonho, que alguma coisa tinha estado ali afinal. Ben Tajah não tinha sido capaz de ir nem de ficar. Tinha começado e parado tantas vezes que agora, embora ele não soubesse, estava muito cansado. Quando um homem está cansado, toma as esperanças de criança por conhecimento dos homens. Pareceu-lhe que as palavras de Ele da Assembleia tinham um sentido só para ele. Muito embora o rapaz pudesse não saber, ele podia ter sido mandado por Alá para ajudá-lo naquele minuto. Em uma rua próxima soou um apito policial. O rapaz olhou para ele. Ben

Tajah não se importou muito com qual podia ser a resposta, mas disse: "Por que estão procurando você?" O rapaz estendeu o *sebsi* aceso e sua *mottui* gorda de *kif*. Ele não queria falar porque estava escutando. Ben Tajah só fumava *kif* quando um amigo lhe oferecia, mas entendeu que a polícia tinha começado mais uma vez a impor a lei contra o *kif*. Todo ano prendiam pessoas durante algumas semanas, e depois paravam de prendê-las. Olhou para o rapaz e concluiu que provavelmente ele fumava demais. Com o *sebsi* na mão, estava sentado muito quieto ouvindo as vozes de alguns transeuntes na rua lá embaixo. "Eu sei quem é ele", disse um. "Consegui o nome dele com o Mustapha." "O padeiro?" "Esse mesmo." Seguiram em frente. A expressão do rapaz era tão intensa que Ben Tajah disse a ele: "Não é ninguém. Gente apenas." Ele estava feliz porque tinha certeza de que Satã não ia aparecer na sua frente contanto que o rapaz estivesse com ele. Disse baixo: "Mas você ainda não me contou por que disse: 'É assim que tudo termina.'" O rapaz encheu seu *sebsi* devagar e fumou todo o *kif* dentro dele. "Eu quis dizer", falou, "graças a Alá. Louvado o céu e a terra que são claros. O que mais se pode dizer quando tudo acaba?" Ben Tajah fez que sim com a cabeça. Pensamentos piedosos podem ser tão úteis para manter Satã a distância quanto cânfora ou *bakhur* despejados nas brasas. Cada palavra sagrada vale uma alta coluna de fumaça, e as pálpebras não ficam ardendo depois. "Ele tem bom coração", pensou Ben Tajah, "mesmo que seja provavelmente um guia para os nazarenos". E perguntou a si mesmo por que não seria possível que o rapaz tivesse sido mandado para protegê-lo de Satã. "Provavelmente não. Mas podia ser." O rapaz ofereceu-lhe o *sebsi*. Ele pegou e fumou. Depois disso, Ben Tajah começou a pensar que gostaria de ir ao Café das Duas Pontes para falar com o *qaouaji* sobre a carta. Sentia que, se o rapaz fosse com ele, o *qaouaji* podia dizer que existira uma carta e que, mesmo que o homem não conseguisse lembrar, ele não ligaria tanto porque teria ficado com menos medo. Esperou até achar que o rapaz não estava mais nervoso de sair à rua e então disse: "Vamos sair e tomar chá." "Bom", disse o rapaz. Ele não tinha medo da polícia se estivesse com Ben Tajah. Seguiram pelas ruas vazias, atravessaram a Djemaa el Fna e o jardim adiante. Quando estavam perto do café, Ben Tajah disse ao rapaz: "Você conhece o Café das Duas Pontes?" O rapaz disse que sempre ia lá, e Ben Tajah não ficou surpreso. Parecia-lhe talvez já tê-lo visto lá. Pegou o braço do rapaz. "Esteve lá hoje?", perguntou. O rapaz respondeu: "Estive" e virou para olhar para ele. Ele soltou seu braço. "Nada", disse. "Não me viu lá?" Chegaram ao portão do café e Ben Tajah parou de andar. "Não", disse o rapaz. Atravessaram a primeira ponte e depois a segunda ponte, e sentaram-se num canto. Não havia muita gente fora. Quem estava dentro fazia um grande barulho. O *qaouaji* trouxe chá e foi embora de novo. Ben Tajah não falou nada para ele da carta. Queria tomar o chá sossegado e deixar o problema para mais tarde.

Quando o muezim chamou do minarete da mesquita de Koutoubia, Ele da Assembleia pensou em estar na Agdal. As grandes montanhas estavam na frente dele e as oliveiras, enfileiradas de ambos os lados. Então ouviu um fio de água e lembrou a *seguia* que existe na Agdal, e depressa voltou ao Café das Duas Pontes. Aïcha Qandicha só pode estar onde há árvores junto à água corrente. "Ela só vem para homens solteiros junto a árvores e água doce corrente. Seus braços são de ouro e ela chama na voz da mais querida." Ben Tajah entregou-lhe seu *sebsi*. Ele o encheu e fumou. "Quando um homem vê seu rosto ele nunca mais verá outro rosto de mulher. Ele fará amor com ela a noite toda, e toda noite, e ao sol nos muros, diante do olhar de crianças. Logo ele será uma casca vazia e deixará este mundo pelo seu lar em Jehennem." A última carruagem passou, levando os últimos turistas pela rua ao lado da muralha até seus quartos na Mamunia. Ele da Assembleia pensou: "O olho quer dormir. Mas este homem está sozinho no mundo. Ele quer falar a noite inteira. Ele quer contar de sua esposa e como batia nela e ela quebrou tudo. Por que eu quereria saber essas coisas todas? Ele é um bom homem mas não tem cabeça." Ben Tajah estava triste. Disse: "O que foi que eu fiz? Por que Satã me escolheu?" Então por fim contou ao rapaz sobre a carta, como ele se perguntava se tinha mesmo seu nome no envelope e como ele não tinha nem certeza de ter existido uma carta. Quando terminou, olhou tristemente para o rapaz. "E você não me viu." Ele da Assembleia fechou os olhos e os manteve fechados um tempo. Quando os abriu de novo, disse: "Você é sozinho no mundo?" Ben Tajah olhou para ele e não disse nada. O rapaz riu. "Eu vi você, sim", disse, "mas não tinha carta nenhuma. Vi quando você levantou e pensei que era velho. Depois vi que você não era velho. Foi tudo o que eu vi". "Não, não foi", disse Ben Tajah. "Você viu que eu estava sozinho." Ele da Assembleia encolheu os ombros. "Quem sabe?" Encheu o *sebsi* e passou para Ben Tajah. O *kif* estava na cabeça de Ben Tajah. Os olhos dele estavam pequenos. Ele da Assembleia ouviu o vento nos fios do telefone, pegou de volta o *sebsi* e encheu de novo. Então disse: "Você acha que Satã vem criar problema para você porque está sozinho no mundo. Eu vejo isso. Arrume uma esposa ou alguém para ficar sempre com você e não vai mais pensar nisso. É verdade. Porque Satã não vem para homens como você." Ele da Assembleia não acreditava nisso ele próprio. Sabia que Pai Satã podia vir para qualquer um no mundo, mas esperava viver com Ben Tajah, para não ter de pegar dinheiro emprestado nos *suks* a fim de comprar comida. Ben Tajah bebeu um pouco de chá. Ele não queria que o rapaz visse que seu rosto estava feliz. Sentia que o rapaz tinha razão e que nunca existira carta nenhuma. "Dois dias de ônibus é um longo tempo. Um homem pode ficar muito cansado", disse. Depois chamou o *qaouaji* e pediu que trouxesse mais dois copos de chá. Ele da Assembleia deu-lhe o *sebsi*. Ele sabia que Ben Tajah queria ficar o máximo possível no Café das Duas Pontes. Pôs o dedo na *mottui*. O *kif* tinha quase acabado. "Podemos conversar", disse ele. "Não tem muito *kif* mais na *mottui*." O *qaouaji* trouxe o chá. Eles conversaram durante uma hora ou mais. O *qaouaji* dormiu e roncou. Eles conversaram sobre Satã e de como é ruim viver sozinho, acordar no escuro e saber que não tem mais ninguém perto. Muitas vezes Ele da Assembleia disse a Ben Tajah que não devia se preocupar. O *kif* acabou. Ele segurou a *mottui* vazia na mão. Não entendia como tinha voltado à cidade sem ter saído de dentro do caldeirão de sopa. Disse para Ben Tajah: "Eu não subi de volta." Ben Tajah olhou para ele e disse que não entendia. Ele da Assembleia contou-lhe a história. Ben Tajah riu. Ele disse: "Você fuma *kif* demais, meu irmão." Ele da Assembleia guardou o *sebsi* no bolso. "E você não fuma e tem medo de Satã", disse a Ben Tajah. "Não!", Ben Tajah gritou. "Por Alá! Não mais! Mas uma coisa tenho na cabeça e não consigo tirar. O céu treme e a terra tem medo, e os dois olhos não são irmãos. Você já ouviu essas palavras? De onde elas são?" Ben Tajah olhou duro para o rapaz. Ele da Assembleia entendeu que essas eram as palavras no papel e sentiu frio nas costas porque nunca tinha ouvido essas palavras antes e elas soavam como o mal. Ele sabia também que não podia deixar Ben Tajah saber disso. Começou a rir. Ben Tajah pegou seu joelho e sacudiu. Seu rosto estava perturbado. "Já ouviu essas palavras?" Ele da Assembleia continuou rindo. Ben Tajah sacudiu sua perna com tanta força que ele parou e disse "Já!". Como Ben Tajah esperou e não disse mais nada, ele viu o rosto do homem ficando zangado e então disse: "É, eu ouvi. Mas você me conta o que aconteceu comigo e como eu saí do caldeirão de sopa se eu contar sobre essas palavras?" Ben Tajah entendeu que o *kif* estava desaparecendo da cabeça do rapaz. Mas ele viu que não havia desaparecido todo, senão ele não teria feito aquela pergunta. E disse: "Espere um pouco a resposta dessa pergunta." Ele da Assembleia acordou o *qaouaji*, Ben Tajah pagou e saíram do café. Não conversaram enquanto caminhavam. Quando chegaram à mesquita de Muassine, Ben Tajah estendeu a mão para dizer boa-noite, mas Ele da Assembleia disse: "Estou procurando na minha cabeça o lugar onde ouvi suas palavras. Vou até a porta com você. Quem sabe eu me lembre." Ben Tajah disse: "Que Alá ajude você a descobrir." E pegou o braço dele, foram andando até a porta de Ben Tajah enquanto Ele da Assembleia não dizia nada. Pararam diante da porta no escuro. "Descobriu?", perguntou Ben Tajah. "Quase", respondeu Ele da Assembleia. Ben Tajah pensou que talvez quando o *kif* tivesse desaparecido da cabeça do rapaz ele conseguisse lhe falar sobre as palavras. Queria saber como era a cabeça do rapaz, então disse: "Você ainda quer saber como saiu daquele caldeirão de sopa?" Ele da Assembleia riu. "Você disse que me contava depois", disse a Ben Tajah. "Eu conto", falou Ben Tajah. "Suba comigo. Já que temos de esperar, podemos sentar." Ben Tajah abriu a porta e eles subiram. Dessa vez Ele da Assembleia sentou na cama de Ben Tajah. Bocejou e se esticou. Era uma cama boa. Ele ficou contente de não ser a esteira junto à cerca de bambu do Café das Duas Pontes. "Então, me conte como eu saí do caldeirão de sopa", ele disse rindo. Ben Tajah falou: "Ainda está me perguntando isso? Pensou nas palavras?" "Eu sei as palavras", disse o rapaz. "O céu estremece..." Ben Tajah não queria que ele as dissesse de novo. "Onde você ouviu isso? O que são elas? É isso que eu quero saber." O rapaz sacudiu a cabeça. Então sentou empinado e olhou além de Ben Tajah, além dos jardins, na direção dos montes onde o povo fala tachelhait. Lembrou-se de quando era um menino pequeno. "Essa noite é a joia da minha coroa", ele pensou. "Foi por aqui." E começou a cantar, inventando uma melodia para as palavras que Ben Tajah tinha lhe contado. Quando terminou "... e os dois olhos não são irmãos", ele acrescentou algumas palavras próprias e parou de cantar. "É só isso que eu lembro da canção", ele disse. Ben Tajah bateu as mãos com força. "Uma canção!", gritou. "Devo ter ouvido no rádio." Ele da Assembleia encolheu os ombros. "Tocam às vezes", falou. "Deixei ele contente", pensou. "Mas nunca mais vou contar outra mentira para ele. Essa é a única. O que eu vou fazer agora não é a mesma coisa que mentir." Ele levantou da cama e foi até a janela. Os muezins estavam chamando a *fjer*. "Está quase de manhã", falou a Ben Tajah. "Ainda estou com *kif* na cabeça." "Sente", disse Ben Tajah. Ele tinha certeza agora de que não tinha havido carta nenhuma. Ele da Assembleia tirou sua djelaba e deitou na cama. Ben Tajah olhou para ele surpreso. Então se despiu e foi para a cama ao lado dele. Deixou uma vela acesa no chão ao lado da cama. Ele pretendia ficar acordado, mas adormeceu porque não estava acostumado a fumar *kif* e o *kif* estava em sua cabeça. Ele da

Assembleia não acreditou que ele estivesse dormindo. Ficou um longo tempo deitado sem se mexer. Ouviu as vozes dos muezins e achou que o homem a seu lado ia falar ou se mexer. Quando viu que Ben Tajah estava realmente dormindo, ficou zangado: "É assim que ele trata um amigo que fez ele ficar feliz. Ele esquece o problema dele e o amigo também." Pensou mais sobre o assunto e ficou mais zangado. Os muezins ainda estavam chamando para o *fjer*. "Antes que eles parem, ou ele escute." Muito devagar saiu da cama. Vestiu sua djelaba e abriu a porta. Então voltou e pegou todo o dinheiro dos bolsos de Ben Tajah. Junto com as notas havia um envelope dobrado. Tinha o nome de Ben Tajah escrito nele. Ele tirou de dentro um pedaço de papel, segurou perto da vela e então olhou para ele como se estivesse olhando para uma cobra. As palavras estavam escritas ali. O rosto de Ben Tajah estava virado para a parede e ele roncava. Ele da Assembleia segurou o papel em cima da chama e o queimou, e depois queimou o envelope. Soprou as cinzas pretas de papel pelo chão. Sem fazer nenhum barulho desceu a escada e saiu para a rua. Fechou a porta. O dinheiro estava no seu bolso e ele foi depressa para a casa de sua tia. Ela acordou e ficou zangada um momento. Por fim, ele disse: "Estava chovendo. Como eu podia voltar para casa? Me deixe dormir." Ele tinha um pouco de *kif* escondido debaixo do travesseiro. Fumou um cachimbo. Depois, em meio ao seu sono, olhou a manhã e pensou: "Um cachimbo de *kif* antes do desjejum dá a um homem a força de cem camelos no pátio."

(1960)

Allal

Ele nasceu no hotel em que sua mãe trabalhava. O hotel tinha apenas três quartos escuros que davam para um pátio atrás do bar. Adiante, ficava outro pátio menor com muitas portas. Era aí que moravam os criados e onde Allal passou a infância.

    O grego que era dono do hotel tinha mandado a mãe de Allal embora. Ele ficara indignado porque ela, uma menina de catorze anos, tinha ousado dar à luz enquanto estava trabalhando para ele. Ela não contava quem era o pai e ele ficara com raiva ao refletir que não tinha tirado vantagem da situação enquanto tivera a chance. Deu à menina o salário de três meses e mandou que ela fosse para sua casa em Marrakesh. Como o cozinheiro e sua mulher gostavam da menina e ofereceram que ela morasse com eles durante algum tempo, ele concordou que ela ficasse até o bebê ter tamanho suficiente para viajar. Ela ficou no pátio de trás alguns meses com o cozinheiro e sua mulher, e então um dia desapareceu, deixando o bebê. Ninguém nunca mais ouviu falar dela.

    Assim que Allal tinha idade suficiente para carregar coisas, puseram-no para trabalhar. Não demorou muito e ele conseguia buscar dois baldes de água no poço atrás do hotel. O cozinheiro e sua mulher não tinham filhos, de forma que ele brincava sozinho.

    Quando ficou um pouco mais velho, começou a vagar pela plataforma de terra vazia do lado de fora. Não havia lá mais nada além do quartel, e esse era fechado por um alto muro cego de tijolos vermelhos. Tudo mais ficava lá embaixo no vale: a cidade, os jardins, e o rio serpenteando para o sul entre as milhares de palmeiras. Ele podia sentar numa ponta de rocha lá no alto e olhar o povo lá embaixo caminhando pela vielas da cidade. Só mais tarde foi que visitou o lugar e viu como eram os habitantes. Como tinha sido abandonado pela mãe, era chamado de filho do pecado, e riam quando olhavam para ele. Parecia-lhe que desse jeito esperavam transformá-lo numa sombra, a fim de não ter mais de pensar nele como real e vivo. Ele esperava com horror a hora que tinha de ir toda manhã à cidade para trabalhar. No momento, ajudava na cozinha e servia os oficiais no quartel, ao lado de alguns motoristas que passavam pela região. Recebia pequenas gorjetas no restaurante, comida grátis e alojamento em uma cela nas dependências de empregados, mas o grego não lhe pagava salário. Por fim, chegou a uma idade em que essa situação parecia vergonhosa e foi por conta própria à cidade abaixo e começou a trabalhar, ao lado de outros rapazes de sua idade, ajudando a fazer os tijolos de barro que as pessoas usavam para construir suas casas.

Morar na cidade era bem como ele havia imaginado que seria. Durante dois anos ficou num quarto atrás da oficina de um ferreiro, levando uma vida sem choques e economizando todo o dinheiro que não tinha de gastar para se manter vivo. Longe de fazer qualquer amigo durante essa época, ele desenvolveu um total ódio pelas pessoas da cidade, que nunca o deixavam esquecer que era um filho do pecado, e portanto não igual aos outros, mas *meskhot*: condenado. Ele então encontrou uma casinha, não muito mais que uma cabana, num bosque de palmeiras fora da cidade. O aluguel era baixo e não havia ninguém morando perto. Foi viver lá, onde o único som era o vento nas árvores, e sempre que podia evitava as pessoas da cidade.

Numa quente noite de verão, logo depois do pôr do sol, ele estava caminhando debaixo das arcadas que davam para a praça principal da cidade. Poucos passos à sua frente, um velho de turbante branco tentava mudar um saco pesado de um ombro para o outro. De repente, o saco caiu no chão e Allal viu quando duas formas escuras saíram de dentro dele e desapareceram nas sombras. O velho saltou em cima do saco e fechou sua boca, ao mesmo tempo que começava a gritar: Cuidado com as cobras! Me ajudem a achar as cobras!

Muita gente virou depressa e voltou para trás. Outros paravam a alguma distância, olhando. Alguns gritaram para o velho: Encontre logo suas cobras e suma daqui! Por que elas estão aqui? Não queremos cobras nesta cidade!

Pulando para cima e para baixo em sua ansiedade, o velho virou-se para Allal. Cuide disto aqui um minuto, meu filho. Apontou o saco caído na terra a seus pés e, pegando um cesto que levava, virou depressa a esquina que dava para uma viela. Allal ficou onde estava. Ninguém passou por ele.

Não demorou muito, o velho voltou, ofegante em triunfo. Quando os observadores da praça o viram de novo, começaram a gritar, desta vez para Allal: Leve esse berrani para fora da cidade! Ele não tem o direito de carregar essas coisas aqui. Fora! Fora!

Allal pegou o saco grande e disse para o velho: Venha.

Saíram da praça e seguiram pelas vielas até chegarem aos limites da cidade. O velho então levantou os olhos, viu as palmeiras negras contra o céu que se apagava no alto e virou-se para o rapaz a seu lado.

Venha, Allal repetiu, e seguiu para a esquerda pelo tosco caminho que levava a sua casa. O velho ficou parado, perplexo.

Pode passar a noite comigo, Allal disse a ele.

E estas aqui?, perguntou o velho, apontando o saco e depois o cesto. Têm de ficar comigo.

Allal riu. Podem vir.

Quando estavam sentados na casa, Allal olhou o saco e o cesto. Eu não sou igual aos outros, disse.

Sentiu-se bem de ouvir essas palavras ditas. Fez um gesto de desdém. Com medo de andar na praça por causa de uma cobra. O senhor viu os outros.

O velho coçou o queixo. Cobras são como gente, disse ele. Precisa conhecer primeiro. Depois a gente pode ser amigo delas.

Allal hesitou antes de perguntar: O senhor nunca deixa elas saírem?

Sempre, disse o homem com energia. É ruim para elas ficarem presas desse jeito. Elas precisam estar saudáveis quando chegarem a Tarudant, senão o homem lá não compra elas.

Começou a contar uma longa história de sua vida como caçador de cobras, explicando que todo ano fazia a viagem até Tarudant para ver um homem que as comprava para os encantadores de serpentes aissaua de Marrakesh. Allal fez chá enquanto ouvia e serviu uma tigela de pasta de *kif* para comer com o chá. Depois, quando estavam sentados confortavelmente em meio à fumaça de cachimbo, o velho riu. Allal virou-se para olhar para ele.

Posso deixar elas saírem?

Pode.

Mas você tem de ficar sentado quieto. Ponha a luz mais perto.

Ele abriu o saco, sacudiu um pouco e voltou para onde estava sentado. Então, em silêncio, Allal viu os corpos compridos saírem cautelosamente para a luz. Junto com as cobras havia outras serpentes com desenhos tão delicados e perfeitos que pareciam ter sido pintadas por um artista. Ele achou particularmente bonita uma serpente vermelho-dourada, que se enrolou preguiçosamente no meio da sala. Olhando para ela, sentiu um grande desejo de possuí-la e tê-la sempre consigo.

O velho estava falando. Passei minha vida inteira com as cobras, disse. Posso contar muitas coisas sobre elas. Sabia que se der *majun* para elas, elas fazem o que você quiser e sem dizer uma palavra? Juro por Alá!

No rosto de Allal apareceu um ar de dúvida. Ele não questionava a verdade da afirmação do outro, mas sim a possibilidade de fazer uso desse conhecimento. Pois foi nesse momento que a ideia de efetivamente pegar a cobra apareceu em sua cabeça. Ele estava pensando que teria de fazer depressa o que quisesse fazer, porque o velho ia embora de manhã. De repente, sentiu uma grande impaciência.

Guarde as cobras para eu poder fazer o jantar, sussurrou. Então observou a facilidade com que o velho pegava cada uma pela cabeça e guardava dentro do saco. Mais uma vez ele derrubou duas cobras dentro do cesto, e uma dessas, Allal notou, era a vermelha. Imaginou se conseguiria ver o brilho de suas escamas através da tampa do cesto.

Enquanto preparava a refeição, Allal tentou pensar em outras coisas. Depois, como a cobra continuava em sua cabeça apesar de tudo, começou a inventar um jeito de ficar com ela. Acocorado junto ao fogo num canto, ele misturou um pouco de pasta de *kif* com leite em uma tigela e a deixou de lado.

O velho continuava falando. Foi boa sorte conseguir pegar de volta as duas cobras daquele jeito, no meio da cidade. Nunca se sabe o que as pessoas vão fazer quando descobrem que você está levando cobras. Uma vez, em El Kelaa, pegaram todas as cobras e mataram, uma depois da outra, na minha frente. Um ano de trabalho. Tive de voltar para casa e começar tudo de novo.

Já enquanto comiam, Allal começou a perceber que seu hóspede estava ficando com sono. Como vão ser as coisas?, ele se perguntou. Não havia como saber com antecedência o que ele ia fazer, e a perspectiva de manipular a cobra o preocupava. Ela pode me matar, pensou.

Depois de comerem, tomarem chá e fumarem cachimbos de *kif*, o velho deitou-se no chão e disse que ia dormir. Allal se pôs de pé. Aqui!, disse, e deixou que ele dormisse em sua própria esteira numa alcova. O velho deitou-se e logo adormeceu.

Várias vezes durante a meia hora seguinte, Allal foi à alcova e espiou, mas nem o corpo em seu albornoz nem a cabeça em seu turbante se mexiam.

Primeiro, ele pegou seu cobertor e, depois de atar três dos cantos, estendeu-o no chão com o quarto canto virado para o cesto. Então pôs a tigela de leite e pasta de *kif* em cima do cobertor. Quando soltou o cadarço da tampa do cesto, o velho tossiu. Allal ficou imóvel, esperando ouvir a voz rouca falar. Uma pequena brisa começara a soprar, fazendo as folhas de palmeiras roçarem umas nas outras, mas nenhum outro som veio da alcova. Ele foi para o outro lado da sala, acocorou-se junto à parede, o olhar fixo no cesto.

Várias vezes pensou ter visto a tampa se mexer ligeiramente, mas todas as vezes concluiu que estava enganado. Então prendeu a respiração. A sombra na base do cesto estava se mexendo. Uma das criaturas saíra pelo outro lado. Esperou um pouco antes de continuar para a luz, e quando seguiu, Allal sussurrou uma oração de agradecimento. Era a vermelha e dourada.

Quando finalmente ela resolveu ir até a tigela, tinha feito uma volta completa das bordas, olhando para todos os lados, antes de baixar a cabeça sobre o leite. Allal ficou olhando, temendo que o aroma estranho da pasta de *kif* pudesse afastá-la. A cobra ficou ali sem se mexer.

Ele esperou meia hora ou mais. A cobra continuava onde estava, a cabeça dentro da tigela. De quando em quando, Allal olhava o cesto, para ter certeza de que a segunda cobra ainda estava lá dentro. A brisa continuava, roçando as palmas umas contra as outras. Quando resolveu que era hora, levantou-se devagar e, de olho no cesto onde a outra cobra parecia ainda estar dormindo, estendeu as mãos e pegou as três pontas amarradas do cobertor. Então levantou a quarta ponta, de forma que a cobra e a tigela deslizaram para o fundo desse saco improvisado. A cobra se mexeu ligeiramente, mas ele não achou que estivesse brava. Sabia exatamente onde iria escondê-la: entre umas pedras no leito seco do rio.

Segurando o cobertor à sua frente, ele abriu a porta e saiu sob as estrelas. Não ficava longe no caminho, depois de um grupo de altas palmeiras e depois à esquerda pelo uádi. Havia um espaço entre as pedras onde o volume ficaria invisível. Ele o enfiou ali com cuidado e voltou depressa para casa. O velho estava dormindo.

Não havia como ter certeza de que a outra cobra ainda estava no cesto, então Allal pegou seu albornoz e foi para fora. Fechou a porta e deitou-se no chão para dormir.

Antes que o Sol surgisse no céu o velho estava acordado, deitado na alcova, tossindo. Allal pôs-se de pé num salto, entrou e começou a fazer um fogo no *mijmah*. Um minuto depois ouviu o outro exclamar: Elas escaparam de novo! De dentro do cesto! Fique onde está que eu vou procurar.

Não demorou muito e o velho grunhiu com satisfação: Peguei a preta!, gritou. Allal não levantou os olhos do canto onde estava acocorado e o velho veio até ele balançando a cobra. Agora tenho de encontrar a outra.

Ele guardou a cobra e continuou a procurar. Quando o fogo estava alto, Allal virou-se e falou: Quer que eu ajude a procurar?

Não, não! Fique onde está.

Allal ferveu água e fez o chá, e o velho ainda estava engatinhando de joelhos, levantando caixas e empurrando sacos. O turbante tinha caído e no rosto escorria suor.

Venha e tome o chá, disse-lhe Allal.

De início, o velho pareceu não escutar. Depois, levantou-se e entrou na alcova, onde amarrou de volta o turbante. Quando saiu sentou-se com Allal e tomaram o desjejum.

As cobras são muito espertas, disse o velho. Conseguem se enfiar em lugares que não existem. Eu mexi em tudo nesta casa.

Quando terminaram de comer, saíram e procuraram a cobra entre os troncos das palmeiras que cresciam muito juntos perto da casa. Quando o velho se convenceu de que ela havia fugido, voltou triste para dentro.

Era uma boa cobra, disse afinal. E agora, vou para Tarudant.

Despediram-se, o velho pegou seu saco, seu cesto, e partiu pelo caminho na direção da estrada.

O dia inteiro, enquanto trabalhava, Allal pensava na cobra, mas só ao pôr do sol foi que conseguiu ir até as pedras no uádi e puxar o cobertor. Levou-o de novo para casa em estado de grande excitação.

Antes de desatar o cobertor, encheu um prato grande com leite e pasta de *kif* e pôs no chão. Comeu ele próprio três colheradas da pasta e sentou-se para olhar, tamborilando na mesa baixa de madeira com os dedos. Tudo aconteceu como ele esperava. A cobra saiu devagar do cobertor, logo encontrou o prato e começou a beber o leite. Enquanto ela bebia, ele continuou tamborilando; quando ela terminou e levantou a cabeça para olhar para ele, Allal parou e ela voltou para dentro do cobertor.

Mais tarde, nessa noite, ele serviu mais leite, tamborilou de novo na mesa. Depois de algum tempo, a cabeça da cobra apareceu e finalmente ela toda, todo o padrão de ação se repetiu.

Essa noite e todas as noites seguintes, Allal sentou com a cobra, com infinita paciência, tentando fazer com que ficasse sua amiga. Nunca tentava tocá-la, mas logo era capaz de chamá-la, mantê-la na sua frente quanto tempo quisesse, meramente tamborilando na mesa, e dispensá-la à sua vontade. Durante a primeira semana ele usou a pasta de *kif*; depois tentou a mesma rotina sem ela. No fim, os resultados eram os mesmos. Depois disso, alimentava a cobra com leite e ovos apenas.

Então, uma noite, quando sua amiga se enrolou graciosamente na sua frente, ele começou a pensar no velho e formulou uma ideia que removeu todas as outras coisas de sua cabeça. Há semanas não havia pasta de *kif* na casa, e ele resolveu fazer um pouco. Comprou os ingredientes no dia seguinte e depois do trabalho preparou a pasta. Quando estava pronta, misturou uma grande quantidade dela com leite numa tigela e a apresentou para a cobra. Então ele mesmo comeu quatro colheradas, que arrematou com chá.

Despiu-se depressa e, deslocando a mesa de forma que pudesse alcançá-la, estendeu-se nu numa esteira junto à porta. Dessa vez, continuou a tamborilar na mesa mesmo depois que a cobra terminou de tomar o leite. Ela ficou imóvel, observando-o, como se estivesse em dúvida com o tamborilar conhecido vindo do corpo marrom na frente dela.

Vendo que mesmo depois de longo tempo ela permanecia onde estava, olhando para ele com seus pétreos olhos amarelos, Allal começou a repetir e repetir: Venha aqui. Sabia que ela não ouvia sua voz, mas acreditava que podia sentir sua mente quando a chamava. Pode fazer elas fazerem o que você quiser, sem dizer uma palavra, tinha lhe dito o velho.

Embora a cobra não se mexesse, ele continuou repetindo o comando, porque agora sabia que ela viria. E, depois de uma longa espera, de repente ela abaixou a cabeça e começou a se deslocar para ele. Chegou a seu quadril e deslizou pela perna. Depois subiu pela perna e ficou deitada um tempo atravessada em seu peito. O corpo dela era pesado e tépido, as escamas maravilhosamente lisas. Depois de um tempo, ficou imóvel, enrolada no espaço entre sua cabeça e seu ombro.

Nesse momento, a pasta de *kif* havia dominado completamente a mente de Allal. Ele se encontrava num estado de puro deleite, sentindo a cabeça da cobra junto à sua, sem nenhum outro pensamento além de que ele e a cobra estavam juntos. Os padrões que se formavam e dissolviam atrás de suas pálpebras pareciam os mesmos que cobriam as costas da cobra. De vez em quando, em um grande movimento frenético, eles todos giravam e se estilhaçavam em fragmentos que logo se transformavam em um grande olho amarelo, riscado ao meio pela estreita pupila vertical que pulsava ao ritmo do bater de seu coração. Então o olho recuava, através de sombra e sol se alternando, até sobrarem apenas os desenhos das escamas, se juntando com renovada insistência ao se fundirem e separarem. Por fim o olho voltou, tão grande dessa vez que não tinha bordas em torno, a pupila dilatada formando uma abertura quase grande o suficiente para ele entrar. Olhando o negrume ali dentro, ele entendeu que estava sendo lentamente impelido para a abertura. Estendeu as mãos para tocar a superfície polida do olho de cada lado e ao fazer isso sentiu a atração que vinha de dentro. Deslizou pela abertura e foi tragado pela escuridão.

Ao despertar, Allal sentiu que tinha voltado de algum lugar muito distante. Abriu os olhos e viu, junto dele, o que parecia o flanco de um animal enorme, coberto com duro pelo áspero. Havia uma vibração repetida no ar, como um trovão distante se enrolando nas bordas do céu. Ele suspirou, ou imaginou que suspirava, porque seu peito não emitiu nenhum som. Então virou um pouco a cabeça, para tentar enxergar além da massa de pelos a seu lado. Em seguida viu a orelha e sabia que estava olhando sua própria cabeça de fora. Não esperava isso; esperava era que sua amiga entrasse e compartilhasse sua mente com ele. Mas não lhe pareceu de modo algum estranho; ele simplesmente disse a si mesmo que estava vendo pelos olhos da cobra e não através dos seus próprios.

Então entendeu por que a serpente tinha sido tão cautelosa com ele: dali o rapaz era uma criatura monstruosa, com todos aqueles pelos na cabeça e a respiração que vibrava dentro dele como uma tormenta distante.

Ele se desenrolou e deslizou pelo chão da alcova. Havia uma rachadura na parede de barro, larga o bastante para ele sair. Quando deslizou inteiro para fora, ficou estendido ao comprido no chão ao luar cristalino, olhando a estranheza da paisagem em que as sombras não eram sombras.

Deslizou pelo lado da casa e olhou a estrada que ia para a cidade, gozando uma sensação de liberdade diferente de qualquer coisa que tivesse imaginado. Não havia a sensação de ter um corpo, porque estava perfeitamente contido na pele que o cobria. Era lindo acariciar a terra com toda a sua barriga ao se movimentar pela estrada silenciosa, farejando os nítidos veios de losna no vento. Quando a voz do muezim flutuou sobre o campo vinda da mesquita, ele não conseguiu escutá-la, nem sabia que dentro de uma hora a noite terminaria.

Ao ver um homem adiante, ele saiu da estrada e escondeu-se atrás de uma pedra até o perigo passar. Mas quando se aproximou da cidade começou a haver mais gente, de forma que ele desceu para a *seguia*, a vala profunda que corria ao lado da rua. Ali pedras e pedaços de plantas mortas impediam seu progresso. Estava ainda batalhando no fundo da *seguia*, empurrando-se em torno de pedras e atravessando os emaranhados secos de caules deixados pela água, quando o amanhecer começou a raiar.

A chegada do dia o deixou ansioso e infeliz. Escorregou pela margem da *seguia* e levantou a cabeça para examinar a rua. Um homem passou andando por ele, parou bem quieto, depois virou-se e correu de volta. Allal não esperou; queria agora voltar para casa o mais depressa possível.

Sentiu o baque de um pedra caindo no chão em algum lugar atrás dele. Depressa atirou-se pela borda da *seguia* e rolou sinuosamente para o fundo. Conhecia o terreno ali: no ponto em que a estrada atravessava o uádi, havia duas galerias não muito separadas. À sua frente, havia um homem parado a certa distância com uma pá, olhando dentro da *seguia*. Allal continuou se deslocando, ciente de que chegaria à primeira galeria antes que o homem conseguisse alcançá-lo.

O chão do túnel debaixo da estrada era cheio de pequenas ondas duras de areia. O ar que ali soprava tinha o cheiro dos montes. Havia lugares ali onde ele podia se esconder, mas continuou avançando e logo chegou à outra ponta. Então continuou pela segunda galeria e passou por baixo da estrada na direção oposta, emergindo uma vez mais na *seguia*. Atrás dele vários homens tinham se reunido na entrada da primeira galeria. Um deles estava de joelhos, a cabeça e os ombros dentro da abertura.

Ele partiu para a casa numa linha reta atravessando o espaço aberto, de olho no bosque de palmeiras ao lado dela. O Sol tinha acabado de sair e as rochas começavam a projetar longas sombras azuladas. De repente, um menino pequeno apareceu de trás de umas palmeiras próximas, olhou para ele e de medo abriu muito os olhos e a boca. O menino correu desesperado para o grupo de homens na *seguia*.

Allal correu para a casa, olhando para trás apenas quando chegou ao buraco entre os tijolos de barro. Vários homens vinham correndo entre as árvores na sua direção. Depressa ele deslizou para dentro da alcova. O corpo marrom jazia imóvel perto da porta. Mas não havia tempo e Allal precisava de tempo para voltar até ele, deitar junto de sua cabeça e dizer: Venha aqui.

Quando olhou o corpo do outro lado do quarto, ouviram-se fortes batidas na porta. O rapaz se pôs de pé ao primeiro golpe, como se propulsionado por uma mola, e Allal viu com desespero a expressão de total terror em seu rosto, os olhos sem nenhuma mente por trás. O rapaz continuou ofegando, os punhos fechados. A porta se abriu e alguns homens espiaram para dentro. Então com um rugido o rapaz baixou a cabeça e correu pela porta. Um dos homens esticou os braços para pegá-lo, mas perdeu o equilíbrio e caiu. Um instante depois, todos eles viraram e começaram a correr pelo bosque de palmeiras atrás do vulto nu.

Mesmo quando o perdiam de vista de vez em quando, podiam ouvir os gritos e então o viam entre os troncos de palmeira, ainda correndo. Por fim ele tropeçou e caiu de cara no chão. Foi então que o pegaram, amarraram, cobriram sua nudez e o levaram para ser mandado algum dia em breve para o hospital em Berrechid.

Nessa tarde, o mesmo grupo de homens foi à casa para realizar a busca que tinham tencionado fazer antes. Allal estava deitado na alcova, cochilando. Quando acordou, eles já estavam dentro da casa. Ele virou e passou pelo buraco. Viu o homem que esperava ali fora, com um pau na mão.

A raiva sempre estivera em seu coração; então explodiu. Como se seu corpo fosse um chicote, ele saltou para dentro da sala. Os homens mais próximos dele estavam de quatro e Allal teve a alegria de cravar as presas em dois deles antes que um terceiro lhe cortasse a cabeça com um machado.

(1977)

O escorpião

Uma velha morava em uma caverna que seus filhos tinham feito em um barranco de barro perto de uma fonte antes de irem embora para a cidade onde muita gente vivia. Ela não era nem feliz nem infeliz ali, porque sabia que o fim da vida estava próximo e seus filhos provavelmente não voltariam por motivo algum. Na cidade sempre há muita coisa para fazer e eles estariam fazendo essas coisas sem se dar ao trabalho de lembrar do tempo em que viviam nos montes cuidando da velha.

Na entrada da caverna em certas épocas do ano havia uma cortina de gotas de água através da qual a velha tinha de passar para entrar. A água descia o barranco vinda das plantas acima e pingava no barro abaixo. Então a velha se acostumou a ficar agachada na caverna durante longos períodos a fim de se manter o mais seca possível. Lá fora, através das contas de água em movimento, ela via a terra nua iluminada pelo céu cinzento, e às vezes grandes folhas secas passavam, empurradas pelo vento que vinha das partes altas da terra. Dentro, onde ela estava, a luz era agradável e com um tom rosado do barro a toda a volta.

Algumas pessoas costumavam passar de quando em quando pelo caminho que não ficava longe, e, como havia uma fonte perto, os viajantes que sabiam da sua existência mas não sabiam exatamente onde ficava às vezes chegavam perto da caverna antes de descobrir que a fonte não era ali. A velha nunca os chamava. Ela simplesmente os observava quando se aproximavam e de repente a viam. Então ela continuava observando enquanto eles se viravam e seguiam na outra direção em busca de água para beber.

Havia muitas coisas nessa vida de que a velha gostava. Não era mais obrigada a discutir e brigar com seus filhos para fazê-los carregar madeira para o forno de carvão. Era livre para se deslocar à noite e procurar comida. Ela comia de tudo o que encontrava sem ter de repartir. E não devia agradecimento a ninguém pelas coisas que tinha na vida.

Um velho costumava vir da aldeia a caminho do vale e sentar numa pedra a distância suficiente da caverna para que ela o reconhecesse. Ela sabia que ele tinha consciência de sua presença ali na caverna e, embora ela provavelmente não soubesse disso, desgostava dele por não dar algum sinal de saber que ela estava ali. Parecia-lhe que ele levava uma vantagem injusta sobre ela e que a usava de um jeito desagradável. Ela teve muitas ideias para incomodá-lo se ele algum dia chegasse perto, mas ele sempre passava a distância, parando para sentar na pedra durante algum tempo, quando muitas vezes olhava direto para a caverna. Ele então continuava devagar o seu caminho, e à velha sempre parecia que ele ia mais devagar depois desse descanso do que antes.

Havia escorpiões na caverna o ano inteiro, mas sobretudo antes de as plantas começarem a soltar água. A velha tinha uma grande trouxa de trapos e com eles ela esfregava as paredes e o teto para removê-los, pisando rapidamente em cima deles com o calcanhar nu. De vez em quando, um pequeno pássaro ou animal silvestre entrava, mas ela nunca era rápida a ponto de matá-los e tinha desistido disso.

Num dia escuro, ela olhou e viu um de seus filhos parado na porta. Não conseguia lembrar qual era ele, mas achou que era aquele que tinha descido o leito seco do rio a cavalo e quase morrera. Olhou as mãos dele para ver se estavam deformadas. Não era esse filho.

Ele começou a falar: — É a senhora?
— Sou.
— Está bem?
— Estou.
— Está tudo bem?
— Tudo.
— Ficou aqui?
— Como pode ver.

— É.

Fez-se um silêncio. A mulher olhou a caverna e ficou desgostosa de ver que o homem na entrada deixava praticamente escuro ali dentro. Ela se ocupou tentando distinguir os vários objetos: a bengala, a cuia, a lata, um pedaço de corda. Franzia a testa com o esforço.

O homem estava falando de novo.

— Posso entrar?

Ela não respondeu.

Ele recuou da entrada, limpando os pingos de água da roupa. Estava a ponto de dizer alguma coisa profana, pensou a velha que, embora não soubesse qual era ele, lembrava o que ele ia fazer.

Ela resolveu falar.

— O quê? — disse.

Ele se curvou através da cortina de água e repetiu a pergunta.

— Posso entrar?

— Qual é o problema com você?

— Nada.

Então ela acrescentou: — Não tem espaço.

Ele recuou outra vez, enxugando a cabeça. A velha pensou que ele provavelmente iria embora, e não tinha certeza se queria que fosse. Porém, não havia mais nada que ele pudesse fazer, ela pensou. Ela ouviu quando ele sentou fora da caverna e depois sentiu o cheiro da fumaça do tabaco. Não havia nenhum som além do gotejar da água no barro.

Um pouquinho depois, ela ouviu que ele se levantou. Parou diante da entrada de novo.

— Vou entrar — disse ele.

Ela não respondeu.

Ele se curvou e entrou. A caverna era baixa demais para ele ficar em pé dentro dela. Ele olhou em torno e cuspiu no chão.

— Venha — disse.

— Aonde?

— Comigo.

— Por quê?

— Porque você tem de vir.

Ela esperou um pouco, depois perguntou desconfiada: — Aonde você vai?

Ele apontou indiferentemente na direção do vale e disse: — Para aquele lado.

— Para a cidade?

— Mais longe.

— Eu não vou.

— Tem de ir.

— Não.

Ele pegou a bengala e estendeu para ela.

— Amanhã — ela disse.

— Agora.

— Tenho de dormir — ela disse, recostando em sua pilha de trapos.

— Bom. Eu espero aqui fora — ele respondeu, e saiu.

A velha adormeceu imediatamente. Sonhou que a cidade era muito grande. Continuava para sempre e as ruas eram cheias de gente com roupas novas. A igreja tinha uma torre alta com vários sinos que tocavam o tempo todo. Ela estava nas ruas todas um dia, cercada de gente. Não tinha certeza se eram todos seus filhos ou não. Perguntou para alguns: "Você são meus filhos?" Eles não conseguiam responder, mas ela achou que, se eles conseguissem, teriam dito: "Sim." Então quando anoiteceu ela encontrou uma casa com a porta aberta. Dentro havia uma luz e algumas mulheres sentadas num canto. Elas se levantaram quando ela entrou e disseram: "Você tem um quarto aqui." Ela não queria vê-lo, mas elas a empurraram até que entrasse e fecharam a porta. Ela era uma menina pequena e estava chorando. Os sinos da igreja estavam muito altos lá fora, e ela imaginou que enchiam o céu. Havia um espaço aberto na parede no alto acima dela. Ela podia ver as estrelas através dele e elas iluminavam seu quarto. Dos juncos que formavam o teto um escorpião veio descendo. Desceu devagar a parede na direção dela. Ela parou de chorar e olhou para ele. O rabo curvava-se para cima das costas e se mexia um pouco de um lado para outro quando ele andava. Ela procurou depressa alguma coisa para espantá-lo. Como não havia nada no quarto, ela usou a mão. Mas seus movimentos eram lentos e o escorpião pegou o dedo dela com as pinças, prendeu-se com força ali, embora ela sacudisse loucamente a mão. Ela então se deu conta de que ele não ia picá-la. Uma grande sensação de felicidade tomou conta dela. Ela levantou o dedo aos lábios para beijar o escorpião. Os sinos pararam de tocar. Lentamente na paz que estava começando, o escorpião entrou em sua boca. Ela sentiu sua casca dura e as perninhas passando por seus lábios e língua. Ele desceu devagar por sua garganta e era dela. Ela acordou e gritou.

O filho respondeu: — O que foi?

— Estou pronta.

— Já?

Ele ficou parado na porta quando ela atravessou a cortina de água, apoiada em sua bengala. Então começou a caminhar uns passos à frente dela na direção do caminho.

— Vai chover — disse o filho.

— É longe?

— Três dias — ele disse, olhando as velhas pernas dela.

Ela fez que sim com a cabeça. Então notou o velho sentado na pedra. Ele tinha uma expressão de profunda surpresa no rosto, como se um milagre tivesse acabado de acontecer. Estava de boca aberta olhando a velha. Quando chegaram à frente da pedra, ele olhou mais intensamente que nunca no rosto dela. Ela fingiu não vê-lo. Quando começaram a seguir cuidadosamente o caminho de pedras encosta abaixo, ouviram a voz rala do homem atrás deles, trazida pelo vento.

— Adeus.

— Quem é esse? — perguntou o filho.

— Não sei.

O filho olhou para ela, sombrio.

— Está mentindo — disse.

(1948)

À beira da água

A neve derretida pingava dos balcões. As pessoas corriam pela ruazinha que sempre cheirava a peixe frito. De vez em quando, uma cegonha dava um rasante, arrastando as pernas de espeto abaixo do corpo. Os pequenos gramofones chiavam dia e noite atrás das paredes da loja onde o jovem Amar trabalhava e morava. Havia poucos pontos na cidade onde a neve nunca era removida e este era um deles. Então ela se acumulava ao longo de todos os meses de inverno, subindo diante das portas da loja.

Mas agora era fim do inverno, o sol estava mais quente. A primavera estava a caminho, para confundir o coração e derreter a neve. Amar, sendo sozinho no mundo, decidira que era hora de visitar a cidade vizinha onde seu pai lhe disse uma vez que moravam alguns primos.

De manhã cedo ele foi para o terminal de ônibus. Ainda estava escuro e o ônibus vazio veio enquanto ele estava tomando café. A estrada serpenteava pela montanha o caminho todo.

Quando chegou à outra cidade já estava escuro. Ali a neve era ainda mais profunda nas ruas e fazia mais frio. Como não queria isso, Amar não tinha previsto tal coisa e incomodou-o ser forçado a enrolar o albornoz em torno de si ao sair do terminal de ônibus. Era uma cidade pouco amigável; ele percebia de imediato. Os homens andavam com a cabeça inclinada para a frente e, se encostavam em algum transeunte, nem sequer olhavam a pessoa. Tirando a rua principal, que tinha uma luz de arco a cada poucos metros, parecia não haver nenhuma outra iluminação, e as vielas que saíam de cada lado ficavam em absoluta escuridão, as figuras vestidas de branco que viravam nelas desapareciam imediatamente.

— Uma cidade ruim — Amar disse baixinho. Sentia orgulho de ser de uma cidade melhor e maior, mas seu prazer estava misturado com ansiedade pela noite a ser passada nesse lugar inimigo. Ele abandonou a ideia de tentar encontrar seus primos antes da manhã e se pôs a buscar um *fonduk* ou um banho onde pudesse dormir até o amanhecer.

A uma curta distância à frente, o sistema de iluminação da rua terminava. Além, a rua parecia descer íngreme e perder-se na escuridão. A neve era uniformemente profunda ali e não com trechos removidos como era perto do terminal de ônibus. Ele projetou os lábios e soprou o ar em pequenas nuvens de vapor. Ao passar pelo bairro não iluminado ouviu lânguidas notas dedilhadas em um *ud*. A música vinha de uma porta à esquerda. Ele parou e ouviu. Alguém se aproximou da porta pelo outro lado e perguntou, aparentemente ao homem com o *ud*, se era "tarde demais".

— Não — respondeu o músico, e tocou várias notas mais.

Amar foi até a porta.

— Ainda dá tempo? — ele disse.

— Dá.

Ele entrou pela porta. Não havia luz, mas ele podia sentir o ar quente soprando em seu rosto de um corredor à direita. Seguiu em frente, deixando a mão correr pela úmida parede a seu lado. Logo chegou a uma grande sala pouco iluminada com piso de ladrilhos. Aqui e ali, em vários ângulos, havia figuras dormindo, enroladas em cobertores cinzentos. Num canto distante, um grupo de homens parcialmente vestidos, sentados diante de um braseiro, tomando chá e conversando em voz baixa. Amar aproximou-se devagar, tomando cuidado para não pisar nos que dormiam.

O ar estava opressivamente quente e úmido.

— Onde é o banho? — Amar perguntou.

— Ali embaixo — respondeu um dos homens do grupo, sem sequer levantar os olhos. Ele apontou um canto escuro à esquerda. E, de fato, agora que Amar atentava, pareceu-lhe que uma corrente de ar quente vinha daquela parte da sala. Foi na direção do canto escuro, despiu-se e, deixando as roupas numa pilha arrumada na esteira de palha, caminhou para o calor. Estava pensando na má sorte que fora chegar a essa cidade ao anoitecer e imaginava se suas roupas seriam molestadas em sua ausência. Levava o dinheiro em uma bolsa de couro pendurada do pescoço. Tateando vagamente pela bolsa abaixo do queixo, virou-se para olhar as roupas outra vez. Ninguém parecia tê-lo notado enquanto se despia. Ele prosseguiu. Não seria conveniente mostrar-se desconfiado. Acabaria se vendo envolvido imediatamente em uma discussão que terminaria mal para ele.

Um menino pequeno correu no escuro em sua direção, dizendo: — Venha comigo, sidi, eu levo você até o banho. — Estava extremamente sujo e esfarrapado e parecia mais um anão do que uma criança. Mostrando o caminho, ele ia conversando enquanto desciam os degraus quentes e escorregadios no escuro. — Você chama Brahim quando quiser seu chá? Você é estrangeiro. Tem muito dinheiro...

Amar o interrompeu logo. — Ganharão sua moeda quando vier me acordar de manhã. Não hoje à noite.

— Mas, sidi! Não me deixam entrar na sala grande. Eu fico na porta e trago os cavalheiros até o banho. Depois volto para a porta. Não posso acordar você.

— Vou dormir perto da porta. É mais quente lá, de qualquer forma.

— Lazrag vai ficar bravo e muita coisa ruim vai acontecer. Eu nunca mais volto para casa, ou, se voltar, pode ser como passarinho e aí meus pais não vão me conhecer. É isso que Lazrag faz quando fica bravo.

— Lazrag?

— É dele este lugar aqui. Você vai ver ele. Ele nunca sai. Se sair, o sol queima ele num segundo, como uma palha no fogo. Ele cai na rua preto no minuto que sair pela porta. Ele nasceu aqui dentro da gruta.

Amar não estava prestando total atenção à conversa do menino. Estavam descendo uma rampa molhada, um pé depois do outro, devagar no escuro, tateando a parede áspera cuidadosamente ao avançar. Havia som de água em movimento e vozes adiante.

— Estranha esta *hammam* — disse Amar. — Tem uma piscina cheia de água?

— Uma piscina! Nunca ouviu falar da gruta de Lazrag? Ela não tem fim e é de água quente, funda.

Enquanto o menino falava, chegaram a um balcão de pedra poucos metros acima do começo de uma piscina muito grande, iluminada por baixo de onde eles estavam por duas lâmpadas elétricas nuas, estendendo-se pela penumbra até o escuro absoluto adiante. Partes do teto pendiam "como pingentes de gelo cinzentos", pensou Amar e olhou em torno, assombrado. Mas era muito quente ali embaixo. Uma ligeira bruma de vapor pairava sobre a superfície da água, subindo constantemente em fiapos para o teto rochoso. Um homem gotejando água passou correndo por eles e mergulhou. Vários outros estavam nadando na região mais clara perto das luzes, nunca saindo para o escuro além. Os mergulhos e gritos ecoavam violentamente sob o teto baixo.

Amar não era bom nadador. Virou-se para perguntar ao menino: — É funda? — mas ele já havia desaparecido rampa acima. Ele recuou e encostou na parede rochosa. Havia uma cadeira baixa à sua direita e na luz sombria pareceu-lhe que havia um vulto pequeno perto dela. Ficou olhando os banhistas durante alguns minutos. Os que estavam perto da borda se ensaboavam assiduamente; os que estavam na água nadavam para a frente e para trás num raio curto debaixo das luzes. De repente, uma voz profunda falou a seu lado. Ele olhou para baixo quando ouviu a voz dizer: — Quem é você?

A cabeça da criatura era grande; o corpo era pequeno e não tinha braços nem pernas. A parte inferior do tronco terminava em dois pedaços de carne em forma de nadadeira. Dos ombros nasciam pinças curtas. Era um homem e estava olhando para ele do piso onde estava pousado.

— Quem é você? — ele repetiu, e o tom era inconfundivelmente hostil.

Amar hesitou. — Vim tomar banho e dormir — disse, afinal.

— Quem deu permissão?

— O homem na entrada.

— Saia. Eu não conheço você.

Amar encheu-se de raiva. Olhou para baixo com desprezo por aquele pequeno ser, e afastou-se dele para perto dos homens que se lavavam à margem da água. Porém mais depressa do que ele, o homem conseguiu ir se atirando pelo chão até estar na frente dele, levantar-se de novo e dizer.

— Acha que pode tomar banho quando eu mando sair? — Deu um breve riso, um som ralo, mas de tom profundo. Então chegou mais perto e empurrou a cabeça contra as pernas de Amar. Ele afastou o pé e chutou a cabeça, não muito forte, mas com firmeza suficiente para desequilibrar o corpo. A coisa rolou em silêncio, fazendo esforços com o pescoço para evitar chegar à borda da plataforma. Os homens todos olharam. Uma expressão de medo nos rostos. Quando a pequena criatura caiu pela borda, deu um grito. O ruído que fez na água foi o de uma pedra grande. Dois homens que já estavam na água nadaram depressa para o ponto. Os outros foram atrás de Amar, gritando: — Ele bateu em Lazrag!

Confuso e assustado, Amar virou para correr rampa acima. No escuro tropeçou. Parte da parede ralou sua coxa nua. As vozes atrás dele ficaram mais altas e mais excitadas.

Ele chegou à sala onde tinha deixado sua roupa. Nada mudara. Os homens ainda estavam sentados junto ao braseiro, conversando. Depressa ele pegou a pilha de roupas e se enfiou no albornoz, correu para a porta que dava para a rua, o resto das roupas enfiado debaixo do braço. O homem na porta com o *ud* olhou para ele com uma cara assustada e chamou-o. Amar correu pela rua com as pernas nuas, na direção do centro da cidade. Queria estar onde houvesse luzes brilhantes. As poucas pessoas que andavam na rua não prestaram atenção nele. Quando chegou ao terminal de ônibus, estava fechado. Ele entrou num pequeno parque em frente, onde o coreto de ferro estava coberto com neve alta. Ali, num banco frio de pedra, ele se sentou e vestiu-se o mais discretamente possível, usando o albornoz como cortina. Estava tremendo, refletindo amargamente sobre sua má sorte e desejando nunca ter saído de sua própria cidade, quando uma pequena figura aproximou-se dele na penumbra.

— Sidi — disse —, venha comigo. Lazrag está caçando você.

— Para onde? — perguntou Amar, reconhecendo o moleque do banho.

— Para o meu avô.

O menino começou a correr, gesticulando para que o seguisse. Percorreram vielas e túneis, até a parte mais congestionada da cidade. O menino não se dava ao trabalho de olhar para trás, mas Amar sim. Finalmente pararam diante de uma portinha ao lado de uma passagem estreita. O menino bateu vigorosamente. De dentro veio uma voz velha, dizendo: — *Chkoun*?

— *Annah*! Brahim! — gritou o menino.

Com grande determinação o velho abriu a porta e ficou olhando para Amar.

— Entre — disse, afinal; e fechando a porta levou-os através de um pátio cheio de cabras até uma sala interna onde a luz tênue tremulava. Examinou severamente o rosto de Amar.

— Ele quer passar a noite aqui — explicou o menino.

— Ele acha que isto aqui é um *fonduk*?

— Ele tem dinheiro — disse Brahim, esperançoso.

— Dinheiro! — o velho gritou com desdém. — É isso que você aprende na *hammam*! A roubar dinheiro! Como tirar dinheiro das bolsas dos homens! Agora me traz eles aqui! O que você quer que eu faça? Que mate ele e pegue a bolsa para você? Ele é esperto demais para você? Não consegue pegar sozinho? É isso? — A voz do velho subiu até virar um grito e ele gesticulava com exaltação sempre maior. Sentou-se numa almofada com dificuldade e ficou em silêncio um momento.

— Dinheiro — disse de novo, por fim. — Ele que vá para um *fonduk* ou para uma casa de banhos. Por que você não está na *hammam*? — Olhou desconfiado para o neto.

O menino agarrou a manga do amigo. — Venha — disse, puxando-o para o pátio.

— Leve ele para a *hammam*! — gritou o velho. — Ele que gaste o dinheiro lá!

Juntos saíram para as ruas escuras.

— Lazrag está atrás de você — disse o menino. — Vinte homens vão revirar a cidade para pegar você e levar de volta para ele. Ele está muito bravo e vai transformar você num passarinho.

— Onde a gente está indo agora? — Amar perguntou, rudemente. Estava com frio e muito cansado e, embora não acreditasse de fato na história do menino, queria estar longe daquela cidade hostil.

— Nós temos de andar até onde der. A noite inteira. De manhã, vamos estar longe nos montes e eles não encontram a gente. Podemos ir para a sua cidade.

Amar não respondeu. Estava contente de o menino querer ficar com ele, mas achou que não convinha dizer isso. Seguiram por uma rua tortuosa encosta abaixo até as casas ficarem para trás e estarem em campo aberto. O caminho descia um vale estreito e chegava à rodovia depois de uma pequena ponte. Ali a neve estava prensada pela passagem de veículos e era muito mais fácil para caminhar.

Quando estavam seguindo a estrada havia talvez uma hora, no frio cada vez mais intenso, um grande caminhão apareceu. Parou um pouco à frente e o motorista, um árabe, ofereceu carona na carroceria. Eles subiram e fizeram um ninho com uns sacos vazios. O menino estava muito contente de estar rodando pelo ar na noite escura. Montes e estrelas giravam acima de sua cabeça e o caminhão soltava um rugido poderoso viajando pela estrada vazia.

— Lazrag encontrou a gente e transformou nós dois em passarinhos — ele gritou quando não conseguiu mais conter seu prazer. — Ninguém nunca mais vai nos reconhecer.

Amar deu um grunhido e adormeceu. Mas o menino olhou o céu, as árvores e os rochedos durante um longo tempo antes de fechar os olhos.

Algum tempo antes do amanhecer, o caminhão parou junto a uma fonte de água.

Na imobilidade, o menino acordou. Um galo cantou ao longe e ele então ouviu o motorista despejando água. O galo cantou de novo, um arco fino e triste de som lá longe, na escuridão da planície. Ainda não era o alvorecer. Ele se enterrou mais fundo na pilha de sacos e trapos, e sentiu o calor de Amar adormecido.

Quando chegou o dia estavam em outra parte da terra. Não havia neve. Em vez disso, amendoeiras em flor nas encostas por onde rodavam. A estrada ia se desenrolando à medida que desciam mais e mais, até que finalmente saíram dos montes para um ponto abaixo do qual havia um grande vazio cintilante. Amar e o menino olharam aquilo e disseram um para o outro que devia ser o mar, rebrilhando à luz da manhã.

O vento de primavera empurrava a espuma das ondas pela praia; fazia ondular a roupa de Amar e do menino na direção da terra quando eles avançaram para a beira da água. Finalmente encontraram um lugar abrigado entre pedras, e despiram-se, deixando as roupas na areia. O menino estava com medo de entrar na água e bastava-lhe a excitação de deixar as ondas baterem em suas pernas, mas Amar tentou puxá-lo mais para o fundo.

— Não, não!
— Venha — Amar insistiu.

Amar olhou para baixo. Vinha chegando perto dele um enorme caranguejo que tinha saído de um lugar escuro nas pedras. Ele deu um pulo, tomado de terror, perdeu o equilíbrio e caiu pesadamente, batendo a cabeça numa das pedras grandes. O menino ficou absolutamente imóvel vendo o animal se aproximar cautelosamente de Amar na franja das ondas que quebravam. Amar ficou caído sem se mexer, fios de água e areia a correr por seu rosto. Quando o caranguejo chegou a seus pés, o menino deu um salto no ar e com uma voz rouca de desespero, gritou: — Lazrag.

O caranguejo correu depressa para trás da pedra e desapareceu. O rosto do menino ficou radiante. Correu até Amar, levantou sua cabeça acima da onda que quebrava, e bateu em suas faces, entusiasmado.

— Amar! Eu fiz ele ir embora! — gritou. — Salvei você!

Se ele não se mexesse, a dor não era muito grande. Então Amar ficou imóvel, sentindo o calor da luz do Sol, a água mansa rolando por cima dele e o vento fresco, doce, que vinha do mar. Sentiu também o menino tremendo em seu esforço de manter sua cabeça acima das ondas, e ouviu-o repetir muitas vezes: — Eu salvei você, Amar.

Depois de um longo tempo, respondeu: — É.

(1946)

No quarto vermelho

Quando eu tinha uma casa no Sri Lanka, meus pais vieram um inverno para me ver. De início, senti alguma apreensão por encorajar a visita. Qualquer uma de várias coisas (o calor constante, a comida e a água a que não estavam acostumados, até a presença de uma clínica de lepra a menos de quinhentos metros de casa) podia facilmente ter um efeito adverso sobre eles de uma forma ou de outra. Mas eu tinha subestimado a maleabilidade deles. Os dois deram um show de adaptabilidade maior do que pensei que fosse possível e pareciam inteiramente satisfeitos com tudo. Diziam não se importar com a falta de água corrente nos banheiros e elogiavam regularmente os curries preparados por Appuhamy, a cozinheira residente. Ambos na casa dos setenta anos, não se sentiam tentados pelos pontos de interesse mais distantes ou inacessíveis. Bastava-lhes ficar em casa lendo, dormindo, dar mergulhos no oceano ao anoitecer, ou sair para viagens curtas ao longo da costa num carro alugado. Se o motorista parava inesperadamente num altar para sacrificar um coco, eles se deliciavam. E se encontravam um grupo de elefantes andando devagar pela estrada, o carro tinha de parar um pouco adiante, para eles poderem ver os elefantes se aproximarem e passarem. Não tinham interesse em tirar fotografias, e isso me poupava o que talvez seja o dever mais cansativo de um cicerone: as repetidas esperas enquanto se cumprem os rituais entre homem e máquina. Eles eram hóspedes ideais.

Colombo, onde moravam todas as pessoas que eu conhecia, ficava a cento e sessenta quilômetros. Fomos até lá várias vezes em fins de semana, que eu combinava com amigos por telefone com antecedência. Lá tomávamos chá nas largas varandas de certas casas em Cinnamon Gardens, e sentamos para jantar com professores da universidade, ministros protestantes e membros variados do governo. (Muitos cingaleses achavam estranho eu chamar meus pais pelos nomes, Dodd e Hannah; vários me perguntaram se eu era mesmo filho deles ou tinha sido adotado.) Esses fins de semana na cidade eram quentes e exaustivos, e eles sempre ficavam contentes de voltar para casa, onde podiam vestir roupas confortáveis.

Um domingo, não muito antes de voltarem para os Estados Unidos, decidimos ir ver as corridas de cavalos em Gintota, onde havia também um jardim botânico que Hannah queria ver. Reservei quartos no New Oriental em Galle e almoçamos lá antes de sair.

Como sempre, os eventos demoraram para começar. Os espectadores, em todo caso, é que eram o foco de interesse. A falange de mulheres com seus sáris de cores vivas levava Hannah a gritos de prazer. As corridas em si eram um tanto decepcionantes. Quando saímos da pista, Dodd disse, satisfeito: Vai ser bom voltar para o hotel e descansar.

Mas nós íamos ao Jardim Botânico, Hannah lembrou a ele. Eu gostaria de dar uma olhadinha.

Dodd não estava com vontade. Esses lugares são muito grandes, sabe, disse ele.

Damos só uma olhada para dentro e saímos de volta, ela prometeu.

O carro alugado nos levou até a entrada. Dodd estava cansado e o resultado era que ficava com certa dificuldade para caminhar. No último ano e tanto, descobri que minhas pernas não fazem mais exatamente o que eu gostaria que elas fizessem, ele explicou.

Vocês dois venham mais devagar, Hannah nos disse. Eu dou uma corrida na frente e descubro se tem alguma coisa para ver.

Paramos para olhar uma árvore de cravos; o odor poderoso enchia o ar como um gás. Quando voltamos para continuar a caminhada, Hannah não estava mais à vista. Continuamos debaixo da vegetação alta, ao longo de uma curva do caminho, olhamos em frente e ainda nem sinal dela.

O que sua mãe acha que está fazendo? Antes que a gente se dê conta ela se perde.

Está aí na frente em algum lugar.

Logo, ao final de uma alameda curta coberta de cipós entrelaçados, nós a vimos, parcialmente escondida pela figura gesticulante de um cingalês ao lado dela.

O que está acontecendo? Dodd apressou o passo. Corra lá, ele me disse, e eu segui em frente, andando depressa. Então vi o sorriso animado de Hannah, e andei mais devagar. Ela e o jovem estavam diante de um imenso renque de orquídeas-aranha marrons.

Ah! pensei que tínhamos nos perdido, falei.

Olhe essas orquídeas. Não são incríveis?

Dodd chegou, cumprimentou com a cabeça o jovem e examinou as flores. Para mim parecem dracúnculos, ele declarou.

O rapaz caiu na gargalhada. Dodd olhou para ele.

Este moço estava me contando a história do jardim, Hannah disse, depressa. Sobre a oposição que havia e como ele afinal acabou sendo plantado. É interessante.

O rapaz sorria, triunfante. Usava calça de flanela branca e um blazer carmesim, e o cabelo preto e liso emitia um brilho azul metálico ao sol.

Normalmente, eu desvio da pessoa anônima que tenta entabular uma conversa comigo. Dessa vez, era tarde demais; encorajado por Hannah, o estranho foi andando ao lado dela, de volta para o caminho principal. Dodd e eu trocamos um olhar, encolhemos os ombros e fomos seguindo atrás.

Em algum lugar no final do jardim, construíram um pavilhão debaixo de altas árvores tropicais. Tinha uma varanda, onde alguns homens vestidos com sarongue estavam reclinados em espreguiçadeiras. O rapaz parou de andar. Agora eu convido vocês para um refresco.

Ah, Hannah disse, confusa. Bom, aceito. Seria ótimo. Eu gostaria de sentar um pouco.

Dodd olhou o relógio. Não vou aceitar o refresco, mas sento e vejo você beber.

Sentamos e observamos a vegetação luxuriante. A conversa do rapaz saltava de um assunto a outro; ele parecia incapaz de seguir qualquer pensamento além do início. Tomei isso por um mau sinal, e tentei perceber pelas inflexões da voz de Hannah se ela achava isso tão desconcertante quanto eu.

Dodd não estava escutando. Ele achava opressivo o calor das terras baixas do Ceilão e era fácil perceber que estava cansado. Achando que eu podia compensar a conversa do rapaz, virei para Dodd e comecei a falar de qualquer coisa que me viesse à cabeça: a retomada da confecção de máscaras em Ambalangoda, a dança do diabo, a alta incidência de crimes entre os pescadores convertidos ao catolicismo. Dodd ouvia, mas não fazia mais que balançar a cabeça em resposta de vez em quando.

De repente, ouvi o rapaz dizendo para Hannah: Tenho a casa certa para a senhora. Um presente do céu para todas as suas exigências. Muito sossegada e protegida.

Ela riu. Nossa, não! Não estamos procurando casa. Só vamos ficar aqui mais algumas semanas.

Olhei duro para ela, na esperança de que fosse tomar meu olhar como um alerta para não continuar nem mencionar o lugar onde estava hospedada. De qualquer forma, o rapaz não estava prestando atenção. Tudo bem. Não estão procurando casa para comprar. Mas deviam ver essa casa e falar para seus amigos. Um investimento superior, sem dúvida nenhuma. Posso me apresentar, por favor? Justus Gonzag, meus amigos me chamam de Sonny.

O sorriso dele, que não era absolutamente um sorriso, dava uma desagradável sensação física.

Vamos de qualquer jeito. Cinco minutos a pé, prometo. Ele olhou para Hannah, inquisitivo. Quero dar meu livro de poemas para a senhora. Meu mesmo. Autografado para a senhora com o seu nome. Isso vai me deixar muito contente.

Ah, disse Hannah, uma nota de desânimo na voz. Ela então controlou-se e sorriu. Seria ótimo. Mas entenda bem, não podemos ficar mais que um minuto.

Fez-se um silêncio. Dodd perguntou, queixoso: Não podemos ao menos ir de carro?

Impossível, sir. Vamos pegar uma rua muito estreita. Carro não passa. Num segundo ajeito tudo. Ele chamou. Um garçom apareceu e ele se dirigiu a ele em cingalês prolongadamente. O homem fez que sim com a cabeça e entrou. O motorista agora vai trazer seu carro para este portão. Muito pertinho.

Aquilo estava indo um pouco longe demais. Perguntei a ele como poderiam saber qual era o nosso carro.

Sem problema. Eu estava presente quando vocês desceram do Pontiac. Seu motorista se chama Wickramasinghe. Mora na parte alta, absolutamente confiável. As pessoas por aqui são inúteis.

Cada vez que ele falava eu gostava menos dele. Você não é daqui?, perguntei.

Não, não! Sou um cara de Colombo. Essa gente é toda impossível de malandra. Os pestes andam todos com faca na cinta, garanto.

Quando o garçom trouxe a conta, ele assinou com um rápido floreio e levantou-se. Vamos indo para a casa então?

Ninguém respondeu, mas nós três nos levantamos e seguimos atrás dele relutantes na direção do portão de saída. O carro alugado estava lá; o sr. Wickramasinghe nos cumprimentou à direção.

O calor da tarde passara, deixando apenas um bolsão aqui e ali debaixo das árvores onde o ar estava parado. Originalmente, a alameda que seguíamos tinha sido larga o bastante para um carro de bois, mas a vegetação avançou de ambos os lados e a estreitou até virar pouco mais que uma trilha.

Ao fim da alameda, havia dois postes de concreto sem portão entre eles. Passamos e entramos em um grande complexo com estábulos em ruínas de ambos os lados. Com exceção de uma pequena ala, a casa ficava inteiramente escondida pelos arbustos altos e as árvores em flor. Quando chegamos à porta, o rapaz parou, voltou-se para nós, levantou um dedo. De manhã eles cantam. Agora não.

Ah, é adorável, Hannah lhe disse.

Ele nos conduziu por uma série de quartos escuros e vazios. Aqui a *dhobi* lava a roupa suja. Esta é a cozinha, estão vendo? Estilo Ceilão. Só carvão. Meu pai recusa parafina e gás, os dois. Mesmo em Colombo.

Nos apertamos num curto corredor enquanto ele abria uma porta, estendia a mão para dentro e inundava o espaço interno com uma luz cegante. Era um quarto pequeno, que parecia ainda menor por ter recebido pintura carmesim brilhante nas paredes e no teto. Quase todo o espaço era ocupado por uma grande cama com uma colcha de cetim de um vermelho ligeiramente mais escuro. Ao longo de uma parede, havia uma linha de cadeiras de encosto reto. Sentem-se e se acomodem, nosso anfitrião aconselhou.

Sentamos, olhando a cama e os três quadros emoldurados na parede acima da cabeceira de latão: à esquerda uma garota, no meio nosso anfitrião, à direita outro rapaz. Os retratos tinham a imprecisão de fotos de passaporte ampliadas muitas vezes de seu tamanho original.

Hannah tossiu. Não tinha nada a dizer. O quarto emanava o aroma enjoativo de incenso velho, como uma capela fora de uso. A sensação de absurdo que tive ao nos ver sentados ali lado a lado, apertados entre a cama e a parede, era tão poderosa que paralisava momentaneamente meus processos mentais. Para variar, o rapaz estava calado; ele se sentou, rígido, olhando à frente, como alguém num teatro.

Por fim, tive de dizer alguma coisa. Virei para nosso anfitrião e perguntei se ele dormia naquele quarto. A pergunta pareceu chocá-lo. Aqui?, bradou, como se fosse uma coisa inconcebível. Não, não! Esta casa está desocupada. Ninguém dorme no local. Só um sujeito forte para vigiar de noite. Com licença um momento.

Levantou-se de um salto e saiu depressa da sala. Ouvimos seus passos ecoando pelo corredor e depois o silêncio. De algum lugar na casa veio o sonoro carrilhão de um relógio antigo; o som confortável tornava o cubículo brilhante cor de sangue ainda mais remoto e improvável.

Dodd se mexeu incômodo na cadeira, a cama perto demais dele para que pudesse cruzar as pernas. Assim que ele voltar, nós vamos embora, ele resmungou.

Imagino que deve estar procurando o livro, disse Hannah.

Esperamos um pouco. Então eu disse: Olhe, se ele não voltar dentro de dois minutos, sugiro que a gente levante e vá embora. Podemos encontrar a saída sem problemas.

Hannah protestou, dizendo que isso seria imperdoável.

Uma vez mais ficamos sentados em silêncio. Dodd agora estava protegendo os olhos da luz. Quando Sonny Gonzag voltou, trazia um copo de água, que bebeu parado na porta. Sua expressão estava alterada: ele agora parecia preocupado e respirava pesadamente.

Lentamente nos pusemos de pé, Hannah ainda parecendo cheia de expectativa.

Vamos embora então? Venham. Com o copo vazio ainda na mão, ele apagou a luz, fechou a porta atrás de nós, abriu outra e nos levou a uma sala suntuosa mobiliada com grandes divãs, com painéis de coromandel e budas de bronze. Não tivemos tempo de fazer mais que olhar de um lado e outro ao acompanhá-lo. Quando saímos pela porta da frente, ele falou uma palavra peremptória para dentro da casa, provavelmente para o caseiro.

Havia um grande gramado crescido desse lado, onde umas poucas touceiras de altas palmeiras arecas iam sendo lentamente estranguladas pelas bainhas de raízes e folhas de filodendro que envolviam seus troncos. Trepadeiras haviam se espalhado desagradavelmente sobre os arbustos como emaranhados de gigantescas teias de aranha. Eu sabia que Hannah estava pensando em cobras. Ela mantinha os olhos no chão, pisando com cuidado de pedra em pedra quando seguimos pelo exterior da casa, contornamos estábulos e saímos para a alameda.

Um rápido crepúsculo havia baixado. Ninguém parecia disposto a falar. Quando chegamos ao carro, o sr. Wickramasinghe estava parado ao lado.

Até logo, então, e digam aos seus amigos para procurar Sonny Gonzag quando vierem a Gintota. Ele estendeu a mão para Dodd primeiro, depois para mim, finalmente para Hannah, e virou-se.

Os dois estavam muito quietos no caminho de volta para Galle. A estrada era estreita e as luzes ofuscantes dos carros em sentido contrário os deixavam nervosos. Durante o jantar não fizemos menção à tarde.

No café da manhã, na varanda varrida pela brisa da manhã, nos sentimos suficientemente distanciados da experiência para falar sobre ela. Hannah disse: Eu ficava acordando de noite e vendo aquela cama horrível.

Dodd grunhiu.

Eu disse que era como ver televisão sem som. Você vê tudo, mas não entende o que está acontecendo.

O rapaz era completamente *non compos mentis*. Dava para perceber isso de longe, Dodd declarou.

Hannah não estava ouvindo. Deve ter sido um quarto de moça. Mas por que ele nos levou lá? Eu não sei, a coisa toda tem algo terrivelmente deprimente. Me faz sentir um pouco enjoada de pensar. E aquela cama!

Bom, pare de pensar nisso então!, Dodd disse a ela. Eu, por mim, vou tirar isso da cabeça inteiramente. Ele esperou. Já me sinto melhor. Não é assim que os budistas fazem?

As férias ensolaradas continuaram durante mais algumas semanas, com excursões mais longas ao leste, a Tissamaharana para ver os elefantes selvagens da Reserva Yala. Não voltamos a Colombo de novo até a hora de embarcá-los no avião.

O tempo negro das monções vinha soprando do sudoeste quando rodamos pela costa. Houve um violento temporal quando chegamos ao monte Lavinia no meio da tarde e fomos para nossos quartos. O bater das ondas diante do meu quarto era tão forte que Dodd teve de fechar a janela para ouvir o que falávamos.

Eu tinha aproveitado a viagem a Colombo para marcar uma conversa com meu advogado, um indiano que falava telugu. Íamos nos encontrar no bar de Galleface, alguns quilômetros litoral acima. Volto às seis, eu disse a Hannah. A chuva tinha melhorado um pouco quando saí.

Ventos úmidos sopravam no saguão do Galleface, mas o ar enfumaçado do bar era movimentado apenas por ventiladores. Quando entrei, a primeira pessoa que notei foi Weston, do banco Chartered. O advogado ainda não tinha chegado, então fiquei parado ao balcão com Weston e pedi um uísque.

Não vi você na corrida de Gintota mês passado? Com um casal mais velho?

Eu fui com meus pais. Não vi você.

Não saberia dizer. Estava muito longe. Mas vi as mesmas três pessoas depois com um sujeito nativo. O que você achou de Sonny Gonzag?

Eu ri. Ele nos levou à casa dele.

Você sabe da história, acho.

Sacudi a cabeça que não.

A história, que ele contou, deliciado, começava no dia do casamento de Gonzag, quando ele entrou no quarto de uma criada e encontrou sua noiva na cama com o amigo que tinha sido padrinho. Não se explicou como ele tinha uma pistola em seu poder, mas atirou no rosto dos dois, depois cortou os corpos em pedaços. Como observou Weston: Esse tipo de coisa não é muito incomum, claro. Mas foi o julgamento que provocou o escândalo. Gonzag passou algumas semanas num hospital psiquiátrico, e foi solto.

Você pode imaginar, disse Weston. A excitação política. O pobre vai para a cadeia por um punhado de arroz, mas o rico pode matar impunemente, esse tipo de coisa. De vez em quando ainda aparece na imprensa uma referência ao caso.

Eu estava pensando no blazer carmesim e no Jardim Botânico. Não. Nunca ouvi falar disso, repliquei.

Ele é completamente louco, mas está por aí, livre para fazer o que bem quiser. E tudo o que ele quer agora é levar gente àquela casa e mostrar para elas o quarto onde o grande evento teve lugar. Quanto mais, melhor, no que lhe diz respeito.

Vi o indiano entrar no bar. É inacreditável, mas eu acredito, falei para Weston.

Então me virei para cumprimentar o advogado, que imediatamente reclamou do ar parado do bar. Sentamos na saleta e conversamos.

Consegui voltar ao monte Lavinia a tempo de tomar banho antes do jantar. Quando estava deitado na água tépida, tentei imaginar as reações de Hannah e Dodd quando eu contasse o que tinha sabido. Eu próprio sentia uma sólida satisfação de saber o resto da história. Mas, sendo velhos, eles podiam muito bem matutar a respeito, transformando a coisa num episódio tão desagradável em retrospecto que mancharia a lembrança de suas férias. Eu ainda não tinha resolvido se ia ou não contar para eles quando entrei na sala para levá-los para jantar.

Sentamos o mais distante possível da música. Hannah tinha se vestido com um pouco mais de empenho que o usual e os dois estavam conversando com uma animação maior que a costumeira. Eu me dei conta de que estavam contentes de voltar a Nova York. No meio da refeição, começaram a relembrar o que consideravam os pontos altos de sua visita. Mencionaram o Templo do Dente, a dupla de filhotes de tigre de Bengala em Dehiwala que tinham acariciado mas infelizmente desistido de comprar, o jantar indonésio no gramado do sr. Bultjen, onde o pássaro muna pulara no ombro de Hannah e dissera "Coma tudo", a cobra debaixo do sofá no chá da sra. de Sylva.

E o rapaz peculiar na casa *estranha*, Hannah acrescentou, meditativa.

Qual foi esse?, Dodd perguntou, franzindo a testa para lembrar. Então lhe veio. Ah, meu Deus, ele murmurou. Seu amigo especial. Ele virou para mim. Sua mãe realmente sabe escolher amigos.

Lá fora, o oceano rugia. Hannah parecia perdida em pensamentos. *Eu* sei como era!, ela exclamou de repente. Era como ser conduzida por um dos templos por um *bhikku*. Não é assim que eles chamam?

Dodd fungou. Que templo!, riu.

Não, estou falando sério. Aquele quarto tinha um sentido especial para ele. Era uma espécie de altar.

Olhei para ela. Ela havia chegado ao cerne da coisa sem precisar de detalhes. Também senti isso, eu disse. Claro, não há como saber.

Ela sorriu. Bom, o que a gente não sabe não nos faz mal.

(1983)

Muito longe de casa

I

Durante o dia, seu quarto vazio tinha quatro paredes e as paredes encerravam um espaço definido. À noite, o quarto continuava sem limites para dentro das trevas.

— Se não há mosquitos, por que temos mosquiteiros?

— As camas são baixas e temos de nos enfiar debaixo dos mosquiteiros, para nossas mãos não caírem para fora e tocarem o chão — disse Tom. — Você não sabe o que pode estar rastejando por aqui.

No dia em que ela chegou, a primeira coisa que ele fez depois de mostrar o quarto onde ia dormir foi levá-la num giro pela casa. Era escura e limpa. A maioria dos quartos estava vazia. Pareceu-lhe que os criados ocupavam a maior parte do edifício. Numa sala, cinco mulheres estavam sentadas numa fileira junto à parede. Ela foi apresentada a todas elas. Tom explicou que apenas duas eram empregadas da casa; as outras eram visitas. Havia som de vozes de homem em outra sala, um som que logo se transformou em silêncio quando Tom bateu na porta. Um homem alto, negro, com turbante branco, apareceu. Ela teve a impressão instantânea de que ele não gostava de sua presença, mas ele fez uma reverência séria. — Este é Seku — Tom lhe disse. — Ele cuida das coisas aqui. Você pode não adivinhar, mas é extremamente inteligente. — Ela olhou para o irmão, nervosa; ele pareceu entender o motivo. — Não se preocupe — acrescentou. — Ninguém aqui fala uma palavra de inglês.

Ela não conseguia continuar falando daquele homem parada na frente dele. Mas quando estavam na cobertura mais tarde, debaixo do toldo improvisado, ela continuou a conversa.

— O que faz você achar que eu pensei que o homem é burro? Eu sei que você não disse isso; mas foi como se dissesse. Não sou racista, sabe. *Você* acha que ele parece burro?

— Eu só estava tentando ajudar você a ver a diferença entre ele e os outros, só isso.

— Ah — disse ela. — Existe uma diferença óbvia, claro. Ele é mais alto, mais negro, e com traços mais finos que os outros.

— Mas existe uma diferença básica também — Tom disse. — Sabe, ele não é um criado como os outros. Seku não é o nome dele. É o título. Ele é uma espécie de chefe.

— Mas eu vi que ele estava varrendo o pátio — ela protestou.

— É, mas só porque ele quer. Ele gosta de estar nesta casa. Eu não me importo de ele morar aqui. Ele mantém os outros homens na linha.

Passearam pela borda da cobertura. O sol era de cegar.

— Não posso acreditar — ela riu. — Ele tem cara de tirano.

— Duvido que alguém sofra pelo poder dele. Sabe — ele prosseguiu, levantando a voz de repente —, você *é* racista. Se Seku fosse branco, essa ideia nunca teria ocorrido a você.

Ela olhou para ele, no sol que queimava. — Se ele fosse branco, teria uma cara diferente. Afinal, são os traços que dão a expressão facial. E estou pronta a apostar qualquer coisa que ele mantém os homens na linha por medo.

— Não acho provável — disse ele. — Mas mesmo assim, por que não?

Ela entrou e ficou na porta de seu quarto. A criada tinha mudado a posição do tapete e do colchão, de forma que ambos agora estavam num ângulo de noventa graus em relação à posição anterior. Isso a incomodou, embora ela não soubesse por quê.

II

Minha querida Dorothy,

fiquei chocada ao ler a carta que você escreveu depois de seu acidente. Sorte que vocês não estavam indo rápido. Quando receber esta, sua perna provavelmente já estará em boas condições. Espero que sim. Fico sempre surpresa de que o correio chegue até aqui, já que é mesmo o fim do mundo. Quando penso que a cidade mais próxima da cidade em que estamos é Timbuktu, fico meio desanimada. Mas é momentâneo, porém. O que eu tenho de lembrar é que estou aqui porque no momento isto pareceu a solução ideal e, levando tudo em conta, realmente era a única coisa a fazer. O que mais poderia ter me tirado daquela depressão que me veio depois do divórcio, senão uma longa permanência em um sanatório? E quem sabe nem mesmo isso pudesse dar resultado. E financeiramente teria sido *ausgeschlossen*, de qualquer forma. Com Tom aqui com sua bolsa Guggenheim isto parecia perfeito. A ideia era me afastar de tudo o que pudesse me lembrar de alguma forma do que vinha passando. Isto aqui é com certeza a antítese de Nova York e de qualquer lugar que você possa imaginar nos EUA. Eu estava preocupada com a comida, mas até agora nenhum de nós ficou doente. Provavelmente o importante é que a cozinheira é civilizada a ponto de acreditar na existência de bactérias, e é muito cuidadosa, esteriliza tudo o que precisa ser esterilizado. O vale do rio Níger não é lugar para se ficar doente. Felizmente, podemos comprar água mineral francesa para beber. Se a entrega for interrompida, ou se não chegar a tempo, teríamos de beber a água que tem aqui, fervida e com Halazone. Tudo isso pode parecer bobagem, mas viver aqui transforma qualquer um em hipocondríaco. Você deve estar se perguntando por que eu não descrevo o lugar, conto como é. Não consigo. Não acredito que dê para ser objetiva a respeito, o que quer dizer que quando eu terminasse você faria menos ideia de como é do que antes de eu começar. Você vai ter de esperar até ver o que o Tom fará disto aqui, embora ele ainda não tenha começado a pintar nenhuma paisagem, mas só o que vê na cozinha: vegetais, frutas, peixes e alguns esboços dos nativos tomando banho no rio. Você vai ver tudo quando voltarmos.

Elaine Duncan é uma maluca. Imagine que ela me perguntou se não sinto falta de Peter. Como funciona uma cabeça dessas? Primeiro, achei que ela estava brincando comigo, depois percebi que estava falando muito a sério. Acho que é apenas o tipo de sentimentalismo dela. Ela sabe o que eu estou passando e o que me custou tomar a decisão final. Ela também me conhece o suficiente para perceber que na hora que eu resolvi sair daquela situação foi porque entendi que não conseguiria mais ficar com Peter e com absoluta certeza não tinha nenhuma dúvida a respeito. Claro que ela espera que eu me arrependa de ter acabado com o casamento. Temo que ela vá ficar bem decepcionada. Finalmente estou livre. Posso ter meus próprios pensamentos, sem ninguém me oferecendo um tostão por eles. Tom trabalha o dia inteiro em silêncio e nem nota se eu falo ou não. É tão tranquilizador estar com alguém que não presta atenção em você, nem nota se você está ali ou não. Toda a sensação de culpa evapora. Isto tudo é muito pessoal, claro. Mas em um lugar como este a pessoa fica autoanalítica.

Espero mesmo que você esteja completamente recuperada dos efeitos do acidente e que se mantenha aquecida. Aqui geralmente faz quase trinta e cinco graus. Pode imaginar quanta energia eu tenho!

Sua devotada,
Anita

III

As noites passavam devagar. Às vezes, deitada na escuridão silenciosa, ela pensava que a noite tinha baixado e dominado a terra a tal ponto que a luz do dia não conseguiria atravessá-la. Podia já ser meio-dia do dia seguinte e ninguém saberia. As pessoas continuariam dormindo contanto que continuasse escuro, Tom no quarto ao lado, e Johara e o vigia cujo nome ela nunca conseguia lembrar em um dos quartos vazios do outro lado do pátio. Eles eram muito silenciosos, esses dois. Retiravam-se cedo e levantavam cedo, e o único som que se ouvia do lado deles na casa era uma ocasional tosse seca de Johara. Ela ficava incomodada por não haver porta em seu quarto. Tinham pendurado uma cortina escura na porta entre seu quarto e o de Tom, para que a luz de seu trovejante lampião Coleman não a incomodasse. Ele gostava de ficar lendo até as dez da noite, mas imediatamente depois da refeição noturna ela se sentia sempre sonolenta e tinha de ir para a cama, onde dormia pesadamente por duas ou três horas antes de acordar e ficar deitada no escuro, esperando que fosse quase manhã. Os cantos de galo perto e longe não faziam sentido. Eles cantavam a qualquer hora durante a noite.

No começo, parecera-lhe muito natural que Johara e seu marido fossem negros. Em Nova York, sempre houvera dois ou três criados negros na casa. Lá ela os considerava como sombras de pessoas, não realmente em casa num país de brancos, sem participar da mesma história ou cultura e assim, independentemente de sua vontade, forasteiros. Aos poucos, porém, tinha começado a ver que essa gente aqui era senhora de seu ambiente, completamente à vontade com a cultura do lugar. Era de se esperar, claro, mas não deixava de ser um certo choque verificar que os negros eram o povo real e que ela era uma sombra, e que mesmo que continuasse morando ali pelo resto da vida nunca entenderia como funcionava a cabeça deles.

IV

Querida Elaine,
  eu devia ter escrito para você há séculos, assim que cheguei aqui, mas estive meio indisposta nas últimas semanas, não fisicamente, na verdade, se bem que o espírito e a carne não são separados. Quando estou deprimida tudo em meu corpo parece se despedaçar. Acho que é normal, talvez não seja. Só Deus sabe.
  É verdade, quando vi pela primeira vez a terra plana que continua e continua até o horizonte, senti minha depressão se dissolver um pouco em todo aquele brilho. Não parecia possível que pudesse existir tanta luz. E a calma que envolve cada pequeno som! Sente-se que a cidade foi construída em cima de um colchão de silêncio. Foi uma coisa nova, uma sensação incrível, e eu estava muito consciente disso. Senti que isto tudo era exatamente o que eu precisava para afastar minha cabeça do divórcio e todo o resto dos problemas. Não havia nada a fazer, ninguém que eu tivesse de ver. Eu era dona de mim mesma e não precisava me importar nem com os criados se eu não quisesse. Era como acampar em uma grande casa vazia. Claro que afinal eu tinha, sim, de prestar atenção aos criados, porque eles faziam tudo errado. Tom me dizia: deixe os criados em paz. Eles sabem o que estão fazendo. Acho que eles sabem mesmo o que fazer, mas não parecem

capazes de fazê-lo. Se acho defeito na comida, a cozinheira parece confusa e ofendida. Isso porque ela sabe que é famosa na região de Gao como a mulher cuja comida agrada os europeus. Ela ouve e concorda, mas com o jeito de alguém que está acalmando um inválido perturbado. Desconfio que ela pense em mim nesses termos.

Tom fica completamente atento, focaliza a atenção nos menores detalhes da vida correndo em torno dele e assim consegue objetivar os detalhes e manter-se de fora e distante deles. Pinta tudo o que está diante dos seus olhos a qualquer momento, na cozinha, ou no mercado, ou na beira do rio: vegetais e frutas sendo fatiados, muitas vezes com a faca ainda dentro da carne, banhistas e peixes do Níger. Meu problema é que esta vida me arrebata independentemente de mim mesma. Quero dizer que estou sendo forçada a participar de algum tipo de consciência coletiva que eu realmente detesto. Não sei nada sobre essa gente. Eles são negros, mas não têm nada a ver com os "nossos" negros nos Estados Unidos. São mais simples, mais afáveis e diretos, e ao mesmo tempo mais distantes.

Tem alguma coisa errada com a noite aqui. Diz a lógica que a noite seria o único momento em que a porta do céu se abre e se pode dar uma olhada no infinito, e consequentemente que o ponto de onde a pessoa olha não tem nenhuma importância. A noite é a noite, não importa de onde seja percebida. A noite aqui não é diferente da noite em nenhum outro lugar. É só a lógica que diz isso. O dia é imenso, brilhante e é impossível ver além do sol. Eu me dou conta de que por "aqui" não quero dizer "aqui no meio do Saara à margem do rio Níger", mas sim "aqui nesta casa onde estou vivendo". Aqui nesta casa com pisos de terra batida onde os criados andam descalços e você nunca escuta ninguém chegando até estarem dentro do quarto.

 Venho tentando me acostumar com essa vida louca daqui, mas é preciso se acostumar com muito, pode crer. Há muitos quartos na casa. Na verdade, é enorme e os quartos são grandes. E parecem ainda maiores sem mobília, claro. Não há mobília nenhuma exceto os colchões no chão dos quartos onde dormimos e nossas malas e os guarda-roupas onde penduramos as poucas roupas que temos conosco. Por causa desses guarda-roupas é que a casa ficou disponível, porque faziam a casa constar como "mobiliada" e isso subiu tanto o aluguel que ninguém a queria. Para os nossos padrões, claro, é muito barata, e Deus sabe que devia mesmo ser, sem eletricidade nem água corrente, sem nem mesmo uma cadeira para sentar ou uma mesa onde comer, ou, por sinal, uma cama para dormir.

 Naturalmente eu sabia que ia ser quente, mas não tinha imaginado este tipo de calor, sólido, imutável de um dia para outro, sem brisa. E lembre-se, sem água, de forma que tomar até mesmo um banho de esponja é toda uma produção. Tom é um anjo com a água. Ele me deixa usar toda a água que conseguimos. Diz que mulheres precisam mais do que homens. Eu não sei se isso é um insulto ou não, e pouco me importa, contanto que eu tenha água. Ele diz também que não faz calor. Mas faz. Não sei fazer a conversão de centígrados para Fahrenheit, mas se você souber converta 46° C em F e vai ver que tenho razão. 46° era o que o termômetro estava marcando hoje de manhã.

 Não sei o que é pior, se o dia ou a noite. Durante o dia, claro, é um pouco mais quente, embora não muito. Eles não acreditam em janelas aqui, então a casa é escura dentro e isso dá uma sensação de enclausuramento. Tom trabalha muito na cobertura, ao sol. Ele diz que não se importa, mas não posso acreditar que não faça mal a ele. Sei que seria a morte para mim se ficasse sentada lá do jeito que ele fica, horas a fio e sem nenhuma pausa.

Tive de rir quando li sua pergunta sobre como eu me sentia depois do divórcio, se eu ainda "gostava" um pouco de Peter. Que pergunta maluca! Como posso gostar dele? O que eu sinto agora é que se nunca mais encontrar outro homem não será demasiado. Estou realmente cheia da hipocrisia deles e gostaria de mandar todos para o inferno. Não Tom, claro, porque ele é meu irmão, se bem que tentar viver com ele nestas condições não seja fácil. Mas apenas tentar viver neste lugar já é difícil. Não pode imaginar como faz você se sentir remota de tudo.

O serviço de correio aqui não é perfeito. Como poderia ser? Mas não é impossível. Eu recebo cartas, então não deixe de escrever para mim. Afinal o correio é esta ponta do cordão umbilical que me mantém ligada ao mundo. (Quase acrescentei: *e à sanidade mental*.)

Espero que esteja tudo bem com você e que Nova York não tenha ficado nada pior que no ano passado; embora eu tenha certeza de que ficou.

Muito amor, e escreva.

Anita

V

No começo, havia lembranças: imagens pequenas, precisas, completas com som e odores de certos acidentes de certo verão. Não tinham significado nada para ela quando as vivera, mas agora ela lutava desesperadamente para conservá-las, para revivê-las e não deixar que se apagassem no escuro circundante onde a memória perdia seus contornos e era substituída por alguma outra coisa. As entidades sem forma que vinham depois das lembranças eram ameaçadoras porque indecifráveis, e seu batimento cardíaco e sua respiração aceleravam nesse ponto. "Como se eu tivesse tomado café", ela pensou, embora nunca tomasse café. Enquanto poucos momentos antes estivera vivendo no passado, estava agora completamente cercada pelo instante presente, cara a cara com um medo sem sentido. Seus olhos se abriam para fixar algo que não estava lá no escuro.

Ela não gostava da comida, dizendo que era apimentada demais com pimenta vermelha e ao mesmo tempo sem gosto.

— E você sabe — disse ele — que temos a cozinheira mais famosa desta região.

Ela observou que era difícil de acreditar.

Estavam almoçando na cobertura, não ao sol, mas sob o perverso rebrilhar dos lençóis brancos estendidos acima deles. Havia uma expressão de repulsa no rosto dela.

— Tenho pena da moça que casar com você — ela disse.

— Isso é uma abstração — ele disse. — Nem pense nisso. Deixe que ela tenha pena de si mesma quando casar comigo.

— Ah, vai ter, sim, com certeza. Isso eu garanto.

Depois de um silêncio bastante longo, ele a fitou.

— O que está te deixando tão beligerante de repente?

— Beligerante? Eu só estava pensando no quanto é difícil para você demonstrar pena. Sabe que não tenho me sentido bem ultimamente. Mas será que algum dia notei um vestígio de compaixão? — (Ela se perguntou, tarde demais, se devia estar admitindo esse tipo de coisa.)

— Você está perfeitamente bem — ele disse, adotando um tom áspero.

VI

Querida Peg,
 é evidente que Tom está fazendo tudo em seu poder para evitar que cada dia seja exatamente igual ao anterior. Ele combina um passeio ao rio ou uma excursão à "cidade", como ele chama a indefinível coleção de cabanas em torno do mercado. Aonde quer que a gente vá, esperam que eu tire fotos. Uma parte da coisa pode ser divertida. O resto é cansativo. Está bem claro que ele faz tudo isso para que eu não me aborreça, o que quer dizer que é uma espécie de terapia, o que por sua vez quer dizer que ele acredita que eu possa me transformar numa alienada e tem medo. Isso eu acho perturbador. Significa que há entre nós alguma coisa que não pode ser mencionada. É embaraçoso e produz tensão. Gostaria de conseguir olhar para ele e dizer: "Relaxe. Não sou maluca." Mas posso bem imaginar o efeito desastroso que uma afirmação assim direta teria. Para ele seria apenas prova de que eu não estou certa de minha estabilidade mental e, é claro, tudo o que ele precisa para arruinar seu ano é de uma irmã instável. Por que tem de haver alguma questão quanto a eu estar em qualquer estado que não seja o de perfeita saúde? Acho que é simplesmente porque me apavora que ele desconfie que não estou. Não suporto a ideia de ser desmancha--prazeres ou de que ele pense que sou.
 Estávamos caminhando, Tom e eu, pela beira do rio ontem. Uma larga praia de terra dura. Ele tenta me fazer andar perto da água, onde o chão é mais macio, dizendo que é mais fácil para os pés descalços. Deus sabe quais parasitas vivem nessa água. Já me parece bem perigoso andar descalça em

qualquer lugar por aqui, sem ter de entrar na água. Tom tem muito pouca paciência comigo quando eu me cuido. Ele diz que isso faz parte de minha atitude geral negativa em relação à vida. Acostumada às observações críticas dele, deixo que passem ao largo. Mas ele disse uma coisa que me pegou, que era o seguinte: que o autocentrismo extremo sempre provoca insatisfação e má saúde. Claro que ele me considera o protótipo do egocentrismo. Então hoje, quando subi à cobertura, confrontei-o com isso. O diálogo foi mais ou menos assim:

"Você parece ter a impressão de que eu não sou capaz de me interessar por nada além de mim mesma."

"É. É essa a impressão que eu tenho."

"Bom, não precisa ser tão cavalheiro com isso."

"Já que começamos essa conversa podemos ir com ela até o fim. Me diga então: em que você está interessada?"

"Quando perguntam direto desse jeito, é difícil pegar qualquer coisa assim no ar, sabe?"

"Mas você não percebe que isso quer dizer que você não consegue pensar em nada? E é por isso que você não tem nenhum interesse. Parece que você não percebe que fingir interesse desperta interesse. Como diz o velho ditado francês, que o amor nasce quando se faz o gesto do amor."

"Então você acha que a salvação é fingir?"

"É, e estou falando sério. Você até agora nem olhou o meu trabalho, muito menos falou dele."

"Olhei tudo o que você fez aqui."

"Olhou. Mas viu?"

"Como você quer que eu avalie suas pinturas? Eu tenho pouco sentido do visual. Você sabe disso."

"Não me importa que você avalie, ou mesmo goste delas. Não estamos falando das minhas pinturas. Estamos falando de você. Isso é só um pequeno exemplo. Você podia se interessar pelos criados e pelas famílias deles. Ou pelo jeito como a arquitetura na cidade atende às exigências do clima. Eu sei que é uma sugestão um tanto ridícula, mas existem mil coisas para você se interessar."

"Sim, se você se interessar primeiro. Difícil fazer se você não faz."

Eu sabia (ou tinha quase certeza) quando concordei em vir para cá que estava embarcando em alguma coisa desagradável. Percebo que estou escrevendo agora como se tivesse havido alguma horrível ocorrência, quando efetivamente não aconteceu absolutamente nada. E vamos esperar que não aconteça.

Muito amor.

Anita

VII

Oi, Ross! O anexo mostra a vista para o sul a partir da cobertura. Claro que é um monte de nada. No entanto, é estranho como numa paisagem tão vasta um homem solitário assume importância. Não é um lugar que eu recomende a ninguém. Não recomendei nem para Anita; ela simplesmente veio. Acho que está feliz aqui, quer dizer, na medida em que ela consegue ficar feliz. Alguns dias ela fica mais mal-humorada que o normal, mas eu não levo em conta. Não acho que ela goste da vida celibatária. Pena ela não ter pensado nisso antes de vir. Eu faço muito pouco além de trabalhar. Sinto que está indo muito bem. Seria um sério ato divino me interromper neste ponto.

Tom

VIII

Uma manhã, quando terminou o desjejum e colocou a bandeja no chão ao lado da cama, ela correu à cobertura para tomar um pouco de sol e ar fresco. Normalmente tomava muito cuidado de não subir porque Tom ficava sentado lá a maior parte do dia, geralmente sem trabalhar, apenas sentado. Quando uma vez ela teve a imprudência de perguntar o que ele estava fazendo, em vez de responder "comungando com a natureza" ou "meditando", como pintores mais pretensiosos teriam respondido, ele disse: — Tendo ideias. — Essa resposta direta era a mesma coisa que expressar um desejo de privacidade; então ela respeitou essa privacidade e raramente subia à cobertura. Essa manhã ele não deu nenhum sinal de se importar.

— Ouvi o chamado à oração hoje de manhã pela primeira vez — ela disse. — Ainda estava escuro.

— É, às vezes dá para ouvir — disse ele — quando não tem nenhum outro som encobrindo.

— Era meio confortador. Me fez sentir que as coisas estavam sob controle.

Ele pareceu não prestar atenção. — Escute, Nita, você podia me fazer um grande favor, podia, hã?

— Ora, claro — disse ela sem fazer ideia do que viria em seguida. Era algo que ela não estava esperando, dada a maneira desusada de preparar a coisa.

— Você poderia ir até a cidade e comprar uns filmes? Quero tirar muito mais fotografias. Sabe que mamãe tem pedido fotos de nós dois juntos. Tenho muitas fotos, mas não de nós. Eu mesmo iria, mas não posso perder tempo. Não são nove horas ainda. A loja que vende filmes fica do outro lado do mercado. Eles só fecham às dez.

— Mas, Tom, você parece que esqueceu que eu não sei ir para lugar nenhum.

— Bom, Seku vai com você. Não vai se perder. Diga que você quer preto e branco.

— Sei que mamãe ia preferir coloridas.

— Tem razão. Velhos e crianças gostam mais de cor. Traga dois rolos coloridos e dois preto e branco. Seku fica esperando você na porta.

Ela lamentava muito que precisasse de um guia para levá-la até a loja e mais ainda que o guia tivesse de ser aquele negro que ela havia concluído que era hostil com ela. Mas ainda era cedo e o ar da rua estaria relativamente fresco.

— Não vá com essa sandália — Tom lhe disse, continuando a trabalhar sem levantar os olhos. — Use meias grossas e sapatos normais. Deus sabe os germes que a poeira tem.

Então ela parou na porta com o sapato recomendado e Seku atravessou o pátio e cumprimentou-a em francês. O sorriso largo dele a fez pensar que talvez estivesse enganada, que ele não se ressentisse de sua presença na casa afinal. E se fosse assim?, ela pensou, desafiadora. Havia um limite na profundidade a que uma pessoa podia decentemente enterrar o próprio ego. Além desse limite o jogo todo de renúncia pessoal se tornava abjeto. Ela sabia que era de sua natureza recusar-se a admitir que era uma "pessoa". Era tão mais simples esconder na sombra da neutralidade, mesmo quando não havia possibilidade de um confronto. Dificilmente se poderia dar importância às reações de um criado africano. Porque apesar do que Tom tinha lhe contado, ela ainda via Seku como uma espécie de criado, um factótum, talvez com a estatura de um bufão.

Era uma loucura fazer aquilo, caminhar pela rua principal da cidade, ao lado daquele negro alto. Um casal improvável, sabe Deus. A ideia de ser fotografada naquele momento a fez sorrir. Se ela mandasse uma foto dessas para sua mãe sabia mais ou menos qual seria a resposta. "O máximo do exotismo." Ela com certeza não sentia que aquela rua fosse exótica ou pitoresca: era suja e esquálida.

"Ele pode tentar puxar conversa", ela pensou e resolveu fingir que não entendia. Então teria apenas de sorrir e sacudir a cabeça. E ele efetivamente disse alguma coisa que, como ela já havia decidido que não haveria nem uma palavra trocada entre eles, ela não entendeu. Um instante depois ela ouviu a frase dele com sua inflexão interrogativa e se deu conta de que ele tinha dito: *Tu n'as pas chaud?* Ele havia diminuído o passo; estava esperando sua resposta.

"Para o inferno com tudo", pensou ela e então respondeu a pergunta, mas indiretamente. Em vez de dizer: "Sim, estou com calor", ela disse: — Está quente.

Ele então parou totalmente e apontou, à esquerda, um recanto improvisado entre pilhas de caixotes, onde haviam colocado uma mesa e duas cadeiras. Uma grande faixa tinha sido estendida no lugar todo, criando uma convidativa área de sombra, que logo ficava irresistível quando se pensava na possibilidade de entrar e sentar.

Obsessivamente, seus pensamentos voltavam para sua mãe. Qual seria a reação dela se pudesse ver sua única filha sentada ao lado de um negro naquele escuro refugiozinho? "Se ele se aproveitar de você, lembre-se de que foi você que pediu. É simplesmente tentar a Providência. Não pode tratar as pessoas como iguais. Elas não entendem isso."

A bebida era Pepsi-cola, surpreendentemente fria, mas excepcionalmente doce. — Ah — ela disse, com prazer.

O francês fluente de Seku a deixava envergonhada. "Como pode ser?", pensou, com certa indignação. Ter consciência da hesitação de seu próprio francês dificultava estabelecer uma conversa. Esses momentos vazios em que nenhum dos dois tinha nada a dizer tornavam o silêncio mais aparente, e, para ela, mais embaraçoso. Os sons da rua (passos na areia, crianças correndo e, de vez em quando, um cachorro latindo) ficavam curiosamente abafados pelas pilhas de caixotes e pela cobertura no alto. Era uma cidade incrivelmente silenciosa, ela refletiu. Desde que tinham saído da casa ela não ouvira o som de um automóvel, nem mesmo a distância. Mas agora, ao tomar consciência da audição, ela podia discernir os zurros e gemidos alternados de uma motocicleta, sons que ela achava particularmente desagradáveis.

Seku levantou-se e foi pagar o proprietário. Ela tencionava fazer isso, mas agora parecia inteiramente impossível. Ela agradeceu a ele. Então voltaram à rua e o ar estava mais quente que nunca. Era o momento de perguntar por que tinha permitido que Tom a mandasse naquela tarefa absurda. Teria sido melhor, ela pensou, se tivesse ido à cozinha e pedido à cozinheira para não servir batatas fritas. A mulher parecia considerar batatas, independentemente de como fossem preparadas, um prato suculento, mas as que havia disponíveis ali não se prestavam a nenhum tipo de preparação, exceto, talvez, amassadas. Ela havia mencionado isso a Tom em diversas ocasiões, mas a opinião dele era que amassar significaria mais trabalho para Johara e que muito provavelmente ela não saberia fazer aquilo adequadamente, de forma que o resultado seria menos saboroso do que aquilo que ela servia agora.

O ruído insano da motocicleta imitando uma sirene veio bem mais de perto então. "Está vindo para cá", ela pensou. Se pudesse ao menos chegar ao mercado antes que ela surgisse. Tinha ido lá com Tom uma vez para comprar comida e lembrava-se da colunata e dos pilares. Nenhuma motocicleta poderia trovejar por ali. — Onde *fica* esse mercado? — ela perguntou de repente. Seku apontou: — Em frente.

A máquina que parecia um dragão estava agora visível, mais adiante na rua comprida, avançando e levantando uma nuvem de poeira que parecia em parte vir à frente dela. Mesmo tão longe, dava para ver pedestres pulando e correndo para sair do caminho.

O barulho estava ficando incrivelmente alto. Ela teve um impulso de tapar os ouvidos, como uma criança. A coisa estava vindo. Vindo diretamente para eles. Ela pulou para o lado da rua no momento em que o motociclista freou para não bater em cheio em Seku. Ele tinha se recusado a encolher-se para escapar do impacto. O veículo extravagante estava caído na poeira, cobrindo parcialmente os braços e pernas nus dos viajantes. Dois jovens quase nus se puseram de pé, segurando os capacetes vermelho e amarelo nas mãos. Olhavam feio e gritaram com Seku. Ela não ficou surpresa de ouvir fala americana.

— Você é cego?

— Você é um filho da puta de sorte. A gente podia ter matado você.

Como Seku não deu atenção a eles, mas continuou andando, os dois ficaram ofensivos.

— Um negão caipira e pernóstico.

Seku ignorou os dois com supremo *aplomb*.

De seu lado da rua, Anita deu um passo à frente para enfrentar os dois. — Se vamos falar de quem seria morto por seu impossível aparelho, eu seria a primeira da lista. Vocês vieram diretamente para cima de mim. Não é isso que chamam de semear o pânico? Vocês se sentem bem em assustar as pessoas?

— Desculpe se assustamos a senhora, dona. Não era o que a gente tinha em mente.

— Não devia ser mesmo. — Agora o susto tinha virado indignação. — Aposto que o que tinham em mente era um grande zero. — Ela não tinha ouvido o pedido de desculpas. — Vocês foram muito longe de casa, meus amigos, e vão ter problemas.

Um riso cínico. — Ah, é?

Ela podia sentir a raiva pressionando dentro dela. — É! — gritou. — Problemas! E espero que eu tenha a chance de ver isso. — Um momento depois, ela cuspiu: — Monstros.

Seku, que não tinha nem olhado para eles, parou então e virou para ver se ela vinha vindo. Quando ela o alcançou, ele observou sem olhar para ela que turistas eram sempre ignorantes.

Quando chegaram à loja que vendia filmes, ela ficou surpresa de descobrir que a dona era uma mulher francesa de meia-idade. Se Anita não estivesse sem ar de raiva e exaltação, teria gostado de puxar uma conversa com a mulher: perguntar há quanto tempo ela morava ali e como era sua vida. O momento não era propício para essa atitude.

Ao voltarem para casa no calor que aumentava, não viram sinal nem som da máquina infernal. Ela notou que Seku estava mancando um pouco e olhou para ele cuidadosamente. Havia sangue na parte de baixo de seu manto branco e ela se deu conta de que a motocicleta tinha colidido com sua perna. O exame dela pareceu aborrecê-lo; ela não conseguiu pedir a ele para ver o ferimento, nem falar disso.

IX

No almoço, ela evitou qualquer menção ao acidente da motocicleta.

— Não era muito longe, era?

— Estava quente — ela respondeu.

— Estive pensando — Tom disse depois de um tempo. — Seria tão barato comprar esta casa. Valeria a pena. Eu não ia achar ruim vir sempre aqui.

— Acho que você está fora de si! — ela gritou. — Você nunca poderia viver de verdade aqui. É igual a um acampamento temporário desconfortável, nada mais. Qualquer propriedade comprada em um país de terceiro mundo está perdida antes mesmo de você pagar por ela. Você sabe disso. Alugar faz mais sentido. Aí, quando as coisas enlouquecerem, você está livre.

Johara parou ao lado dela, ofereceu mais cebolas ao creme. Ela se serviu.

— As coisas nem sempre enlouquecem — disse Tom.

— Ah, enlouquecem, sim! — ela gritou. — Nestes países? É inevitável.

Depois de um momento, ela continuou. — Bom, claro. Você faça como quiser. Acho que não ia perder muito.

Quando estavam nas frutas, Anita revelou: — Sonhei com a mamãe esta noite.

— Sonhou? — Tom perguntou, sem interesse. — O que ela estava fazendo?

— Ah, não consigo nem lembrar. Mas quando acordei, comecei a pensar nela. Você sabe que ela não tinha nenhum senso de humor e mesmo assim podia ser muito engraçada. Eu lembro que ela estava dando um jantar bem elegante uma noite, de repente virou para você e perguntou: "Quantos anos você tem, Tom?" E você respondeu: "Vinte e seis." Ela esperou um pouco e disse: "Quando Guilherme, o Taciturno, tinha a sua idade, já havia conquistado metade da Europa." E ela ficou tão chateada de todo mundo na mesa cair na risada. Você lembra? Ainda acho engraçado, se bem que tenho certeza que ela não tinha a intenção de ser engraçada.

— Eu não teria tanta certeza. Acho que ela estava representando. Claro que ela própria não podia rir. Digna demais. Mas ela não se furtava a fazer os outros rirem.

X

Outro dia, eles sentaram no chão, tomando o café da manhã no quarto de Tom. A cozinheira tinha acabado de trazer mais torradas.

— Eu gostaria de ir uns quilômetros rio abaixo para dar uma olhada na próxima aldeia — disse Tom, fazendo um sinal para a cozinheira esperar. — O que você acha? Posso alugar a caminhonete velha do Bessier. O que você me diz?

— Eu topo — ela disse. — A estrada é reta e plana, não é?

— Não vamos nos perder. Nem atolar na areia.

— Tem alguma coisa especial que você queira ver?

— Só preciso olhar alguma outra coisa. A menor mudança me dá uma porção de ideias novas.

Combinaram de ir no dia seguinte. Quando ele pediu a Johara que preparasse para eles uma *casse-croûte*, ela ficou animada ao saber que planejavam ir a Gargouna. A irmã dela morava lá, disse ela, e deu a Tom orientações para encontrar a casa, junto com recados que ela esperava que ele pudesse transmitir.

A caminhonete não tinha cabine. Eles se refrescavam na brisa que produziam. Era estimulante rodar ao longo da margem do rio no ar da manhã cedinho. A estrada era completamente plana, sem buracos nem obstáculos.

— Agora está bom — disse Tom —, mas não vai estar tão bom na volta, sem nada entre nós e o sol.

— Temos os nossos topis — ela lembrou a ele, olhando os dois capacetes no banco entre eles. Ela estava levando um poderoso binóculo, comprado em Kobe no ano anterior, e apesar do movimento ela o mantinha apontado para o rio onde homens pescavam e mulheres se banhavam.

— Bonito, não é? — perguntou Tom.

— Sem dúvida é muito mais bonito com os corpos negros do que seria se fossem todos brancos.

Isso era um entusiasmo apenas moderado, mas que pareceu agradá-lo. Ele estava muito empenhado em que ela gostasse do vale do Níger. Mas no momento tinha de ficar atento para não passar a entrada à esquerda que levava a Gargouna. — Cinquenta quilômetros, mais ou menos — ele murmurou. E logo disse: — Ali está, mas eu não vou arriscar essa areia. — Parou a caminhonete e desligou o motor. O silêncio era opressivo. Ficaram sentados imóveis. De vez em quando, vinha um grito do rio, mas a paisagem aberta e ampla fazia as vozes soarem como gritos de pássaros.

— Um de nós tem de ficar com a caminhonete, e vai ser você.

Tom saltou. — Eu vou a pé, encontro a aldeia e a irmã de Johara. Deve levar uns dez minutos, não muito mais. Você fica bem aqui, não fica? — Não tinham visto nenhum outro veículo desde a partida. — Estamos bem no meio da estrada — ela disse.

— Eu sei, mas se eu sair para a direita, vamos dar na areia. É a única coisa que eu não quero. Se você ficar nervosa, desça e dê uma volta. Ainda não está quente.

Ela não sentiu medo de ser deixada sozinha, mas estava nervosa. Essa era uma das ocasiões em que Tom podia ter trazido junto um dos vários homens que passavam o dia sentados na cozinha. De repente, ocorreu-lhe que não via Seku desde o dia do incidente com a motocicleta e isso a fez perguntar até que ponto era sério o ferimento em sua perna ou pé. Ao pensar nele, ela desceu e começou a seguir o mesmo caminho que Tom tinha tomado. Não dava para vê-lo à frente, porque a região era de dunas baixas com um ocasional arbusto de espinheiro. Ela se perguntou por que era impossível o céu ali ser realmente azul, por que tinha sempre um tom acinzentado.

Pensando enxergar Gargouna, ela subiu numa das elevações de areia, mas viu apenas uma paisagem de espinheiros mais altos adiante. Estava especialmente desejosa de ver a aldeia; podia imaginá-la: um grupo de cabanas circulares bem separadas, cada uma com um espaço aberto em torno, onde galinhas ciscavam a areia. Virou para a direita, onde as dunas pareciam um pouco mais altas, e seguiu uma espécie de caminho que levava acima e à volta delas. Havia pequenos vales entre as dunas, alguns bastante fundos. As cristas das dunas pareciam correr todas paralelas umas às outras, de forma que era difícil ir de uma duna a outra sem descer e depois subir imediatamente. Havia uma duna não longe que dominava as outras e da qual ela tinha certeza de que poderia ver a caminhonete esperando na estrada. Subiu e parou em cima dela, um pouco ofegante. Com a ajuda do binóculo, viu que a caminhonete estava lá, e à esquerda, ao longe, havia algumas árvores sem folhas. Ela achava que a aldeia devia ficar naquela direção. Então, olhando para a depressão entre duas dunas, ela viu uma coisa que acelerou as batidas de seu coração, uma escultura sem sentido de esmalte vermelhão e cromo. Havia grandes pedras lá embaixo; a motocicleta tinha deslizado, arremessando os corpos bronzeados contra as rochas. A máquina estava grotescamente retorcida e os dois corpos amontoados juntos e uniformemente respingados com sangue. Não estavam em condições de gritar por socorro; jaziam imóveis no declive, invisíveis a todos exceto alguém que estivesse exatamente onde ela estava. Ela se virou e desceu depressa pela encosta da duna. — Monstros — murmurou, mas sem indignação.

Estava sentada na caminhonete quando Tom voltou. — Encontrou a irmã de Johara?

— Ah, encontrei. É uma aldeia minúscula. Todo mundo conhece todo mundo, claro. Vamos comer. Aqui ou perto do rio?

O coração dela ainda estava batendo depressa e com força. Disse: — Vamos para perto do rio. Pode ter uma brisa lá. — Ela ficou surpresa então de lembrar que sua primeira sensação ao ver a motocicleta acidentada tinha sido de alegria. Conseguia evocar ainda o pequeno arrepio de prazer que a percorrera naquele instante. Quando foram para a margem, ela agradeceu mais uma vez não ter nunca mencionado a Tom o confronto com os dois americanos.

XI

— Está dormindo melhor agora? — Tom perguntou.
 Ela hesitou. — Não exatamente.
 — O que quer dizer com não exatamente?
 — Estou com um problema — ela suspirou.
 — Problema?
 — Ah, acho que posso te contar.
 — Claro.
 — Tom, acho que Seku entra no meu quarto à noite.
 — O quê? — ele gritou. — Você está louca. Como assim, ele entra no seu quarto?
 — Isso mesmo.
 — E o que ele faz? Fala alguma coisa?
 — Não, não. Só fica parado do lado da minha cama no escuro.
 — Que loucura.
 — Eu sei.
 — Você nunca viu ele lá?
 — Como? É escuro como breu.
 — Eu tenho uma lanterna.
 — Ah, isso me apavora mais que tudo. Acender a lanterna e ele estar mesmo ali. Quem sabe o que ele pode fazer quando souber que eu vi ele?
 — Ele não é um criminoso. Meu Deus, por que você é tão nervosa? Está mais segura aqui do que estaria em qualquer lugar em Nova York.
 — Eu acredito — ela disse. — Mas isso não vem ao caso.
 — Qual *é* o caso? Você acha que ele entra e fica do lado da sua cama. Por que acha que ele faz isso?
 — Isso é o pior de tudo. Não posso te contar. É muito assustador.

— Por quê? Você acha que ele está planejando estuprar você?

— Ah, não! Nada disso. O que eu sinto é que ele fica me *forçando* a sonhar. Ele quer me forçar a sonhar um sonho que eu não suporto.

— Um sonho com ele?

— Não. Ele nem está no sonho.

Tom se exasperou. — Mas o que é? Do que você está falando afinal? Acha que Seku quer que você tenha um certo sonho e você tem. Então ele volta na noite seguinte e você fica com medo de ter o sonho de novo. Segundo você, ele faz isso por quê? Quer dizer, que interesse ele teria em fazer isso?

— Não sei. Isso é que é mais horrível. Sei que você acha ridículo. Ou acha que eu estou imaginando tudo.

— Não, eu não disse isso. Mas como você nunca viu nada, como pode ter certeza de que é Seku e não outra pessoa?

Mais tarde nesse dia, ele perguntou para ela: — Anita, está tomando vitaminas?

Ela riu. — Meu Deus, estou. Kirk me deu todo tipo de vitaminas e minerais. Disse que o solo aqui provavelmente é deficiente de sais minerais. Ah, tenho certeza que você está achando que eu estou com algum tipo de desequilíbrio químico que provoca os sonhos. Pode ser. Mas não é o sonho em si que me apavora. Se bem que Deus sabe que é repulsivo demais para contar.

Ele interrompeu. — É sexual?

— Se fosse — ela disse — seria muito mais fácil de contar. O problema é que eu não *consigo* descrever. — Estremeceu. — É muito confuso. E me dá enjoo só de pensar.

— Talvez você devesse me deixar ser seu analista. O que acontece durante o sonho?

— Não acontece nada. Eu só sei que alguma coisa terrível está a caminho. Mas como eu disse, não é o sonho que me incomoda. É saber que estou sendo obrigada a sonhar, saber que aquele homem negro está parado ali inventando o sonho e me forçando a sonhar. É demais.

XII

Uma placa de madeira pregada em cima de uma porta de madeira, com as palavras *Yindall & Fambers, Farmacêuticos* pintadas nela. Dentro, um balcão, um jovem atlético parado atrás. À primeira vista ele parece nu, mas está usando um short vermelho e azul. Em vez de dizer: "Oi, eu sou o Bud", ele diz: — Eu sou mister Yindall. Em que posso servir? — A voz é seca e cinzenta.

— Eu quero um frasco pequeno de éter e uma caixa de pastilhas de olmo americano.

— Imediatamente. — Há algo errado com o rosto dele. Ele se vira para ir aos fundos da loja, hesita. — Não veio para falar com mister Yindall, não?

— Mas você disse que você era mister Yindall.

— Ele se atrapalha às vezes. No geral não admite ninguém.

— Eu não disse que queria falar com ele.

— Mas quer. — Ele estende a mão sobre o balcão e agarra-a com força de aço. — Ele está esperando no porão. Eu sou o Fambers.

— Não quero falar com mister Yindall, obrigada.

— Tarde demais para dizer isso.

Uma parte do balcão tem dobradiças. Ele a levanta para permitir a passagem, ainda apertando com mão de aço.

Protestos até o porão. Um trono de cromo diante de uma parede brilhando com a luz de refletores voltados para ele. Duas coxas musculosas saindo dos ombros de um homem, as pernas dobradas nos joelhos. Entre as coxas um pescoço grosso do qual foi cortada a cabeça. Os braços, presos aos quadris, pendem soltos, os dedos mexendo.

— Este é mister Fambers. Ele não enxerga você, claro. A cabeça dele teve de ser removida. Estava atrapalhando. Mas o pescoço está cheio de protoplasma altamente sensível. Se der uma mordida ou mascar, vai estabelecer comunicação instantânea. É só se abaixar e pôr a boca no pescoço dele.

A mão de aço conduz. A substância dentro do pescoço tem a textura de pão ensopado com água, o cheiro ligeiramente sulfuroso parecido com nabo.

— Enfie a língua. Não engasgue.

Ao primeiro toque da língua, a substância no pescoço pulsa, borbulha, espirra líquido quente para cima.

— É apenas sangue. Acho que é melhor você ficar um pouco aqui.

— Não, não, não, não! — Rolando no próprio vômito no chão.

— Não, não, não! — Tentando limpar o sangue dos lábios e do rosto.

Para baixo, para baixo, com sangue e tudo, vômito e tudo, para o chão acolchoado de penas. Só o fedor de nabo para respirar num bolsão sem ar. Então, sufocando, tendo sido sufocada, ela subiu de baixo e respirou profundamente o ar negro aberto à sua volta, enjoada pela natureza do sonho, certa de que ia se repetir, aterrorizada sobretudo pela ideia de que as ordens que comandavam o fenômeno deviam estar vindo de fora, de outra mente. Aquilo era inaceitável.

XIII

Tom achou falho o raciocínio dela. — Você teve um pesadelo, e claro que não é nada com que se preocupar. Mas ficar obcecada com a ideia de que Seku ou alguma outra pessoa está dominando seus sonhos é pura paranoia. Não tem a menor base. Não percebe isso?

— Percebo que *você* acha isso, sim.

— Estou convencido de que se você contar, contar tudo, o sonho vai parar de te preocupar.

— Me dá vontade de vomitar só de pensar.

O brilho constante da luz de pressão no piso entre eles inspirou Anita a exclamar: — É brilhante demais, barulhenta demais e quente demais.

— Não ligue para isso. Esqueça.

— É bem difícil fazer isso.

— Você sabe que se eu apagar não vamos conseguir ver nada.

Depois de um momento, ela disse: — Esses vegetais são realmente abjetos. Não entendo você. Não pinta praticamente nada além de comida, mas não se importa com o que come.

— Como assim, não me importo? Me importo muito. Eu não reclamo, se é isso que você está esperando. Aqui o que há são os vegetais, a menos que você queira comida francesa enlatada, que, pelo que eu te conheço, acho que não vai querer. Acho um milagre eles conseguirem até mesmo isso da areia.

De repente, Johara estava na sala; ela anunciou o próximo prato.

— Não ouvi ela subir, você ouviu?

Ela bufou. — Com essa lâmpada ligada não dá para ouvir nem um elefante.

— Não, mas mesmo sem a lâmpada, você notou que nunca se escuta nem um passo nesta casa?

Ela riu. — Sei muito bem disso. É parte do que me incomoda durante a noite. Nunca ouvi nem um som no meu quarto à noite. Podiam entrar quantas pessoas quisessem que eu nem saberia.

Tom não disse nada; evidentemente estava com a cabeça em alguma outra coisa. Durante alguns minutos ficaram sentados em silêncio. Quando ela começou a falar de novo, sua voz deixou claro que ela estivera ruminando.

— Tom, você já ouviu falar de olmo americano?

Ele endireitou o corpo. — Claro. Vovó costumava jurar que era ótimo para inflamação de garganta. Usam para fazer pastilhas, para tosse. Me lembro como ela ficou chateada quando pararam de fabricar. Duvido que hoje exista olmo de qualquer forma.

Ele deu uma olhada disfarçada para ela, desconfiado de que esse era um jeito tortuoso de ela lidar com o material do sonho. Ele esperou.

A pergunta seguinte lhe pareceu cômica. — É salitre que colocam na comida dos presos?

— Punham antes, não sei se fazem isso hoje. O que você está fazendo, preparando um compêndio de conhecimento inútil?

— Não, só estava pensando.

Ele arrumou as almofadas às costas e esticou o corpo.

— Quer saber quem eu acho que é o Seku? — ele perguntou.

— Como assim, quem é ele?

— Quem ele é para você, eu digo. Acho que ele é mamãe.

— O quê?! — ela gritou, muito alto.

— Estou falando sério. Me lembro que mamãe costumava entrar e ficar parada ao lado da minha cama no escuro, só ficava parada lá. E eu ficava sempre morrendo de medo de que ela soubesse que eu estava acordado. Então eu tinha de respirar calmamente e não mexer nem um músculo. E ela fazia a mesma coisa na sua cama. Eu ouvia ela entrando no seu quarto. Você nunca encontrou ela lá, do lado da sua cama, parada, perfeitamente imóvel?

— Não me lembro. É uma ideia bem louca, usar um negro africano para fazer o papel da mãe.

— Você está olhando a coisa de fora. Mas eu estou disposto a apostar que é um sonho de culpa e quem é que sempre faz você se sentir culpada? Mamãe, sempre.

— Não sou freudiana — ela disse. — Mas mesmo que se reconheça, coisa que eu não admito nem por um minuto, que o sonho vem da sensação de culpa, e que estou lembrando de mamãe quando eu era pequena, isso não leva a nenhum lugar para explicar por que eu tenho tanta certeza de que mamãe está sendo representada por Seku. Você não tem nenhuma teoria para isso?

— Tenho uma muito boa. Não há nenhuma conexão entre o que está no sonho e por que você sonha com isso. Tente colocar Seku dentro do seu sonho quando você repassar o sonho na cabeça e veja como ele reage.

— Eu nunca repasso na cabeça. Já é bem ruim ter o sonho sem precisar repassar quando estou acordada.

— Bom, tudo que eu posso dizer, Nita, é que vai continuar incomodando até você dividir o sonho em pedaços e analisar tudo cuidadosamente.

— No dia em que eu resolver do que sou culpada, eu conto para você.

XIV

Todo mundo na cidade conhecia madame Massot. Ela e o marido já moravam lá quando os franceses dominavam a região. Então, logo depois da independência, quando madame Massot ainda não tinha nem vinte anos, o marido dela morreu, deixando-lhe o estúdio fotográfico e muito pouco mais. Ela possuía uma câmara escura e tinha aprendido a revelar e copiar fotografias. Ter o monopólio desse serviço não era tão lucrativo quanto poderia ter sido em algum outro lugar, porque havia muito pouca demanda. Ultimamente, o número de jovens com câmeras tinha aumentado, de forma que ela não só revelava e copiava, como também vendia filme. Alguns jovens nativos que tinham morado na Europa tentavam insistentemente convencê-la a manter também um estoque de fitas de vídeo, mas ela explicava que não tinha o capital para investir.

Depois da morte de monsieur Massot ela alimentara brevemente a ideia de voltar para a França, mas logo decidiu que não queria realmente fazer isso. A vida em Montpellier seria bem mais cara e não tinha nenhuma garantia de que fosse achar um lugar adequado para viver, com um cômodo extra para usar como câmara escura.

Só um punhado de brancos achou estranho ela estar disposta a continuar sozinha numa cidade de negros. Quanto a ela, desde o dia de sua chegada imediatamente depois do casamento, ela achara os negros simpáticos, gentis, generosos e de boa índole. Não via defeito neles a não ser uma tendência a ser displicentes com horários. Muitas vezes eles pareciam não saber nem a hora nem o dia. Os cidadãos mais jovens tinham consciência de que os europeus consideravam isso um defeito em seus conterrâneos, e faziam o possível para ser pontuais quando estavam tratando com estrangeiros. Embora madame Massot fosse cordial com os outros moradores franceses, ela havia estabelecido suas amizades particulares com as famílias da burguesia nativa. Nunca aprendera a falar nenhuma das línguas locais, mas aquelas pessoas falavam um francês passável e os filhos eram surpreendentemente fluentes na língua. Raramente ela se via desejando estar na França e isso era muito passageiro. O clima ali era agradável se a pessoa não se importava com o calor, como ela não se importava, e com sua asma era o ideal. As pessoas na Europa sempre a surpreendiam achando que a cidade devia ser suja e insalubre, e muito provavelmente ela os surpreendia afirmando que as ruas eram mais limpas e mais livres de cheiros desagradáveis do que as ruas de qualquer cidade europeia. Ela sabia como viver no deserto e conseguia manter excelente saúde durante todo o ano. Os meses difíceis eram maio e junho, quando o calor ficava penoso e o vento cobria a pessoa de areia quando saía de casa, e julho e agosto, quando caía a chuva e o ar ficava úmido, lembrando-a de que tinha sofrido de asma nos dias de sua juventude.

Antes da chegada de Anita, madame Massot e Tom tinham ficado amigos, principalmente, ele achava, porque ela trabalhara durante um ano em uma pequena galeria de arte na rue Vignon, e, sendo excepcionalmente alerta, tinha absorvido uma boa dose de histórias de pintores durante essa época, que conservara com ela desde então. Ainda era capaz de discutir a vida privada de vários pintores da época e os preços que conseguiam por suas telas, e Tom achava isso atraente. O ano que ela passara em Paris possibilitava uma espécie de mexerico entre eles. Ele pensava agora em convidá-la mais uma vez para uma refeição. Isso era sempre um empreendimento arriscado porque ela era perita cozinheira, principalmente de pratos locais usando ingredientes nativos. Ao contrário de muitos autodidatas, ela não era avessa a repartir suas descobertas com qualquer pessoa que tivesse algum interesse em cozinha como ela. Com seu estímulo, Tom aprendera a preparar dois ou três pratos com sucesso.

— Vamos receber madame para almoçar na segunda-feira — ele disse a Anita. — E você pode me fazer um grande favor outra vez e passar na loja dela para fazer o convite. Ao mesmo tempo, pode comprar alguns filmes. Já sabe o caminho, então não precisa que ninguém vá junto. Você se importa? Eu teria de perder uma manhã inteira de trabalho se eu fosse.

— Eu não me importo. Mas acho que um pouco de exercício seria bom para você.

— Faço meu exercício correndo na margem do rio antes do café da manhã. Você sabe disso. Não preciso fazer mais. Então diga a madame Massot que esperamos por ela para almoçar na segunda-feira, tudo bem? Ela fala inglês.

— Você esquece que eu me formei em francês. — Ela não estava com vontade de andar pela cidade, mas levantou-se e disse: — Bom, vou sair enquanto o ar está apenas na temperatura do sangue.

Quando chegou ao local onde ela e Seku tinham sentado e tomado um refresco, encontrou-o fechado. Ela não tinha vontade de fazer essa tarefa para Tom porque tinha a supersticiosa convicção de que o encontro com os dois bárbaros americanos podia se repetir. Ela chegou a se ver escutando à espera do detestável som da motocicleta deles à distância. Antes de chegar ao mercado, resolveu que os dois tinham deixado a cidade e ido para outro lugar onde podiam aterrorizar uma porção de outros nativos, as pessoas ali sem dúvida acostumadas à presença deles.

Madame Massot pareceu deliciada com o convite. — Como está Tom? — ela perguntou. — Você esteve na loja há pouco, mas não vejo Tom faz muito tempo.

De volta à casa, ela subiu à cobertura onde Tom estava trabalhando e disse: — Ela vem na segunda-feira. Você acha que ela é lésbica?

Tom gritou: — Nossa! Como eu vou saber? Nunca perguntei para ela. De onde você tirou essa ideia?

— Não sei. Me ocorreu quando estávamos conversando. Ela é tão séria.

— Eu ficaria muito surpreso se fosse lésbica.

Recentemente, o ar estivera carregado de poeira e a cada dia parecia haver mais pó. Aparentemente, era mais polido chamar aquilo de areia, pelo menos foi o que Tom disse, mas ele concordou que se fosse areia, era areia pulverizada, o que é outro termo para pó. Não havia como evitar. Certos quartos do andar de baixo tinham menos, mas as portas não podiam fechar de verdade e o pó era constantemente tocado pelo vento que o levava até os menores espaços.

XV

Quando chegou a segunda-feira, o pó tinha alcançado tal ponto de opacidade que da cobertura era impossível distinguir formas na rua lá embaixo. Tom resolveu que teriam de comer na sala de baixo com a porta fechada. — Vai ser claustrofóbico — ele disse —, mas o que mais se pode fazer?

— Sei de uma coisa que podemos fazer — disse Anita. — Não hoje, mas depressa, mesmo assim. E é sair da cidade. Pense em nossos pulmões. É como estar vivendo em uma mina de carvão. E vai começar a chover logo. Então como será? A Cidade de Lama. Você sempre disse que o local era inabitável metade do ano.

Madame Massot foi levada para cima por uma ajudante de cozinha, que iluminava o caminho com uma vela gotejante na penumbra. Segurava diante do corpo algo que parecia uma caixa de sapatos, que imediatamente entregou a Tom.

— As ervas que eu tinha prometido — disse ela. — Só que agora é um pouco tarde para te dar.

Ele abriu a caixa. Dentro, era dividida em três pequenos compartimentos, todos cheios de terra preta, da qual brotavam pequenas franjas e plumas verdes. — Orégano, manjerona, estragão — disse ela, apontando. — Mas tem de conservar a caixa fechada nesta estação. A areia sufocaria as plantas.

— Adorei — disse Anita, examinando a caixa. — É como um jardim portátil.

— Eu mantenho todas as ervas dentro de casa e cobertas.

— Devíamos ter marcado este encontro duas semanas atrás — disse Tom. — Detesto pensar que você vai ter de voltar a pé todo esse caminho neste tempo infernal. E como conseguiu chegar aqui tão incólume, tão esbelta e chique?

Anita estava pensando exatamente isso. Madame Massot estava impecavelmente vestida com um conjunto cáqui, uma coisa claramente destinada ao uso no deserto, mas que também seria elegante no Faubourg St. Honoré. — Ah — disse ela, desenrolando o turbante da cabeça e o sacudindo. — O segredo é que monsieur Bessier passou no mercado e me trouxe direto para cá com sua caminhonete. Então foi coisa de dois minutos, não quarenta.

— Que roupa fantástica! — Anita exclamou com entusiasmo, estendendo a mão para tocar a parte de baixo. — Posso?

Madame Massot levantou os braços atrás da cabeça para facilitar o exame. — Na realidade é uma adaptação das *serrouelles* saarianas combinada com o bubu local — explicou. — Invenção minha.

— É absolutamente perfeita — Anita disse. — Mas não comprou o tecido aqui.

— Não, não. Comprei em Paris e mandei fazer lá. Não sou muito boa com linha e agulha. Mas o modelo é tão simples que tenho certeza de que um alfaiate local copia fácil. O truque está em cortar enviesado, de forma que a parte de cima parece fazer parte da calça e a coisa toda, dos ombros até o tornozelo, ter um caimento só, sem emenda.

— Sem dúvida é a cor certa para hoje — Tom disse.

— O tempo não me incomoda — disse ela. — É o preço que a gente paga pelo que se tem no resto do ano. É um incômodo, mas considero um desafio. Isso não quer dizer que muitas vezes eu não vá correndo para a França nesta época do ano, porque eu vou. Meu irmão tem uma fazenda não longe de Narbonne. O verão na Provença é adorável. Mas você sabe, estou aqui hoje principalmente para ver seus quadros.

— Claro. — Tom parecia infeliz. — Pena que não dê para ver à luz do dia, vai ter de ser lá embaixo, com a luz de pressão. Não posso desembrulhar os quadros aqui com esta poeira e areia.

Johara chamou para o almoço e a mesma ajudante de cozinha os guiou pela escada escura, segurando alto a vela.

— É uma pena mesmo — Anita observou — ter de comer aqui embaixo. É tão mais agradável no terraço debaixo do toldo. Mas agora realmente não dá.

Durante a refeição, madame Massot perguntou de repente: — Quem é responsável por esta comida deliciosa, o senhor, monsieur?

— Temo que não. Foi Johara.

— Que sorte vocês terem essa mulher. Assim que vocês forem embora, vou tentar que ela venha para mim.

— Mas você não precisa dela. Pode preparar sozinha o prato que quiser.

— Claro, se eu não me importar de passar o dia inteiro na cozinha. Além disso é menos gostoso comer a comida que a gente mesmo fez.

— Imagino que ela vá adorar ir de um emprego diretamente para outro — disse Tom.

— Ah, nunca se sabe com essa gente. Eles não são ambiciosos. Não são gananciosos. O que parece ser mais importante para eles é o relacionamento com o patrão. Ele pode ser impossivelmente severo ou inteiramente casual. Se eles gostam, eles gostam. Este prato está soberbo — prosseguiu ela. — Eu sei como é feito, mas nunca tive muita sorte com ele até agora.

— *Como* ele é feito? — Tom perguntou.

— A base é de bolinhos de painço. A calda de caramelo não é problema, mas o creme por cima é um pouco difícil. É a carne branca do coco, macerada com um pouquinho de leite de coco. É difícil conseguir a consistência exata. Mas sua cozinheira faz com perfeição.

Tom estava ocupado retirando as pinturas da capa de metal onde as guardava. — Vou tirar só as coisas mais recentes. Acho que são as melhores também.

— Ah, não! — protestou madame Massot. — Eu quero ver tudo. Tudo o que você fez aqui, pelo menos.

— Isso levaria a noite inteira. Não imagina como eu sou prolífico.

— Me mostre só o que quiser me mostrar e eu fico feliz. — Ele passou para ela uma pilha de guaches sobre papel.

Ela estudou intensa e demoradamente cada um. De repente, gritou, deliciada: — Mas estas pinturas são fenomenais! De uma sutileza! E de uma beleza! Me deixe ver mais! São diferentes de tudo o que eu já vi, garanto a você. — E continuou a olhar, murmurando de quando em quando: — *Invraisemblable*.

Anita, até agora uma espectadora, falou: — Mostre para ela o *La boucle du Niger* — insistiu com Tom. — Pode pegar? Acho que é um dos mais bem-sucedidos.

Ele pareceu aborrecido com a declaração. — Bem-sucedido como?

— Adoro a paisagem do outro lado do rio — ela explicou.

— Vou chegar lá — ele disse, mal-humorado. — Arrumei na ordem que eu quero.

Madame Massot continuou a estudar os quadros. — Estou começando a entender o seu método — ela murmurou. — É muito inteligente. Muitas vezes deixar que o puro acaso de um detalhe decida o tratamento da pintura toda. Você fica flexível até o momento final. Não é verdade?

— Às vezes — ele concordou, reservado. Um momento depois, disse: — Acho que basta para dar uma ideia do que eu tenho feito aqui.

Os olhos de madame Massot brilharam. — Você é um gênio! Com certeza vai fazer um grande sucesso com esses. São irresistíveis.

Quando Johara tinha acabado de tirar as xícaras de café, madame Massot levantou-se. — Eu ainda pretendo pegar essa mulher quando vocês forem embora — ela disse. — Vão esta semana?

— Assim que der para sair — disse Anita.

Vamos subir e ver como o tempo está se comportando — sugeriu Tom. — Não tem monsieur Bessier para levar você de volta para casa.

Ele e madame Massot foram até a porta. — Você vem? — ele perguntou a Anita. Ela sacudiu a cabeça e ele fechou a porta por fora.

Ficaram longe mais tempo que o necessário para determinar se o vento tinha ou não diminuído. Ela ficou sentada na sala fechada, sentindo que o almoço tinha sido uma perda de tempo. Quando eles desceram, madame Massot estava insistindo que não era necessário Tom acompanhá-la até em casa. Anita viu, porém, que ele estava determinado a ir com ela. — Mas todo mundo me conhece aqui — ela protestava — e ainda não está escuro. Ninguém vai pensar em me incomodar. De qualquer forma, o vento diminuiu e não tem praticamente nenhuma poeira no ar. Fique aqui.

— Nem por sonho.

XVI

Depois que madame Massot deu um *adieu* um tanto formal a Anita, eles saíram e Anita correu escada acima até a cobertura, para respirar um pouco de ar fresco. O vento não estava mais soprando forte e a paisagem macia da cidade de barro era visível outra vez. Estava muito quieto; só um cachorro ocasional latia para perfurar o silêncio. Saber que ia partir logo levantava seu ânimo, de forma que ela conseguiu ter certa responsabilidade com a casa. Parecia-lhe que seria uma boa ideia descer e agradecer a Johara por ter se esforçado tanto para preparar uma excelente refeição para a convidada. Johara, parada na cozinha iluminada por duas velas, recebeu o elogio com sua imperturbável dignidade de sempre. A comunicação com ela era difícil, de forma que Anita sorriu e foi para o pátio, girando a lanterna em todas as direções. Depois voltou à sala onde tinham comido e onde a luz de pressão ainda rugia. Tinha deixado a porta aberta ao subir para a cobertura e a sala agora estava arejada. Sentou-se nas almofadas e começou a ler.

Antes do que ela esperava ele estava de volta, a camiseta completamente molhada.

— Por que esse suor todo? — ela perguntou. — Não está tanto calor.

— Vim correndo praticamente o caminho todo.

— Não precisava fazer isso. Não tem pressa.

Ela leu mais algumas linhas e deixou o livro no colchão a seu lado. — Pelo menos agora sabemos que ela não é lésbica — disse.

— Você está maluca? — ele gritou. — Ainda pensando nisso? Além do mais, por que sabemos agora e não sabíamos antes? Porque ela não passou uma cantada em você?

Ela olhou para ele um instante. — Ah, cale o bico! Para mim ficou bem claro que ela está interessada em você.

— Por que ficou tão claro?

— Ah, o jeito que ela ronronou com os seus quadros, para começar.

— Maneiras francesas, só isso.

— É. Sei. Mas nenhuma etiqueta exige o exagero de elogios que ela fez.

— Exagero? Foi perfeitamente sincera. Para falar a verdade, uma porção de coisas que ela disse estava muito certa.

— Estou vendo que você é sensível a elogios.

— Você não acredita que ninguém possa se animar com as minhas pinturas, eu sei.

— Ah, Tom, você é impossível. Eu não disse isso, mas minha opinião é que não foram os seus quadros que deixaram madame animada hoje.

— Você quer dizer que ela tem um interesse sexual?

— O que você acha?

— Bom, suponhamos que tenha, e suponhamos que eu retribua, isso seria importante?

— Evidente que não. Mas acho interessante.

— Você só está tentando me manter equilibrado e estrito no que diz respeito ao meu trabalho. Tem razão, claro, e eu devia agradecer. Mas não agradeço. É divertido demais ouvir dizerem o quanto você é ótimo. A pessoa quer ficar lá em cima um pouco, saboreando todas as coisas boas que acabaram de dizer.

— Desculpe — disse ela. — Claro que não quero diminuir seu trabalho nem deprimir você.

— Provavelmente não, mas falar disso agora me deprime.

— Desculpe — disse ela, sem demonstrar arrependimento. — Madame Massot continuou falando das pinturas a caminho da casa dela?

Ele ficou zangado. — Não falou. — Um momento depois, continuou. — Madame tinha uma história complicada para contar, sobre dois estudantes de Yale que foram encontrados mortos na semana passada perto de Gargouna. Nós nunca ouvimos nada aqui. O velho monsieur Bessier foi chamado. A polícia tinha ouvido falar que o carro dele andara por lá uns dois dias antes de eles serem encontrados. Claro que andou, porque nós estávamos com a caminhonete. Os rapazes tinham uma motocicleta, e estavam tentando correr na areia.

— Sofreram um acidente? — Ela conseguiu manter a voz normal. "Nem precisava", pensou. "Ninguém sabe de nada."

— Eles caíram numas pedras grandes e sofreram muitos cortes. Mas parece que não morreram por causa dos ferimentos.

— Foi por causa de quê? — A voz ela estava um pouco fraca, mas ele não notou. "Tenho de continuar o diálogo como se não quisesse dizer absolutamente nada", ela disse a si mesma.

— Foi insolação. Os idiotas não estavam usando roupa nenhuma. Só shorts. Ninguém sabe direito quando o acidente aconteceu, mas eles devem ter ficado lá nus durante dois ou três dias, queimando e torrando hora após hora. É um mistério que ninguém da aldeia tenha visto os dois antes disso. Mas as pessoas não andam muito pelas dunas, claro. E quando alguém finalmente viu os dois, o sol tinha acabado com eles.

— Que horror. — Ela os viu outra vez, os shorts vermelho e azul brilhantes, o sangue nos corpos bronzeados e a trama de cromo retorcido acima deles. — Pobres rapazes. Que horror.

Tom continuou falando, mas ela não prestou atenção. Uma momento depois, murmurou: — Que terrível.

XVII

Agora que estavam a poucos dias de partir para Paris, Anita começou a sentir uma aguda necessidade de limpar sua mente da névoa de dúvidas e medos que a vinha atormentando desde o dia de Gargouna. O sonho, claro, era o cerne; ela não sonhava havia várias noites. Havia também a questão de Seku. Se ela fosse embora sem uma explicação satisfatória da relação dele com o sonho, ela consideraria isso um grande erro de sua parte. Os monstros estavam mortos. Seku estava vivo; ele podia ajudar.

— Seku está em casa? — ela perguntou a Tom. Ele pareceu surpreso. — Por quê? Quer falar com ele?

— Queria dar uma volta até o rio e pensei que ele podia ir comigo.

Tom hesitou. — Não sei se ele vai querer. Está com problemas com a perna infeccionada. Vou ver se ele está em algum lugar da casa e te digo.

Ele o encontrou sentado numa sala perto da cozinha e sugeriu que o deixasse esterilizar a ferida de novo. Seku ficou hesitante quando viu Anita parada diante da porta.

— Pode entrar e olhar se quiser — Tom disse. Ele não tinha paciência com o pudor excessivo dos homens locais. — É um corte feio, desde o calcanhar até o joelho. Não é de admirar que tenha infeccionado. Mas está bem melhor. — Rasgou as tiras que seguravam a bandagem no lugar. — Está toda seca — anunciou. Não havia por que perguntar a ele se doía, porque ele ia dizer que não, mesmo que estivesse morrendo de dor. — *Tout va bien maintenant?* — Seku sorriu e disse: — *Merci beaucoup. La plaie s'est fermée.*

— Ele vai poder andar com você — disse Tom.

Seku pareceu aliviado quando Tom baixou o gandoura e cobriu sua perna.

Quando caminhavam pela beira do rio, Anita perguntou o que tinha acontecido para fazer um corte tão fundo. — Você viu — ele respondeu, surpreso com a pergunta. — Estava lá. Você viu como os turistas vieram com a máquina deles em cima de mim.

— Achei que era isso — disse ela. — Ah, aqueles monstros. — Ajudava falar deles assim, mesmo sabendo que ela era em parte responsável pela morte dos dois.

O vento estava começando a soprar de novo e o ar estava se enchendo de poeira. Não havia muitos pescadores no rio hoje. Estava um lusco-fusco no meio da manhã.

— Você diz que eles eram diabos — continuou Seku.

— Mas não eram diabos. Eram jovens ignorantes. Sei que ficou muito brava com eles e rogou uma praga neles.

Anita ficou perplexa. — O quê? — gritou.

— Disse que eles iam ter problemas e que você ia ficar contente de ver eles sofrerem. Acho que eles foram embora.

O impulso dela foi dizer "Eles estão mortos", mas mordeu a língua, achando estranho que ele não soubesse da notícia.

— Eu já tinha perdoado os dois, mas sei que você não. Quando minha perna doeu muito, monsieur Tom me deu uma injeção. Eu disse para mim mesmo que talvez a dor passasse se você perdoasse os dois também. Uma noite, sonhei que eu fui e falei com você. Queria ouvir você dizer que perdoava. Mas você disse: "Não. Eles são diabos. Eles quase me mataram. Por que eu vou perdoar?" Então eu entendi que você não ia perdoar os dois.

— Monstros — Anita murmurou —, não diabos.

— Ele pareceu não ouvi-la.

— Então, graças a Deus, monsieur Tom fez minha perna ficar boa de novo.

— Vamos voltar? O ar está cheio de pó. — Viraram e começaram a caminhar na direção contrária. Durante alguns minutos ficaram em silêncio. Por fim, Anita disse: — No seu sonho, você queria que eu fosse e visse os dois, que dissesse para eles que perdoava os dois?

— Teria me deixado muito contente, sim. Mas não ousei pedir que fizesse isso. Achei que bastava ouvir você dizer "eu perdoo os dois".

— Não vai adiantar nada eu dizer agora "eu perdoo os dois", não é? Mas eu perdoo. — A voz dela soou um pouco chorosa. Ele notou e parou.

— Claro que adianta! Adianta para você. Se você tem raiva dentro de si ela envenena você. Todo mundo devia sempre perdoar todo mundo.

Durante o resto da caminhada ela ficou em silêncio, pensando em seu sonho em que o perdão não tinha nenhum papel, porque Yindall e Fambers só podiam ser o que ela havia resolvido que eles eram previamente. Eram monstros, portanto o inconsciente dela tinha de fornecer para eles um mundo em que tudo era monstruoso.

Ela pensou na interpretação de Seku para suas palavras furiosas dirigidas aos motociclistas. Em certo sentido era bastante preciso. O comportamento dela era exatamente o que constitui lançar uma praga em alguém, embora ela não descrevesse as coisas nesses termos. Sem entender as palavras, ele tinha captado o sentido delas. As emoções básicas têm sua própria linguagem.

Ela estava certa. O intenso desejo de Seku havia, através do sonho dele, o colocado em contato com o lado escuro da mente dela e forçado Anita a buscar Yindall e Fambers. (Não tinha outros nomes para dar a eles.)

XVIII

Na manhã seguinte, Tom, que tinha saído cedo não para correr ao longo do rio, mas para ir até o mercado, voltou em estado de excitação. — Um verdadeiro golpe de sorte! — gritou. — Encontrei com Bessier. O sobrinho dele está aqui e vai partir amanhã. Disse que tem lugar para nós no Land Rover. Assim, é certo que vamos chegar a Mopti antes do começo das chuvas.

Anita, deliciada com a perspectiva de ir, perguntou mesmo assim: — Por que Mopti antes das chuvas?

— Porque a estrada daqui até lá fica intransitável quando a chuva começa. De Mopti em diante é uma viagem relativamente tranquila. A carona nos poupa de uma porção de preocupações. E eu não vou ter de pagar uma fortuna para alugar um carro para nos levar. Então, você pode arrumar as malas?

Ela riu. — Não tenho praticamente nada comigo, você sabe. Posso arrumar tudo em meia hora.

A ideia de ir embora, de ver uma paisagem diferente do vazio infinito sob a luz, a estimulou. Ela sentiu, porém, certa ambivalência. Tinha começado a gostar daquela cidade plana cor de areia, sabendo que nunca mais veria um lugar igual àquele. Nem, ocorreu-lhe, jamais encontraria outra pessoa com a mesma pureza sem complicação de Seku. (Ela sabia que continuaria pensando nele nos dias vindouros.)

Na manhã da partida, Tom estava ocupado distribuindo dinheiro para aqueles que tinham desempenhado serviços de um tipo ou de outro na casa. Anita foi com ele até a cozinha e apertou a mão de Johara. Estava esperando encontrar Seku para se despedir dele, mas era cedo demais para ele estar na casa.

— Estou realmente decepcionada — disse ela, quando pararam diante da casa, à espera do sobrinho de Bessier.

— Você finalmente resolveu gostar de Seku — Tom observou. — Viu? Ele não queria estuprar você.

Ela não conseguiu deixar de dizer: — Mas ele sonhou comigo.

— Sonhou? — Tom pareceu divertido. — Como você sabe disso?

— Ele me contou. Sonhou que veio e ficou parado ao lado da minha cama. — Ela resolveu parar ali e não contar mais nada. A expressão de Tom era desesperadora. Ele sacudiu a cabeça. — Bom, isso tudo é demais para mim.

Ela ficou contente de ver o Land Rover chegando.

Quando estavam longe no deserto, ela ainda repassava a história não mais dolorosa. Seku sabia grande parte dela, mas ela sabia tudo e prometeu a si mesma que nunca ninguém mais ouviria nada sobre aquilo.

(1993)

Este livro foi impresso
pela Lis gráfica para a
Editora Objetiva em
fevereiro de 2010.